少年帝王传

南宫不凡　著

少年汉武帝

南京大学出版社

图书在版编目(CIP)数据

少年汉武帝 / 南宫不凡著. —— 南京：南京大学出版社，2018.5

（少年帝王传）

ISBN 978 - 7 - 305 - 19342 - 2

Ⅰ. ①少… Ⅱ. ①南… Ⅲ. ①传记小说－中国－当代 Ⅳ. ①I247.5

中国版本图书馆 CIP 数据核字(2017)第 246358 号

本书经上海青山文化传播有限公司授权独家出版中文简体字版

出版发行　南京大学出版社
社　　址　南京市汉口路22号　　　邮　编　210093
出 版 人　金鑫荣

丛 书 名　少年帝王传
书　　名　**少年汉武帝**
著　　者　南宫不凡
责任编辑　彭　涛　官欣欣　　　编辑热线　025 - 83592123

照　　排　南京南琳图文制作有限公司
印　　刷　丹阳市兴华印刷厂
开　　本　880×1230　1/32　印张 11.125　字数 240 千
版　　次　2018 年 5 月第 1 版　2018 年 5 月第 1 次印刷
ISBN 978 - 7 - 305 - 19342 - 2
定　　价　35.00 元

网址：http://www.njupco.com
官方微博：http://weibo.com/njupco
官方微信号：njupress
销售咨询热线：(025) 83594756

导 读

　　他是汉武帝,承前启后、开天辟地,立下不世之功业。他以其雄才大略,对内独尊儒术,施行推恩令,巩固王权,大力发展经济;对外北抗匈奴,扫除外患,派遣张骞出使西域,开启中西交流之先河,奠定了大汉兴盛的百年基业。

　　公元前156年,汉武帝刘彘出生于汉宫猗兰殿。在众皇子中他排行第十,母亲出生寒微,又是再谯妇人,被封为胶东王似乎已是极致,但他的身份就这么定了吗?太子去世,储位之争波澜再起。梁王刘武正当壮年,广结人才,又得窦太后全力支持,他和母亲能否扭转乾坤,上位争储?

　　汉景帝英年早逝,刘彘改名刘彻,登上帝位。但当时新旧政权交替,权贵朝臣各怀鬼胎,不足十六岁的刘彻能否顺利应付?

　　少年登基,小皇帝意气风发,他弃黄老之术,推行儒家思想,广招贤才,查办皇亲国戚,驱逐在京王侯,打算大展身手做出一番事业,谁知推行太急,触怒了许多权贵,引得窦太皇太后心生不满,架空其权力,经此挫折,刘彻还能否再次崛起?

　　权力被架空,小皇帝放纵上林苑,到底意欲何为?淮南王刘安见小天子势弱,心生谋反之意,刘彻能否应付?匈奴蠢蠢欲动,准备入侵,他又该如何做呢?

太皇太后去世,刘彻终于独掌朝政,面对泱泱大汉,他如何创出了开天辟地的伟业?

打开本书,打开一页波澜壮阔的中国历史,看汉武帝的雄才伟略。

目 录

第一章　传奇从这里开始

第一节 时代背景

汉武帝,名刘彻,字通,是汉朝最伟大的皇帝之一,也是中国历史上难得的英主明君之一,他的曾祖父就是汉朝的创立者——高祖刘邦。汉朝建立初年,刘邦去世后,经历了吕后干政的一段时间,皇位才得以由刘邦的四子刘恒继承。刘恒即汉文帝,他在位二十多年,传位给了儿子刘启。刘启就是汉武帝的父亲汉景帝。

这样算起来,汉武帝刘彻是高祖刘邦第三代子孙,可是他并非汉朝第四任皇帝。刘邦去世后,皇位传给了太子刘盈。刘盈的母亲就是历史上赫赫有名的吕太后。吕太后开创了后宫干涉朝政的历史先河,她见儿子刘盈年少懦弱,渐渐走上了政治前台,把持了朝政。刘盈二十四岁时就去世了,吕后先后把他的两个襁褓之中的婴孩立为皇帝,临朝称制,继续统摄大汉江山。直到公元前180年,吕后去世,汉室才恢复刘姓,刘恒继任皇位,成为汉高祖刘邦的直系继承人。所以历史上称刘邦为汉高祖,称刘恒为汉太宗,认为这才是汉朝正统的血脉传承。这也是汉武帝刘彻为汉朝第五位皇帝的由来,当然,如果算上刘盈的两个幼儿皇帝的话,他应该是汉朝第七位皇帝了。汉朝建立之初,国家经历了多年战乱,国破家亡,民不聊生,所以汉初采取了与民修养生息的无为而治的黄老思想,鼓励百姓们积极耕种生产,减轻农民负担。尤其到了汉文帝刘恒时期,统治者清静节俭,轻徭薄赋,使全国的百姓免受过分的劳役之苦,保证他们有充足的时间耕作生产。战乱的破坏留下巨大伤害,江山已经归属刘姓了,他们努力维持着和平,希望社会稳定,国家强盛,而经过多年的努力,百姓们也实实在在地感受到了和平稳定带来的幸福生活。当时,如果不是遇上特大的天灾,诸如水灾、旱灾等等,百姓家家可以自足生活。汉文帝晚期,在官府的仓库里粮食和钱财堆得满满的。据史书讲,长安城内国库里的铜钱堆放在一起,因为时间太长久,用来穿钱的绳子都烂断了,铜钱散乱在一起,多得无法计算;此时,粮仓里的稻米,一层一层向上堆,堆得太高,许多粮食从粮仓里散落到外边,日久天长,粮食逐渐烂掉而不能再吃,可见当时社会的富有和繁荣。公元前 156 年,汉景帝刘启即位时,汉朝已经建立五十年了,他继续推行先帝们无为而治的治国思想,天下呈现一片太平景象,史称"文景之治",这是中国历史上第一个盛世景观。

许多史书记录了文景之治的盛况,有人描述说当时平民百姓都能骑上自己的马匹在大街小巷中往来奔走,田野里的牛羊马匹更是成群结队。要是有人骑着一匹雌马或者小马,人们都会瞧不起他,嫌他太寒酸,因而不愿跟他往来。就连看城门的小官吏也都能有好肉、好饭享用,可见当时天下之富。官位不高的小官吏们,因为生活优裕,直到自己的孙子都已经长大成人了,也不愿图谋升迁。有的人总是干一种官职,时间太长了,甚至把官名改变成了自己的姓。人们只记得他的官名,反而忘了他的姓名。有些看仓库的就从儿孙起改姓"仓"或者"库",从中可以

汉武帝像

看出他们对于工作带给自己富裕的生活多么满足,可以看出当时仓库里储备了多么丰盛的物资,这一切不仅是物质上的,也间接影响了人们的精神生活。人人温饱自足,社会风气也好转。所谓"衣食足,知荣辱",文景时期人人自爱,把违法犯罪看成一件严重的事情,人们互相劝勉多行善事,不愿意因为做了坏事而受到他人的蔑视和朝廷的惩罚。根据史书上讲,每年官方处决的犯人只不过几十个人,足可看出天下稳定和谐,国富民强,确实是盛世景象。

就在刘启即位的当年,公元前 156 年,刘彻出生了,他是汉景帝刘启的第十个儿子,他的母亲是一位普通的皇妃。不管怎么说,他生逢盛世,贵在皇家,作为皇室子孙,尽可以享受先辈们积累下来的丰厚资产,过着安稳无忧的日子。可是刘彻没有满足眼下的荣华富贵,他励精图治,求新图变,将汉家王朝推向了另一个崭新的、几无可比的高度,确立了封建君主专制的根基,成为中国最成功的帝王之一,后人把他与开创封建社会的秦始皇相提并论,称作"秦皇汉武",以此来肯定他在封建社会发展过程中立下的不朽功绩。

长乐宫瓦当

刘彻到底如何走向成功的呢?这一切还要从他富有传奇色彩的出生以及少年时代说起。

第二节　一位传奇女性

不甘没落的贵族后裔

说起刘彻，有一位与他息息相关的人物不得不提，她就是刘彻的外祖母。如果说刘彻的一生是成功的，他的作为彪炳千古，史传千载，那么他的成功首先源于一个女人不甘没落、不愿沉寂的向上奋进之心。这个女人就是他的外祖母——臧儿。说起来多少有些牵强，可是事实不容猜疑，如果没有臧儿，没有她大胆的做法，历史上必定少了汉武帝刘彻，少了一位勇于创新、奠定封建社会标准模式的刘彻。作为皇帝的外祖母，能够在历史上留下自己的身影，并且引得千百年来人们的普遍关注，确实算得上神奇和与众不同，她到底做了什么不同凡响的事情呢？汉武帝刘彻又受到了她的什么影响呢？

女人在历史的长河中发挥了重要的作用，她们与男人一样共同创造了历史，创造了神奇，这一点可以从臧儿的身上再次得到体现。

臧儿是燕王臧荼的孙女。高祖刘邦平定天下后，分封了七个异姓王，臧荼就是其中的燕王。臧荼本来就是燕国贵族，他在秦末战乱中看到刘邦势力日渐强大，见机归降，投降了汉军，于是刘邦封他为燕王，让他管理燕国。臧荼由此与家人在燕地（今北京)过着优越高贵的生活,可是好景不长,公元前 200 年,有人状告臧荼密谋起兵造反,刘邦得知消息后,御驾亲征,很快就剿灭叛军,臧荼被杀,他的家人也因此流落民间,过着温饱难料的艰苦日子。臧儿就在这种情况下,流落到了都城长安附近,下嫁给了一位叫王仲的人。两人结合后,生了一个儿子两个女儿,这时,王仲身患重病,一命呜呼了。臧儿年轻丧夫,无法养活三个幼子,只好带着他们改嫁了。这次,臧儿嫁给了附近一个姓田的人,过了几年,她在田家又生了两个儿子。

如果臧儿是个普通女人,她也许会安分守己地带着五个孩子过日子了,她的命运也许就此不再出现奇迹。可是她不同一般,她有一颗高傲的、不甘没落的心,她是贵族后裔,她曾经过着富贵奢华的生活,如今流落民间,无奈地嫁与村野鄙夫为妻,这并不是她所希望的,甚至是她所厌弃的。她渴望的是如何摆脱现在的困境,恢复昔日富贵的日子,可是她没有忘记眼前的现实,她是叛逆臣子的后代,能够苟且偷生已经不错了,要想恢复往日富贵简直比登天还难。

苦难没有抹杀臧儿富贵的梦想,看着五个儿女一日日长大成人,她的这种梦想反而更加强烈了。终于有一天,她的大女儿王娡出嫁了,嫁给当地一个叫金王孙的人。一年后,王娡生下一个女儿,取名金俗,小夫妻两个生活不算富贵,倒也其乐融融,看着新生的女儿,更加增添了无限情趣。这个时候,按说不管臧儿多么雄心勃勃,多么渴望恢复昔日富贵,与已经嫁作他人妇的大女儿王娡已经没有多大关系了,事实却非如此,臧儿荣华富贵的梦想正是通过这个已经生育一女的王娡来实现的。真可谓奇上加奇,这一对充满神奇色彩的母女究竟要怎样实现富贵通天的梦想呢？

　　当时社会比较落后，人们非常迷信，相术也由此走红，深受世人推崇和信任。据说汉文帝的母亲薄姬就曾经请有名的相士许负为自己相过面。许负见到身为魏国嫔妃的薄姬后大为惊讶，连声说："贵不可言，贵不可言，日后你的儿子会成为天子，你本人也是富贵无比啊。"薄姬深信不疑，后来魏王败在刘邦手下，她被带进汉宫做了织布的女工，命运给了她灾难也给她带来了一次机会，她有幸受到刘邦宠幸，并且幸运地生下一个儿子，这就是后来的汉文帝，果真实现了许负当初的预言。这个故事更加重了时人对于相术的崇拜和信赖，为许多深陷不幸中的人们点燃了希望的火把，成为他们摆脱困境首先需要考虑到的问题。这个时候的臧儿，为了追求荣华富贵已经苦苦等待了十几年，她那颗不知安分的心时刻激动着、跃跃欲试着。这时，一个意外的机会降临了。

惊人的相面

　　这天清晨，她照常早早起来做饭收拾家务。她还有四个孩子没有成家，他们需要她的照料和养育。二女儿也十五六岁了，该是出嫁的年龄了，可是始终没有挑到合适的人家。看到大女儿出嫁后，很快生儿育女，过起了普通百姓的生活，臧儿心里已经略感后悔了，不能让如花似玉的二女儿如此生活下去，她像是为女儿的幸福着想，更像是为自己的不幸鸣不平。她决定为二女儿挑选富贵的人家，最起码也要生活富有。抱着这样一颗不平静的心，她无法安心做饭了，她拿出祖传的一串玉珠，在手里左右掂量了半天，最终决定用这串玉珠请相士来家里为二女儿相面,以此决定她未来的命运。

几天前,臧儿听说此地来了位有名的相士,人称"活神仙",是许负的弟子,相术非常精确,被当地人传得神乎其神。臧儿拿着玉珠来到相士住处,说出了自己的要求。相士很痛快地答应下来,吃过早饭就来到了臧儿的家里。

田家大小听说相士来到家里,都非常兴奋,围拢过来请相士为自己相面。相士观看田家老小,不由露出惊异神色,他指着臧儿的几个儿子失声说道:"不得了,不得了,你家里真是藏龙卧虎啊,看看这几个少年,将来都是了不起的贵人啊。"

臧儿一共有三个儿子,与前夫生的儿子取名王信,此时也随她住在田家;来到田家后,她接连生了两个儿子,分别叫田蚡和田胜。这三个孩子大的十三四岁,小的也已经六七岁了,围着相士有说有笑,听他说他们将来会成为贵人,不由一阵哄笑,高兴地蹦跳着跑到臧儿身边,七嘴八舌述说着相士的话。

臧儿按捺住内心喜悦,对相士客气地说:"如果真如先生说的,将来他们富贵了一定不会忘记您。先生,我二女儿十五六岁了,我现在最想为她相相面了,也好为她挑选合适的婆家,您说这婚姻大事可马虎不得,对不对?"

相士含笑无语。过了一会儿,臧儿的二女儿走了出来,她长得文静雅丽,面容娇媚,真是不可多见的美人胚子,难怪臧儿为她煞费苦心。

随着二女儿走进厅堂,相士的目光呆滞了,他目不转睛地盯着这个少女,似乎被她美丽的容貌迷住了。臧儿见此,轻声咳嗽一下,暗示相士不要无礼,不要忘记自己的本职工作。相士惊醒过来,他声音略带沙哑地说:"更是不可思议。你女儿容貌贵重,从相貌看,她的婚姻不同寻常,她的夫君应该是贵不可言的人物。"

什么?臧儿听此,激动得差点蹦起来,真是想什么来什么,她费尽心思不就是要为女儿寻门合适的姻缘吗?相士所说大大出乎她所料,女儿未来的夫君不是一般富贵,而是贵不可言。遥想薄姬当年,相士许负就曾经说过贵不可言的话,难道女儿会成为另一位薄姬?养育天子,贵及家门?

她边联想边笑着答谢相士,请求他仔细地为女儿看看,她的命运究竟该如何安排才能达到最好的结果。相士没有停下观看,他看了许久,却摇起头来,嘴里说着:"她虽然命运贵重,却不长久,这是天数。"

犹如滚热的心里浇了一盆凉水,臧儿刚刚燃起的希望火焰眨眼间熄灭了,如同空中的肥皂泡,飘荡着离她越飞越远,一个个劈啪破裂的声音甚至刺痛了她的心怀。相士刚想安慰臧儿几句,却听门外一阵喧闹,田蚡兴冲冲地跑进屋,大声喊叫着:"大姐回来了,大姐回来了。"

正是王娡抱着女儿金俗回娘家来了。臧儿心情不好,听说大女儿回来了,没好气地叱骂着田蚡:"大呼小叫成何规矩?教导你多少次了,有客人的时候不要无礼,一点也记不住!这要是生活在富贵家庭,哪能如此粗野!"

说话间,王娡已经轻盈盈走了进来,她听弟弟们说母亲请了相士来家里,也赶紧凑过来准备为女儿相面呢。却说相士"活神仙",他猜测到了臧儿的心思,听她斥责儿子也不好插嘴,于是呆坐一边不言不语。

王娡进屋后,先见过了母亲,回身打量相士。相士也抬头观望眼前女子,一望之下,他再次吓呆了,讷讷地问道:"这位是——她是——"

臧儿知道自己失态了,急忙收敛心思,转过脸去对相士说:"噢,先生,这是我的大女儿,真是巧了,她今天也回来了。"她边说边观察相士举止,看到他面露惊异神色,比起刚刚见到二女儿时更加不同,心里又是一动,不失时机地问道:"先生,您看我大女儿面相如何? 她将来的生活能否安稳?"

王娡像

相士略略稳定心神,望着臧儿深深地说:"啊,我看了半天终于明白了,您家将来贵不可及,富有无比,原来都得益于您的大女儿啊。您大女儿面相至贵,生龙育凤,当真是天下最尊贵的女子。我师从许负,听他讲过为薄太后相面的事,我无缘得见天下至尊,今天能够见到您女儿也不愧学习相术这些年了。"说着,他收拾携带物品,急匆匆就要离去。

臧儿听了这话,一霎时也愣在当场,她请相士为二女儿相面,歪打正着,相士认为大女儿更加贵重。这是怎么说的? 一个普通民妇哪里来的这么高贵气息?

王娡听了相士的话,兀自笑出声来,不无揶揄地说:"相士真是高人,请问您从哪里看出我命运如此贵重?"

相士见她们不信自己的话,也顾不了许多,当下轻轻拍打着案几说:"你们信也罢,不信也罢,荣华富贵是你们的,与我相士无关。不过你们要是腾达了,可不能忘记我今天说过的话。"说着,转身就要走。

"慢着。"臧儿急忙拦住了相士,施礼说:"我女儿无知,您不要放在心上,只是您说的有些离奇,我们一时半刻难以理解,敢问相士,我究竟如何做才能确保儿女们达到荣华富贵呢?"

相士呵呵一笑,轻声慢语:"您绝顶聪明,还用请教我吗?再说,命运是与生俱来的,不是哪个人能够左右的,机遇自然降临,不用我们瞎操心。"相士一副听天由命的派头。

臧儿点点头,送走了相士后,她暗暗思忖,虽然命运天定,可是就这么傻等下去王娡会真的生出龙凤来?她不但迷信相术,还是位实干家、积极的行动者,她想,既然女儿们命运贵重,而且与皇室有关,何不把她们送进宫去呢?臧儿为这个想法兴奋不已,在她看来,女儿们进了宫必定受到皇上宠幸,那么不就实现相士的预言了吗?当时汉文帝在位接近二十年了,后宫充实,多年都没有下旨选宫女了,怎么才能让女儿们进宫呢?臧儿苦思冥想,一个超乎寻常的决定又涌上她的心头。

臧儿决定为儿女们的前途做出重要抉择,她能否顺利实现自己梦想的第一步呢?王娡已经嫁作他人妇,并且生了女儿,难道也要成为母亲手里的一颗棋子,改嫁到宫里去吗?这些事情听起来多么不可思议,可是勇敢无畏、为了达到目的不惜采取任何手段的臧儿会这么想吗?

第三节　汉宫新宠

王娡改嫁

提起改嫁，历史上最成功的改嫁莫过于王娡了。她回娘家相面，相士说出了她尊贵无比的命运之数，使她不甘没落的母亲看到了充满希望的未来，燃起了熊熊欲望之火。她母亲臧儿不再等待，决定尽快为女儿们寻找到实现梦想的处所，既然相士说她们都是贵及天家，那么就可以从皇室入手了，宫里进不去，不是还有太子吗？未来的皇帝一样可以实现相士的预言，实现她多年的夙愿。

臧儿施展手段，很快买通了太子身边的奴仆，希望能够实现自己的这个愿望。太子刘启是汉文帝刘恒与窦皇后的长子，受封太子已经许多年了。他年方二十几岁，姬妾成群，儿女也很多，作为身份高贵的皇太子，他会接纳再醮的王娡吗？

再说王娡家里，她丈夫金王孙听说妻子要离弃他，进太子府邸寻找新的未来，恼恨异常，跑到丈人家里闹事。臧儿可不吃他这一套，软硬兼施，把他整治得无言以对。金王孙无奈，只好抱着幼女回家。臧儿安慰他说："如果王娡富贵了，她不会忘记你们父女，你们也会跟着沾光的。"

王娡不愿意撇下幼女离家，在母亲面前免不了流泪哭泣，臧儿训斥她说:"儿女情长能做什么大事?你想想,放着锦绣前程不要,难道你要像母亲一样窝窝囊囊地生活一辈子吗?生儿育女,每日洗衣做饭,有什么好的?!"

她以身说教,自然打动了王娡年轻好奇的心怀,她自幼就听母亲讲述贵族人家的生活,母亲无限神往的表情深

汉景帝像

深地印在她的脑海里。如今,坦途就在眼前,如果放弃了,就再也没有机会了,想到这里,王娡毅然擦掉泪水,跪在母亲身边说:"女儿一切都听母亲安排。"王娡就这样结束了将近两年已为人妇的生活,冒充新人来到了太子刘启的身边。

王娡姐妹以普通使女身份进入了太子府邸。很快,她们的美貌引起了刘启关注,王娡姐妹先后受到太子宠幸,成为太子身边新的宠妃。令人无法理解的是,刘启特别喜欢王娡,而对于她妹妹却表现出一般关爱。王娡非常争气,再嫁太子后,接连生了三个女儿,一个个灵秀可爱,聪慧喜人,深受刘启喜爱,由此,王娡地位逐渐提高,由普通姬妾晋封为夫人级别,可算是贵宠有加。

转眼间,王娡嫁给太子刘启近十年了,公元前156年夏天,汉文帝刘恒去世,刘启顺利即位,史称汉景帝。丈夫做了皇帝,

　　王娡入住未央宫漪兰殿,被正式册封为美人。汉室嫔妃的封号有皇后、美人、婕好等等,除了皇后,其次就数美人了,可见王娡的地位之高。

　　汉景帝少年时期就奉祖母薄太后之命迎娶了薄氏为太子妃,如今薄氏自然顺理成章做了皇后。可是汉景帝与结发妻子薄氏的感情并不好,而且薄氏一直没有生育,他不过碍于祖母的面子虚与委蛇,勉强承认她的皇后之位罢了。王娡嫁给太子以前,汉景帝特别宠爱栗夫人,栗夫人为他生育了三个儿子,其中刘荣就是皇长子。栗夫人出身贵族,娘家父兄都在朝廷为官。所以,她在宫中的地位如日中天,不可小觑。

　　王娡聪明机智,她很快看清了眼前形势,在后宫过着谨慎小心的生活。多年生活在民间以及二度嫁夫的经历,让她不同于宫内其他嫔妃,她善于察言观色,懂得伺机而动,所以不管后宫有什么风吹草动,这位夫人总能应付自如,从不做出过分的举动。她合适的言谈举止、谦逊和善的表现,赢得了后宫的一致嘉许。

此时的未央宫内,不仅有诸多嫔妃,还有两位至尊人物,一位是汉景帝的祖母薄太皇太后,一位就是他的母亲窦太后。两位太后身居后宫,统摄着皇室家族。汉时特别强调孝道,汉景帝效法父亲刘恒,也是位孝子,他对于两位太后非常孝敬。王娡看在眼里,记在心上,对于太后们也是极尽孝道,毫不含糊。

窦太后患有眼病,眼睛看不清东西,为此,王娡经常伺候在她身边,嘘寒问暖,如同亲生女儿。有一次,窦太后听宫女们议论御园里鲜花盛开,不无叹息地说:"哎,可惜再好的花也看不见了。"王娡听说后,即刻命令宫女们以后不要随便谈论鲜花之事,而要学习窦太后,多读黄老之书,以求清静无为。她自幼跟随母亲学会了写字,所以,只要有时间就到窦太后宫中,帮她整理黄老学说的书籍。由此,窦太后非常喜欢这位能干孝敬的儿媳妇,在儿子面前没少夸奖她。

王娡依靠个人的努力在宫中站稳了脚,她听从母亲臧儿的教导,并没有停下前进的步伐,就在汉景帝即位不久,公元前156年七月七日,她的地位再次得到提高,并且这天被永久地载入史册,成为她本人也是整个汉室为之骄傲的一天。

梦日入怀

七月七日是中国传统的节日——七夕节,传说这天牛郎与织女在鹊桥相会。农历七月七日,适逢夏秋交替时节,天气温暖,果木飘香。夜晚,天上繁星闪耀,一道白茫茫的银河横贯南北,银河的东西两岸,各有一颗闪亮的星星,隔河相望,遥遥相对,那就是著名的牵牛星和织女星,分别代表传说中的牛郎和织女。牛郎是一位普通的农家子弟,因为受到兄嫂虐待,独自过着孤苦伶仃的日子。天上的织女美丽聪明、心灵手巧,她下凡来到人间,与牛郎结为夫妇,两人过上了美满和谐的日子。可是织女下凡违反天条,王母娘娘知道后,下令将她捉拿回天廷,这对恩爱夫妻被迫分离。到了七夕这天,天下所有的喜鹊都会飞到银河上搭筑一座天桥,让牛郎和织女得以在此相会。美丽的传说深受人们喜爱,成为中华传统文化的一部分。

公元前 156 年的七月七日却非比寻常,在大汉未央宫漪兰殿内,一直到了深夜,宫女内监们依然穿梭往来,忙碌不停,他们不是为了乞巧,也不是为了观赏牛郎织女相会,而是等待着夫人王娡生产。终于,一声婴儿响亮的啼哭传遍了宫殿内外,哭声扫除人们脸上的倦容,霎时间,整个漪兰殿洋溢在喜悦之中。婴儿不停地啼哭着,声音似乎穿透了浩浩未央宫,直达浩繁的星空,令人无不惊叹这位新生皇子的力量之大,气魄之伟。而这位新生皇子正是后来震惊海内外、史传千百年的汉武帝刘彻。

刘彻诞生了,他出生在暖风袭人、星光灿烂的美丽夜晚,他的诞生给母亲带来了无限喜悦,给父亲带了不小的惊喜。汉景帝已经有九个儿子了,可是他们都是自己做太子时出生的,偏偏这个儿子在自己即位初年就来到了人间,也算是喜上添喜了。汉景帝为了等待儿子出生,一直在前殿内静静等候着,这时,内监们飞快地跑进来,气喘吁吁地说:"恭喜皇上,王夫人生了位皇子。"

汉景帝刘启掩饰不住脸上的笑意,轻轻地说道:"应验了,果然如此。这个孩子来得可真是时候啊,生下来就是皇子,比起他的哥哥们又是不同了。"他说着,迈步跟随内监走向漪兰殿。汉景帝刚满三十二岁,春秋鼎盛岁月登上皇位,良辰佳节喜得贵子，心情自然十分惬意。

漪兰殿内，王娡已经从床榻上坐立起来，她望着刚刚降生的婴孩，内心的幸福完全表现在脸上。她已经快要三十岁了，先后生育了四个女儿，如今，恰逢丈夫即位，自己就生了个儿子，这个孩子生下来就是皇子，前程锦绣，起码也会被封为王爷，母以子贵，自己就是未来的王太后，终生算是有指靠了，真是应验了相士的话，也算对得起母亲的一番苦心了，母亲知道自己喜得贵子又

会怎么高兴呢？这样想来想去，她越发激动，伸手轻轻抚摸着婴孩圆润的小脸庞。

汉景帝刘启走进漪兰殿，看到王娡毫无倦意，正在爱抚着刚刚出生的儿子，一副和乐亲昵的景象。他笑吟吟地走过来，拉着王娡的手说："夫人辛苦了。"

王娡轻声说："妾妃多谢皇上记挂。皇上，您看这个孩子多壮实。"

汉景帝早就盯着新生的儿子了，他仔细地打量着，看他不停地伸胳膊蹬腿，非常活泼好动，点头说："嗯，哭声很响，身体够结实。"

王娡笑着说："这个孩子胖胖的，一看就是有福的面相。对了，皇上，刚才妾妃迷迷糊糊睡着了，梦见天上的太阳像个火红的大球，突然滚落到妾妃的怀里。妾妃惊醒了，接着孩子就降落出世了，您说奇怪吧？"

茂陵

汉景帝听闻,吃惊异常,他紧跟着问了一句:"夫人果真梦见太阳滚进了怀里?"

"真的。"王娡肯定地说:"妾妃还很奇怪呢,皇上您看其中有什么预兆吗?"

汉景帝并不搭话,王娡梦日入怀诞生皇子,可以看做吉兆,因为太阳代表上天,代表尊贵,这个新生的儿子难道是太阳的化身?他略一沉思,王娡看在眼里,接着说道:"妾妃听人说生孩子前梦到什么,孩子就是什么所托生的,难道这个孩子会是太阳转世?"

她似乎漫不经心地一说,殿内诸人都露出惊异神色,太阳普照天地,孕育万物,令天下生灵敬仰,新生皇子如果真是太阳转世,那么他的命运可算是至贵了。

为王娡接生的老宫人不失时机地进言说:"小皇子生得壮实,哭声洪亮,将来一定会成为了不起的人物。"

王娡听了,连忙说:"皇上,请您给孩子取个名字吧。"

汉景帝来回踱了几步,他心里早就有了打算,原来就在孩子出生前一刻,他坐在前殿内竟然也做了一个梦,而且这个梦比起王娡梦日入怀更是神奇,所以他听说生了皇子,才如此兴奋地来到漪兰殿看望王娡和孩子。此刻,他看到胖乎乎可爱的儿子,听王娡说出梦日入怀的奇梦,不由更加惊奇自己的那个梦了。他究竟梦到了什么?他又会为新生皇子取什么名字呢?

高祖托梦

原来,汉景帝在孩子降生前一直坐在前殿内,夜色渐深时他坐着睡着了。睡梦中,他看到一只红色的小猪飘荡荡降落在了未央宫。小猪健壮可爱,浑身散发着红色祥光,将天地都照亮了,未央宫内呈现前所未有的祥瑞之象。他惊愕地看着眼前景象,完全不知所措。就在这时,高祖刘邦突然出现了,他望着呆立无语的汉景帝缓缓说道:"孙儿,我是你的祖父刘邦,你的王夫人就要生了,她会生个男孩,你就为他取名刘彘。"说完,红色的小猪不见了,高祖刘邦也消逝了,汉景帝愕然无措,喊叫一声从梦中醒来了。

醒来后,汉景帝回想梦中所见,不免心生疑惑,不明白这个梦到底代表了什么。古人非常迷信,认为梦是预兆,会暗示什么,所以他仔细思索着,自己从来没有见过高祖刘邦,他怎么突然托梦给自己呢,而且他清楚地指明王娡就要生男孩了,这又是怎么回事?就在他苦思冥想之际,内监们匆忙赶来向他奏报,王夫人顺利地产下一个健康男婴。他来不及细想跟着内监去了漪兰殿。这也就是刚才他去漪兰殿以前的事情。他去了漪兰殿,见到初生的儿子后,听说了梦日入怀的奇事,联想高祖托梦,心里更感奇异。

汉景帝暗自惊奇，却没有把高祖托梦的事说出来。这时，王娡请他为新生儿子取名，他脑子里激烈地斗争着，高祖托梦为这个孩子取名刘彘，"彘"是猪的意思，堂堂皇子取这么个名字是否不雅呢？他转而一想，自己跟随父亲在代地时，常常听说普通百姓为自家的孩子起个低贱的小名，据说这样孩子会有个富贵的将来，而且，小孩子就如同小动物，越是低贱就越容易养活，身体健康无病。这么看来，这个新生的皇子壮实可爱，倒也如同一头逗人喜爱的小猪，如果为他取名彘，说不定他会如梦中红色的猪一样光耀四方呢。况且"彘"音同"智"，也许高祖的意思暗示这个孩子聪明智慧，将来长大成人能为汉室江山做出贡献。这么反复一想，汉景帝心里坦然了，他转身望着粉嘟嘟的新生皇子，大声说："孩子白白胖胖，着实可爱，就叫他彘吧。"

此话一出，殿内人全吓呆了，宫女内监们不明白，皇家子弟

都是龙种再世,怎么会起这么个低贱的名字呢?但是他们谁也不敢多言,只是互相疑惑地交换着不解的目光,不知道该不该向新生皇子祝贺。还是王娡机灵,她察言观色,从汉景帝的话语举动中看出他对于儿子的喜爱,也看出他认真思索为儿子起名,而最终汉景帝高兴地宣布儿子叫彘,她心里明白,刘启一定费了很大心思,也许儿子这个看似低贱的名字里蕴涵着无穷深意。想到这里,王娡急忙带头说:"多谢皇上为皇子起名。彘儿,多好的名字。"她一边说着,一边拍打着新生儿高兴地说:"彘儿,听见了吗?父皇给你起名字了,你一定要像父亲期盼的一样健健康康、无忧无虑地快快长大。"

诸宫女内监们听了她的话,方才醒悟过来,明白皇上为儿子取名彘,无非盼望孩子健康快乐地长大,可见爱子情深,于是他们一起祝贺说:"恭祝新皇子健康多福,快乐无忧!"

汉景帝见王娡能够领会自己的一片深意,高兴地接纳了彘这个名字,心情畅快,连夜传下诏书,给王夫人大量封赏。王娡切实感受到了母以子贵的实惠,以前她接连生了三个公主,哪一个受到汉景帝如此重视?刘彘刚刚诞生就给母亲带来荣耀,让王娡在未央宫内的地位进一步稳固了。

刘彘出生,未央宫内多了一位可爱的皇子,两位太后派人为王娡送来了补品和衣物,关照她安心养育皇子。汉景帝的儿女很多,其中能够得到太后悉心关怀的却不多,如今,王娡生子受宠,可见她在宫内地位不同一般。

此时,为王娡重新设计人生的臧儿已经贵为皇亲国戚,过上了比先前富贵的日子,她听说女儿终于生了皇子,而且受到皇帝宠爱,再次联想起多年前的那次相面,内心不无激动地想,相士说王娡贵不可言,生龙育凤,现在当真都实现了。凭借不甘没落的心怀、大胆无畏的举动实现常人难以想象的理想,臧儿的成功不仅为她带来了荣华富贵,也将要改变许多人的命运,将要在历史上留下不可磨灭的一笔,这位传奇女性用实际行动向世人展示了什么叫做神奇。也许臧儿并没有想到,她的富贵不止于此,神奇的事情接二连三地发生着,渐渐超出了她最早期盼的结果。

　　前面说过,汉景帝儿子很多,刘彘是他的第十个儿子,而且,刘彘的母亲虽然尊贵,也不过只是夫人,娘家势力微薄,按照常理来看,身为普通皇子的刘彘要想登上储位并不是想象中那么容易。尽管如此,刘彘还是实现了这个充满困难的理想,他神奇地登上了储位。

第二章 一波三折的储位之争

　　传奇故事已经开始了，接下来谁会继续将神奇续演下去呢？皇子刘彻来到人间，他降生于锦衣玉食的皇家，是恩爱父母的宠儿，看起来他的前途非常光明，巍巍汉宫内他不会受到任何风吹雨打，他完全可以度过衣食无忧的一生。然而，储位之争诡波丛生，历来都是皇家最机密重大的事情，关系社稷安危，刘彻是如何胜出的呢？在第一轮储位争夺中，汉景帝立长子刘荣为太子，只封了四岁的刘彻一个胶东王。名分既定，还有改变的机会吗？

第一节 首战失利

刘荣被立为太子

刘彘出生有些日子了，关于梦日入怀的说法早就传遍了后宫，上至太后下至普通宫女无人不知刘彘生来贵重，是天意送给皇家的儿子。王娡见此，暗暗为自己的梦得意不已，她早就明白皇家特别信奉皇权神授，看来这个梦对自己和刘彘的未来将会产生很大影响。

果然，随着时间推移，随着刘彘一日日长大，他虎头虎脑、聪明活泼的样子越来越引起父亲汉景帝关注，也越来越引起另一个人不安。这个人不是别人，正是汉景帝的宠妃栗夫人。栗夫人是皇长子刘荣的母亲，她嫁给汉景帝多年了，一直受到丈夫宠爱，因为生育皇长子，地位比其他嫔妃更显贵，也受到汉景帝格外关照。汉景帝即位初年，栗夫人就缠着丈夫早日立储。立储一般选择嫡子，可是照当时的情况看，汉景帝的皇后薄氏没有生育，那么储君只有从诸位皇子中选拔，按照长幼有序的常理，皇长子刘荣最有可能立为储君了。栗夫人常常对汉景帝说起这件事，希望立自己的儿子刘荣为储君。刘荣只有十几岁，正是翩翩美少年，他相貌英俊，文雅好学，敦厚持重，要是立为储君，也是非常合情合理的事情。

汉景帝却没有急于立储,也许他考虑到薄皇后,考虑到祖母对他的影响,决定等等再说。就这样,三年过去了,薄太皇太后去世,汉景帝立刻毫不犹豫地废掉了有名无实的薄皇后,把这个可怜的女子打入冷宫,独自忍受岁月的煎熬。废掉薄皇后,必定要立新的皇后。此时,皇后之争和储位之争同时摆在了后宫诸妾面前,新一轮后宫争夺战就要如火如荼地上演了。

栗夫人首当其冲,极尽其能劝说汉景帝立刘荣为太子。此时,朝廷刚刚经历了七国之乱,汉景帝倚重的大臣们也纷纷上言,建议汉景帝早日立太子,以此安定人心,稳固社稷。

到底立谁为太子呢?汉景帝对儿子们多方观察,觉得小皇子刘彘聪慧可爱,联想他出生时自己梦到高祖所托,他的心不免时时偏向这个幼子。

此时的刘彘已经四岁了,整日追逐戏耍宫内,言谈举止引人注目,人人都喊他"小大人"。有一次,母亲王娡带他给太后请安,他竟然拿起祖母的《老子》一书就读。窦太后欢喜地说:"这个孩子也喜欢黄老之术?"那时,汉景帝遵从先帝们的政策以黄老学说治国安邦,窦太后是坚定的黄老学说崇拜者,也是黄老学说坚定的推行者。

刘彘稚气地说:"什么是黄老之术?祖母,我以后为您读书好吗?"

窦太后双眼失明,听到刘彘这么说,激动地搂过他说:"好,好,祖母有这么孝顺的孙子真是太高兴了。"说完,命人赏赐刘彘一块精致的佩玉。

刘彘玩赏了一会儿佩玉,还给窦太后说:"祖母,我不要佩玉,我想学习、写字、看书。"

窦太后听了,眉开眼笑地说:"跟你父皇一样爱好学习,将来也是个有出息的。这一定是你母亲教导的,对不对?"

王娡忙上前说:"太后过奖了,彘儿受他父亲影响,受太后关爱才有这样的出息。"

他们其乐融融地交谈着,消息却不胫而走,传到了栗夫人耳中。栗夫人气恼地说:"跟个猪一样的毛孩子,能有多大出息?哼,我看太后老糊涂了。"她不再等待,跑到汉景帝跟前,软磨硬泡请求立刘荣为太子。这时,栗夫人的兄弟们也开始在朝廷活动,请大臣们上奏汉景帝,立刘荣为太子。

汉景帝左右为难,一时难以决定立储大事。这天,他特意召见窦婴,向他征询立储之事。窦婴是窦太后的内侄,与汉景帝是表兄弟,早在汉文帝时就负责太子刘启的家事,为人豪爽侠义,信奉儒家学说,七国之乱时立下战功,被封为魏其侯。他进言说:"皇长子刘荣十几岁了,知书识理,这些年来言谈举止都很得体,非常孝顺,是个难得的好孩子。圣人说,长幼有序。既然大臣们建议册立长子,臣也以为应该立刘荣为太子。"

汉景帝清楚,栗夫人性情高傲,为人有些刻薄,不过刘荣确实不错,不能因为母亲而贬低皇子,更不能因为栗夫人的一些小毛病就坏了朝廷大事,影响江山社稷。他听了窦婴这番话,当即决定,答应栗夫人和大臣们,立刘荣为太子。诏书一下,有人欢喜有人忧。栗夫人如愿以偿,欢天喜地地庆祝儿子立为储君;王娡却黯然伤神,默默地坐在漪兰殿内望着刘彘爬上爬下、玩耍嬉闹。人往高处走,人心难知足,此时的王娡也许想到了这些,可是她怎么甘心就这样看着太子之位落到他人头上,与自己可爱的彘儿无缘呢?两次悬殊迥异的婚姻让她学会了很多,认识到了大胆进取就是成功的一半,敢想才会敢做,敢做才能有为,这是千古不变的定理。如今,她已经实现了连想都不敢想的事情,离储位只有一步之遥了,难道就这样放弃吗?

刘彘玩耍一会儿,转身望着呆呆的母亲,不解地问:"母亲,您怎么啦?是不是不高兴了?"

儿子像个大人似的关怀自己,王娡心里一阵激动,喃喃自语:"这么懂事的孩子为什么不立为太子?"

没有想到她的话被刘彘听到了,他跑过来说:"母亲,您不要担心,父皇已经封我为胶东王了。"

汉景帝册立刘荣为太子的同时,封刘彘为胶东王,也许是为了安抚自己的心吧。四岁的刘彘受封诸侯王,也算是件喜庆事了。王娡见儿子这么说,遂轻轻笑了,命令宫女说:"去,摆上酒宴,咱们也庆祝一下。小彘儿现在可是大国王了。"

名分既定,照常理,刘彘只能安分守己当一辈子诸侯王了。可是命运变化不定,没有到眼前,一切都还很难说。

栗夫人拒婚

储位既定,朝政趋于安定,汉景帝任用窦婴做太子太傅,负责太子刘荣的学习教育。窦婴与窦太后虽为姑侄,对于朝政却有不同见解,这为他的人生埋下了第一颗悲剧的种子。不过,此时他身为侯爷,兼太子太傅,地位与势力蒸蒸日上。

自从刘荣做了太子,栗夫人一天比一天骄横起来,她心想,儿子终于做了太子,自己多年的凤愿总算达成了,后宫嫔妃谁比太子的母亲更尊贵?她眼巴巴地一心等待汉景帝立自己为皇后。在她看来,皇后之位已经非她莫属了。这个骄傲的女人高兴得太早了,所谓得意忘形,她很快就要尝到过分傲慢带给自己的苦果了。

汉景帝有个同胞姐姐,名叫刘嫖,被封为长公主。她是窦太后唯一的女儿,嫁给了功臣陈婴的孙子陈午为妻。刘嫖虽然出嫁了,却因为窦太后的宠爱,经常出入宫闱,来去随便。刘嫖与刘启自幼一起跟随父母在代地(汉文帝早年的属国)长大,姐弟俩感情深厚,非比寻常。借着这层关系,刘嫖在宫中的地位更是尊贵,除了太后,几乎无人敢与她相比。刘嫖性情活跃,是个闲不住的人,她穿梭在后宫嫔妃之间,竟然经常为自己的弟弟品论嫔妃的优劣。这些嫔妃都是刘启的妃子,其才情相貌皆国内首屈一指,她们眼见汉景帝听从刘嫖的建议,根据刘嫖的喜好宠爱妃子,也就纷纷来巴结这位皇姐,希望自己能够得到她的推荐,承受皇帝的雨露恩泽。

由此看来,刘嫖在后宫之中位尊权重,不可得罪。偏偏就有看不惯她所作所为的人,于是,一场不见烟火的斗争开始了。

栗夫人向来受宠,她看到有些嫔妃凭借刘嫖的引荐得以亲近皇帝,与自己争宠夺爱,心里早就十二万分讨厌。她恨恨地想,刘嫖为刘启拉捐保媒般推荐嫔妃,无非为了巴结皇帝,稳固地位,真是太可恶了。她越想越气,对刘嫖深怀不满,可是碍于太后和汉景帝的面子,她又怎么敢轻易发作呢?

栗夫人无法容忍刘嫖的作为,却又敢怒不敢言,这种情形持续了好几年。直到有一天,刘荣被正式册立为太子,她觉得扬眉吐气一般,立刻对刘嫖不屑一顾,发誓要对她进行报复。事情就是这样,她正有这般心思,刘嫖就适时地送来了机会。

刘嫖多年生活在皇宫,出嫁后也时常出入后宫,对宫内生活

陈阿娇像

念念不忘,可是既已出嫁,怎么能永久保留皇家尊贵呢?她有个女儿,名叫阿娇,这阿娇生得体态丰盈,身材高挑,倒也算个美女,她自幼受到母亲溺爱,娇贵无比,性情傲慢。刘嫖又是个功利心极强的人,于是常常带着女儿进宫,目的只有一个,那就是希望阿娇有朝一日能够做皇后。

自从刘荣做了太子,刘嫖的目的明确了,她让阿娇多多接触刘荣,打算从小培养他们的感情。刘荣年长阿娇好几岁,两人又是表兄妹关系,所以事事处处都让着阿娇,两人玩得倒也开心。这件事情很快引起栗夫人注意,她怨恨刘嫖,自然对她的女儿也不怀好感,尤其看她娇滴滴缠着刘荣,联想那些夺去自己宠爱的嫔妃,恶向胆边生,恶狠狠地训斥刘荣说:"你也老大不小了,身为太子,不好好用功读书长进,整日跟小孩子泡在一起干什么?!"从此,她总是亲自监督刘荣,不让他与阿娇接近。

刘嫖一计不成,并没有死心,她觉得自己的女儿身份高贵,除了做皇后,其他人不能嫁。刘荣十来岁了,必须尽快决定此事。既然有了这样的决心,她决定正式提出此事,以确定女儿未来的皇后地位。

为了慎重,刘嫖与母亲窦太后商量后,派遣地位尊贵的朝臣做媒,前去向栗夫人提亲。本来皇室婚姻应该由太后做主,刘嫖与窦太后这么做,无非为了向栗夫人示好,表示谦谨重视、看重栗夫人之意。

如果栗夫人稍加思索,一定明白刘嫖的用意,也一定看清与她联姻的重要性。可是,她太冲动了,也过于心胸狭窄、目光短浅,这位太子的亲生母亲以为只要儿子得势,自己就可以为所欲为、目空一切,可以把他人踩在脚下任意践踏。她见到前来提亲的人,听他说出刘嫖的主意,竟然哈哈大笑,得意洋洋地说:"呵,堂堂长公主也求到我的门下了,这可是天下奇事!长公主出入宫闱,左右皇帝,备受太后宠爱,从来不把我放在眼里,怎么,今日听说荣儿做了太子,她来求我了!"

媒人听她话语含有讽刺之意,忙恭敬地说:"夫人,长公主有意与您修好,主动提出把女儿嫁给太子,这可是难得的好姻缘。夫人您看,是不是同意他们的婚事呢?"

"同意?"栗夫人冷眼瞅瞅媒人,没好气地说,"要阿娇嫁给荣儿吗?我看你是不是受了长公主什么恩惠,竟敢跑到这里来胡说八道!你也不睁眼看看,那个阿娇生性乖僻、长相粗鄙,哪一点配得上我的荣儿?哪一点配得上做大汉皇妃?"

媒人没有想到栗夫人说出这样侮辱人的话来,大吃一惊,定定神说:"夫人可不要这样说!阿娇是长公主的独生女,又是太后唯一的外孙女,身份尊贵,怎么配不上太子呢?就是从她父亲方面来说,她也是功臣之后,非比常人啊。"

"哼,"栗夫人显然在借机撒气,准备把多年对刘嫖的愤恨全部发泄殆尽,想也没想就对媒人说:"好,你说阿娇尊贵,那我就明白告诉你,只要我有一口气在,荣儿就绝不会娶阿娇!你回去告诉刘嫖，不要做梦了，她女儿此生不会坐上皇后宝座，她以后也不会长久地往来宫廷了。”

真是把话说绝了。栗夫人只图一时痛快，肆无忌惮地发泄胸中愤懑，完全没有想到她正在为自己挖掘坟墓，并且把儿子刘荣的前程一并葬送了。

媒人受了侮辱，回到刘嫖那里，把栗夫人傲慢无礼的态度和话语一五一十全部转告了她。刘嫖听闻，勃然大怒，她强忍心头怒火，打发了媒人，暗暗地想，哼，真是小人得志，怎么，儿子做了太子就不可一世了，看着吧，我会让你后悔的！

长公主刘嫖提亲受辱，不肯咽下这口恶气，她当即决定，阿娇不嫁给刘荣，也一定要嫁给其他皇子。她甚至不安分地想，刘荣可以做太子，也可以被废掉，说不定凭我的努力能够劝动皇上改立他人为太子呢。

刘嫖相中了谁呢？她有没有帮助未来的女婿成功登上储位呢？

第二节　长公主的作用

长公主再提亲

栗夫人有恃无恐,断然拒绝了长公主提亲,她这么做虽然冒昧生硬,却也自有她的道理。向来国家立储非同小可,动辄关系社稷安危,不会随意更改册立。既然刘启明诏天下,册立刘荣为太子,那么栗夫人当然可以自视甚高,不把其他皇亲们放在眼里。但栗夫人万万没有料到,自己一时逞强,竟然断送了自己和儿子的辉煌前程。看来,她只有美丽的姿容,缺乏宽广的胸怀和机智的头脑,这样,这个自以为了不起的女人必定在复杂残酷的宫廷斗争中败下阵来,将唾手可得的江山拱手送人。

再说刘嫖,她没有攀上太子,立即将目光转向了其他皇子。她多年出入宫闱,对皇子们的情况了如指掌,很快把目光放在了刘彻身上。她早就听说了关于刘彻出生时的种种传闻,眼见皇帝对这个孩子宠爱有加,加上刘彻聪明异常,招人喜爱,她决定向王娡提亲,把女儿阿娇嫁给刘彻。

这次提亲就没有上次隆重了,刘嫖是个明白人,她分得清刘彻与刘荣身分悬殊,为了避免再次出现尴尬,她趁进宫时来到漪兰殿亲自找到王娡聊天。长公主驾临,王娡小心陪着言笑,她十分清楚刘嫖在宫里的地位,这些年也没少巴结讨好她。

　　刘嫖大模大样走进殿里,拿起王娡亲手缝制的衣服夸赞说:"哎呀,夫人还会做衣服呢,真是心灵手巧,怪不得太后时常夸你能干呢。"

　　王娡谦逊地说:"我闲着无事,缝缝补补打发时间罢了。公主,阿娇没有一起来吗?我可一直惦记着她呢。"说着,她拿出一个精致的荷包说:"这是阿娇上次向我讨要的,我做好了就等她来呢。"

　　刘嫖惊讶地接过锦绣荷包,左看右看,欣喜地说:"你可真是有心人,小孩子的一句话也记在心上。你做的荷包真是美极了,比宫内最好的织女做的都好。"

长乐宫遗址

　　王娡笑笑,刚想说什么,就见刘彘一蹦一跳跑了进来。刘彘进殿,看见刘嫖急忙施礼说:"彘儿见过皇姑姑。"

　　"哎呀,不要多礼。"刘嫖一手扶着刘彘,一手攥着荷包说,"彘儿,想阿娇姐姐了吗?"

　　"想,"刘彘大声说,"姐姐怎么不来玩了?"刘彘年幼,像许多小孩子一样,喜欢跟比自己年龄大的孩子玩耍,从而模仿他们认识世界,熟悉社会行为规范。平时,阿娇总跟在刘荣身后,很少搭理刘彘这个小不点,越是如此,刘彘越把他们看得神奇,也就更加渴望与阿娇他们交朋友。

刘嫖听刘彘这么说,多日来沉积在内心的阴云一闪而光,抱起刘彘高兴地说:"还是彘儿好,是姑姑的好宝宝。"

王娡已经耳闻刘嫖向栗夫人提亲遭到拒绝的事,不过她精明懂事,不会主动提及此事。这时,她看到刘嫖抱着刘彘有说有笑,心里突然一动,想了想说:"公主,彘儿也四五岁了,将来要去胶东为王,我孤陋寡闻的,不懂宫廷礼仪,你说咱们是不是早点为他说妥亲事?"

刘嫖一听,正中下怀,抱着刘彘半开玩笑地说:"亲事?姑姑喜欢彘儿,我看就把阿娇嫁给他好了,这叫亲上加亲。"

王娡听了这话,惊喜地说:"公主此话当真吗?这可是彘儿天大的福气!只是彘儿身为普通皇子,将来还要到遥远的胶东去,阿娇嫁给他,恐怕会受委屈。"

刘嫖忙回答:"婚姻大事岂能儿戏?以后的事谁也说不准,你担心什么!如果你同意了,咱们就这么说定了吧。"

两人一拍即合,当即答应下刘彘与阿娇的婚事。

刘彘侧头听着,听她们高兴地谈论自己与阿娇,以为阿娇不日就要进宫来玩,兴奋地喊起来:"太好了,太好了,阿娇姐姐又要来玩了。"

刘嫖和王娡看看刘彘,听他稚气的话语,相视一下,笑得更开心了。

王娡答应婚事,总算给刘嫖挽回了面子。此后,她一如既往地进出宫闱,而且开始积极策划为刘彘谋取更高的位子、更大的利益。而王娡呢,自从与刘嫖攀上婚事,她那颗不甘落后的心又加速了跳动,对于太子一位的幻想重新燃起,恰如星火燎原,很快,这场持续许久的储位之争波折再起,将要引发一场惊人巨变。

刘嫖既然选中了刘彘,就要为未来女婿谋划前程,她凭借自己对景帝刘启独一无二的影响,决定为刘彘,也是为阿娇,同时伴随着对栗夫人的报复心理,做一次大胆的尝试。她当然没有想到,自己这次的努力直接促成了刘彘登上太子位,间接影响了历史的发展。真是奇中生奇,巧上添巧,刘彘的人生充满了神奇的力量,他也为历史创造了许多神奇,这仿佛是相辅相成的道理。

进言定君心

就在刘嫖与王娡暗地里决定儿女婚事的时候,宫廷里又发生了一件事。汉景帝刘启立了太子后,一直没有册立皇后,这件事引起朝臣关注,不断有人催促皇上早日立后。事情明摆着,刘荣是太子,他的母亲立为皇后最合适了,但汉景帝之所以迟迟没有再次立后,是因为他深知皇后之位的重要性,他了解栗夫人为人心胸狭窄,行为刁钻古怪,后宫嫔妃们对她多有微词,一旦立后出现失误,那可是关系社稷的大事。就在汉景帝思虑不定的时候,栗夫人的一次次过激举动终于促使自己走向了绝路。

这天,汉景帝决定试探一下栗夫人,看看她有没有资格做皇后。他来到栗夫人寝宫,见栗夫人正坐在梳妆镜前打扮。栗夫人天生丽质,善于化妆穿着,三十多岁的人依然光彩照人,风韵迷人。刘启激动地走上前,一边观赏铜镜中的栗夫人,一边轻声说:"夫人风采不减当年,越发让朕喜爱了。"

栗夫人心里高兴,嘴上却说:"皇上左拥右抱,哪里还记得妾妃这半老徐娘!你说说,你都多少天没有来我这里了?"

汉景帝知道她心高气傲,目中无人,赔笑说:"朕这不是来了吗?如今,你是太子的生母,不比一般嫔妃,难道还要跟她们争宠吃醋吗?"

栗夫人有些恼怒地说:"太子的生母应该是皇后,皇上为什么不赶紧册封我呢?"她只顾使小性耍脾气,完全没有注意到刘启此次前来的目的。

汉景帝碰了钉子,很不自在,他想了想拿起一根银钗说:"夫人别生气了,册封皇后是大事,容朕慢慢来。好了,朕记得做太子时经常为你插簪别钗,情趣盎然,今日再为你效劳一次如何?"

栗夫人多日见不到汉景帝,今日见他尽力讨好自己,错误地以为这是请求册封皇后的良机,遂得寸进尺地说:"皇上,你贵为国君,难道管不了几个大臣吗?什么册封皇后是大事,我看明明是你心怀鬼胎,不知道打算册立什么人为皇后呢?"

这下,汉景帝生气了,他掷下银钗狠狠地说:"你也太不懂事了!"说完,头也不回,转身离去了。

栗夫人望着汉景帝远去的背影,羞愧恼恨一股脑涌上心头,她也不描眉涂脂了,倒头趴在案几上失声大哭。

这件事以后,汉景帝与栗夫人关系明显冷淡,不过汉景帝依然没有放弃她。又过了些日子,汉景帝身体染病,在床榻上躺了好几天。他的嫔妃们听说了,纷纷赶来照顾他。王娡更是衣不解带、日夜守护,亲自服侍汉景帝进药吃饭,比他人更显成熟和关切。一开始，栗夫人端着架子，不愿意屈就与其他嫔妃一起服侍汉景帝，后来，她听说汉景帝病得厉害，放心不下，这才赶了过来。一天，汉景帝单独留下栗夫人，让她照顾自己。栗夫人身边宫女内监环绕，哪里干过粗活，她既不会煎药，更不懂如何伺候病人，看到汉景帝躺在床榻，只会远远地站着指挥下人干活。汉景帝看在眼里，心里十分不爽，他故意说："朕的身体日渐虚弱，皇子们年幼无知，真是令人不放心啊。"

栗夫人听了，看了汉景帝一眼，什么也不说。汉景帝继续说："夫人，朕百年之后，你照顾这些孩子们可好？"言外之意，打算让她入主后宫，管理家事。

聪明人听了这话一定非常高兴，急忙答应下来。可是这位栗夫人真是令人着急，她听汉景帝要她照顾皇子，不由醋意大发，要知道，汉景帝的皇子十几人，出自不同的母亲，就是说，以前这些女人与自己争风吃醋，如今，她们的孩子却要自己来照顾，天下哪有这样不公平的事情！栗夫人还没有走出受冷落的阴影，心思全部用在这上面了，为此，她就要走进自我挖掘的坟墓里去了。

栗夫人暗自恼恨，对于汉景帝的问话置之不理。汉景帝有意试探她的胸怀和肚量，哪肯就此罢休，接着催问道："怎么样？你愿意替朕照料这些年幼皇子吗？"

这一声催问，激发了栗夫人强烈不满和反抗，她竟然说出了一句令她后悔终生的话："怎么样？我觉得没什么商量的，我是皇妃不是奶母，再说了，我自己的三个儿子还照顾不过来呢，怎么去照料他们？"

真是一语惊煞病中人！汉景帝当场目瞪口呆，栗夫人鼠肚鸡肠难容皇子,一旦立为皇后那还得了?栗夫人率性而为、吐露内心真实想法也成为后宫新闻。

很快,这件事传到了刘嫖的耳中,她暗暗得意,好啊,栗夫人,你前番侮辱我,这次竟然大胆妄为说出这等失德的话,真是自找难看。好,我就成全你。想到做到,她立即借机见了汉景帝,对他说:"皇上,栗夫人胸怀狭小,在后宫中人缘极差,她早年凭借你的宠幸慢视他人,如今又以太子生母的身份自视高人一等,对后宫嫔妃谩骂侮辱,品德低劣。特别对于王娡母子,更是横挑鼻子竖挑眼,一百个看不上。姐姐我真替你担心,一旦立栗夫人为皇后,恐怕后宫又要出现'人彘'的事件啊。"

说起人彘,人人变色心惊,这是指吕后残害戚夫人的事情。刘邦宠幸戚夫人和她生的儿子刘如意,为此,吕后怀恨在心。刘邦去世后,吕后的儿子刘盈即位,刘盈年少,大权被吕后掌握。吕后为了报复戚夫人母子,设计毒死了刘如意,又把戚夫人关押起来,砍去她的四肢,挖掉她的双眼,毒哑

汉景帝像

她的嗓子,谩骂她为"人彘",把她扔进粪池折磨而死。这件事情想起来都毛骨悚然,刘嫖把它与当今的栗夫人联系在一起,汉景帝听了,心里一阵阵惶恐难安。由此,他下决心绝不立栗夫人为皇后。

第三节　刘荣的悲剧

王娡的计谋

刘嫖以"人彘"之说进言汉景帝后,观察到汉景帝心有所动,实时把这个消息告诉了王娡。王娡见时机来了,绝不肯再次放过。她确实富有心机,在关键时刻大胆采取超出常人想象的计策,帮助她顺利铲除了栗夫人和刘荣。

王娡明白栗夫人虽然无望立后,可是汉景帝不会轻易废掉刘荣。因为废立储君关系重大,必须经过朝臣同意。当时,窦婴是刘荣的太子太傅,他的地位显赫,是朝廷上说一不二的人物,就连汉景帝也让他三分。他一心辅佐刘荣,打算做佐命大臣,藉此稳固提高自己的权势,当然不会同意废掉刘荣。还有丞相周亚夫,他是文帝时期丞相周勃的儿子。周勃平诸吕,安刘氏,迎立刘恒为帝,是汉家头号功臣。周亚夫平定七国之乱立下大功后,也被拜为丞相,他家的权势如日中天,不容忽视。周亚夫认为太子不能轻易废立,也坚决支持刘荣,不会同意汉景帝废太子。有这两位重臣强烈反对,刘荣几乎不可能被废。这一切,王娡了然于心,怎么样才能促使皇上痛下决心废掉刘荣呢?看来还要从栗夫人身上下手。

聪明多智的王娡想出了好办法。

当时，掌管宾客礼仪的官员称作大行，负责宫廷礼仪事宜。王娡多方观察，觉得此人可以利用，于是她暗地里让人调唆大行，说刘荣册立太子时间久了，可是他的母亲一直没有被立为皇后，这样不合朝廷礼仪，应该建议皇上早日立栗夫人为皇后，以此安定人心。大行听了这话，觉得有道理，认为这是自己职责内部的事情，于是急忙上奏折请求皇上刘启说："母以子贵，母爱而子荣，如今太子已经册立一段时间了，请皇上早日立栗夫人为后。如果一再拖延立后，不合朝廷礼仪。"

汉景帝正在为废掉栗夫人和刘荣伤神呢，猛不丁见到这样一份奏章，怒火燃烧，指着大行的鼻子骂道："废立皇后的大事也要你来操心吗？你管得也太宽了！"不由分说，让人拉下去把他关进大牢，不久下令将他处斩了。

汉景帝斩了大行依然不放心，他看到朝中大臣为刘荣和栗夫人说话，担心长此下去，刘荣年龄大了就会形成太子势力，这样必定威胁自己的皇权，到那时难以控制局面，说不定会发生什么事情。想到这里，他终于下了决心，于公元前 150 年，也就是刘荣立为太子的第三年正月，他下诏书废掉刘荣，改封他为临江王。

刘荣被废，朝野震惊。周亚夫和窦婴眼见既成事实，顿感无力回天，看到汉景帝怒不可遏、不可接近的样子，只好默认这个事实，不敢强行进言。

此时，刘荣的舅舅栗卿不甘心外甥被废，冒死进谏。汉景帝既已下了决心，哪会轻易放弃，他训斥栗卿顾念儿女私情，不顾朝廷大局，并且下令让人审查他。栗卿被关进大狱，最终被判为死刑。栗夫人也被打进冷宫，再也难见圣颜，郁郁愤懑，不久就死去了。由于她一人的过失，害得儿子被废，兄弟惨死，家族败落，真是可悲可叹。这个容貌超人却骄横少礼的女人尝到了亲手炮制的苦酒，她至死都没有明白，如果没有王娡这个聪明的女人与她对抗，她的命运也许不会如此凄惨。

王娡施计除掉挡在自己和儿子面前的两大障碍，心中大悦，她知道当下储位空缺，新一轮太子争夺战又要紧锣密鼓地开始了，凭个人的力量毕竟太淡薄了，必须尽快确定与长公主刘嫖的亲家关系，好让她更加积极地为自己和儿子活动。这样，刘彻作为普通皇子，已经被册封胶东王，本来已经无望参与储位之争，却由于母亲的积极运作，将自己最大的竞争对手淘汰出局，他争储的希望顷刻间大大提高，宛如旭日东升，冉冉照亮了他前方的道路。

刘荣和刘彻，同为皇子，差别在哪里？一个立了太子却被废，一个本无希望争储却机遇降临，随着他们背后女人的操纵，两人的命运发生了巨大的变化。

刘荣的结局

刘荣由太子降为临江王，很快离开长安皇宫，远赴属地临江的都城江陵。繁华京师已经没有他留恋之处，浩浩未央宫也没有他的立足之地，这个年轻的皇子卷起行李，备好马车，轻装简行直奔江陵。

江陵远离长安，刘荣暂时获得了安稳的生活。他秉承父祖信奉的黄老学说，宽政安民，在临江博得了百姓们一致赞誉。这本来是件好事，却触怒了父亲汉景帝敏感的神经。父子不相容，汉景帝担心刘荣不死心，博取好名意图他日再次争位，东山再起。帝王家族权势倾天下，对于"鸟为食亡，人为财死"的人类来说，毕竟难以抵抗富有天下的巨大诱惑。

终于，汉景帝抓住了儿子刘荣的把柄。刘荣久居长安，生活在浩大繁荣的未央宫内，不习惯江陵的小宫殿，打算重新扩建宫舍。可是，江陵地偏物薄，旧有的宫殿四周无地可扩。这可怎么办？

古江陵

刘荣也是鬼迷心窍，他发现宫殿不远处就是祖父汉文帝的太庙，心想，正好借助太庙的一面墙，这样两处结合，不就可以扩大宫殿了吗？他想得幼稚，做得也迅速，却万万没有料到这一举动将自己送上了不归路。

刘荣借太庙修建宫殿，消息很快传到长安，引起汉景帝大怒。他当即传旨，让刘荣火速回京，承担有辱祖宗的罪行。

年轻的刘荣踏上回京之路，江陵百姓涌上街头，与他挥泪作别。人们清楚，刘荣此去凶多吉少，恐怕难以再回江陵了。

果然，刘荣回京后连父亲的面都没有见到，就被交到中尉郅都手里。郅都是有名的酷吏，他本来只是宫廷侍卫官员，因为敢于直谏，受到汉景帝的信任赏识，被提拔做了中尉。他为人极其严厉，做事认真，向来秉公办事，从不徇私枉法，有的亲戚想让他为自己办事，又不敢当面向他提出，就用书信的方式告诉他。郅都知道后，竟然再也不拆阅私人信件。他的行为几近刻薄，对于罪犯不论出身如何，哪怕是皇亲国戚、公主王侯，他都一视同仁，按罪论刑。他主张轻罪重判、使用酷刑等等策略，认为只有严刑酷法才能警戒世人。当时人们都十分怕他，担心不小心落到他的手里，后果将不堪设想，所以有人给他起外号"苍鹰"，可见他多么令人恐惧。

汉景帝让郅都接管刘荣一案，足以看出父子之间感情荡然无存。刘荣被关进大狱，他请求郅都给他一副刀笔，他想给父皇写封信，请求他的原谅。昔日皇太子，今日阶下囚，"苍鹰"郅都拒绝了刘荣的要求，不给他任何机会。

窦婴来到狱中看望刘荣，师生二人抱头痛哭。刘荣哭毕，哽咽着说："我辜负了太傅的教导之恩，今日相见恐怕是诀别了。"

窦婴安慰他说："王爷不要灰心，臣相信皇上会明断此案的。你等着，我让他们给你送副刀笔来，您尽可以把实情一一奏明皇上。"

一副刀笔都要费如此周折，竟然要堂堂王侯偷偷传递，刘荣听了，悲切心中起，长叹几声，再也没有言语。

过了几天，窦婴透过狱吏偷偷送来了刀笔，交给了刘荣。此时的刘荣，经历人生大喜大悲，尤其是近几日狱中凄惨生活，他看清了自己已经没有希望继续生存下去，父亲不会放过他。他想起郅都残酷的刑法，不愿在大堂上忍受侮辱性的惩罚，给父亲写了封绝命信，然后悲切地自杀身亡了。

刘荣自杀，传遍朝野内外，深居后宫中的窦太后听说孙子死在了郅都的手里，哭得死去活来，她一边大骂郅都，一边迅速召见刘启，让他即刻处死郅都，以解心头大恨。

汉景帝看到刘荣的绝命信，心里也十分难过，不过郅都是他信任的大臣，怎么随便处死呢？情急之下，他只好免了郅都的职务，调任他为雁门太守，守卫北方边境。当时，汉廷和匈奴联姻修好，双方签订和约，在边境上互有来往。后来郅都到任后，做事严厉，不管汉人还是匈奴人都一律对待，谁违反了律令都要受到严酷刑罚。这样，郅都又得罪了匈奴。匈奴人见他厉害难对付，于是派使者向汉廷提出抗议，说郅都虐待他们，不遵守和约。

一直记恨郅都的窦太后听说此事，借机再次逼迫汉景帝杀了郅都。汉景帝为郅都辩解说："郅都是忠臣，这些年来为朕做了不少事，为朝廷出了不少力。"

"哼，"窦太后训斥汉景帝说，"他是忠臣，临江王刘荣就不是忠臣了？荣儿到底做错了什么，为什么遭到这样的厄运？"说着，她泪流满面，再也无法控制自己的情绪。

汉景帝看到母亲伤心，吓得急忙跪下说："儿子不孝，让母亲为难了。母亲，您放心吧，儿子一定严惩郅都。"

窦太后这才止住哭泣，拉起汉景帝说："儿啊，母亲心疼孙子，难道您就不心疼儿子吗？郅都严酷无比，人人把他比做空中'苍鹰'，这样的人做官，只会残害生灵，荼毒百姓，留着有什么用?"她信奉黄老无为而治的思想,对于郅都这种积极进取、几近苛刻的做法很不赞同。

其实,文景之治后期,由于国富民强,经济条件好转,社会矛盾也日渐突出,主要是贵族阶级强大并且逐渐影响政权统一,为此,身为封建政权的最高统治者必须采取相应措施来应对。窦太后是黄老学说的受益者,她跟随文帝多年一直全心全意推行无为而治的思想,这些学说已经固化了她的思想。后来,以她为代表的黄老学派与以汉武帝刘彻为首的儒家学派展开了多次斗争,差点影响了刘彻的皇位。

汉景帝恭敬地站在母亲身边,嗫嚅着说:"母亲,您不要太难过了,儿子这就下旨惩办郅都。"汉景帝最终下令处死了郅都。这是后话。

刘荣死后,大家重新把眼光投向了空置的太子之位。这时,一位争储黑马又杀了出来,他就是汉景帝的弟弟,窦太后最宠爱的小儿子,梁王刘武。

第三章 七岁登储位

刘荣死后，储位之争又如火如荼起来。如今的梁王刘武可不同于诸多幼年皇子，他风华正茂，虽为梁王，富比天子，身边团结了许多贤臣能将，在"七国之乱"中坚决平叛，立下赫赫功绩，这样一位诸侯王在窦太后支持下争夺储位，会给刘彘造成什么压力呢？七岁的刘彘在第二轮储位争夺中又有什么表现呢？

第一节　争储黑马

窦太后的心愿

说起窦太后，可不简单，她名叫窦漪房，少年时本是未央宫普通宫女。吕后当政时，为了向各地诸侯示好，把后宫部分宫女分送各地。窦漪房由此被分送到了北疆代地，文帝刘恒是代地诸侯王，两人一见钟情，窦漪房成为王妃。

窦漪房自幼家境贫寒，为人勤劳能干、孝贤懂事，得到刘恒和薄太后喜爱。后来，她接连生了一女四男，地位得以稳固。她的长子刘启封为太子后，她也就被立为皇后，完成了人生最重要的蜕变。

现在，刘启做了皇帝，窦太后地位更尊贵了，她身经三朝，了解朝政大事，在朝中的作用不容忽视。

窦太后的女儿就是前面提到的长公主刘嫖，她的四个儿子一个做皇帝，其他三个都被封为诸侯王。其中两人年纪轻轻就去世了，如今在世的只有梁王刘武。

刘武是窦太后最年幼的儿子，从小特别讨人喜爱，是父母的心头肉，也是兄长们和姐姐的爱弟。刘武非常孝顺，每当窦太后身体不适的时候，他总能同时感觉到，从而茶饭不思，寝食难安，一直陪伴在窦太后的身边，直到母亲身体好转，他才安心地吃喝玩乐。因此窦太后常常夸奖刘武，说他简直就是曾参在世。

曾参母子连心

　　曾参是个勤奋好学、德行极高的人，他小时候对母亲百依百顺，经常帮助母亲劳动。有一次，他正在院门口玩，突然觉得心里一震，不知什么原因，扭头一看，母亲的胳膊正碰在门框上，疼得厉害。他马上想，母亲胳膊疼，所以儿子能有感觉，这叫母子连心。后来这种情况出现好几次，母子俩都记在心里。从此，曾参只要感觉心里不舒服，不管在什么地方，都知道母亲遇到了麻烦。母亲呢，也常常以这种方法唤回出门在外的儿子。一次，家里有急事，却找不到曾参了。他母亲说，我把他叫回来。说着，自己拧了一下胳膊，很快，曾参就跑回家来。人们非常奇怪，纷纷探寻其中原因，曾参的母亲就说出了扼臂儿子心疼的道理，人们恍然大悟,这正是母子心连心啊!从此,这个故事一直激励着天下孝子,他们以曾参作为学习的榜样。刘武能够与母亲窦太后产生心理感应,当然深得母亲喜爱。

刘武受封梁王,地处膏腴之地,国富民强,比汉景帝直接掌管的土地还要多,还要富裕。由于窦太后疼爱,刘武经常回京探亲。诸侯王回京是大事,应该征询皇上同意,基本上很少有机会回京。刘武却每年都能回京,而且一住就是几个月,随意出入宫闱,仪仗随行与天子基本相同,还与汉景帝同车共辇,不分上下,依然保持亲兄弟的情意,完全忽视君臣尊卑关系。

刘启即位初年,有一次,刘武回京来了,汉景帝高兴地摆下宴席,与弟弟同饮共乐。席间,兄弟二人越喝越多,渐渐酒热耳酣,话语随便起来。窦太后坐在一边,听到两个儿子感情深厚,亲密无间,由衷欣慰。坐在另一边的窦婴却面露微色,似乎对刘启兄弟过分亲密的举动不满。

过了一会儿,刚刚当上皇帝的刘启拍着刘武的肩膀说:"弟弟,兄长做了皇帝才深知皇位的奥妙啊。你放心,咱们兄弟绝不会出现萧墙之祸,等我百年后,你就接着做皇帝。"

闻听此话,满座皆惊,醉酒的立刻醒了,没有醉的立刻吓得全身震颤了。怎么回事?刘启身为皇帝,说出的话可是一言九鼎,他今日高兴地说要把皇位传给弟弟,这不是天大的新闻吗?

刘武聪明,明白汉景帝这么说不过是酒后之言,也是为了让母亲高兴,他并没有多在意。窦太后却不然,她眼睛看不见了,不能观测到他人说话时的表情和神态,只是听话语声音辨别是非,她听刘启说要传位刘武,兄弟俩轮流当皇帝,信以为真,面露喜色,暗自想,两个儿子都做皇帝,我这个太后多么风光!

　　她正暗自得意,一边的窦婴却坐不住了。窦婴斟满一杯酒,端到汉景帝面前说:"皇上,高祖平天下,曾经约法皇位应该传给嫡子嫡孙。如今天下是皇上的天下,按照祖法应该传位皇子,不可更改,怎么能够传位梁王呢?皇上说错了话,理应罚酒一杯。"

　　汉景帝听了这话,对自己刚才的失误深有反悔,忙接过酒杯说:"朕一时说笑,应该罚酒。"说完,端起酒杯一饮而尽。

　　窦婴认真地说:"皇上金口玉言,怎么能够随意说笑呢?"他举出成王削桐封弟的故事来劝谏刘启。刘启默认无语,其他人也只好静静地听着。窦太后由喜转怒,对侄子窦婴心存不满,她听不下去了,站立起身拂袖离席。

　　这件事以后,窦婴深知得罪了窦太后,不敢久留朝廷,辞官回家休养去了。

　　有了这次事件,窦太后意欲让梁王做皇帝的心思被点燃了,她想,既然皇上有这样的打算,为什么不能传位刘武呢?他们都是先帝的儿子,依次做皇帝也是合情合理的事情,再说了,刘武这些年居住外边,难得回来一次,如果做了皇帝,可以日日陪在我的身边,弥补这些年来对他缺少的关爱。她一门心思想着自己的心事,竟然不顾朝廷大局。此时的汉宫内,皇子们争储的斗争就非常紧张了,又多了位皇弟参与进来,可真是复杂莫测。就在这时,国内发生了诸侯叛乱,暂时推迟了太子册立速度。

七国之乱

　　这次叛乱就是历史上有名的七国之乱,指的是以吴王刘濞为首,伙同楚王、赵王、胶西王、胶东王、菑川王和济南王六国发动的叛乱。他们打着"诛晁错,清君侧"的旗号发兵朝廷,准备推翻汉景帝的统治。

说起七国叛乱,还要追溯到高祖刘邦建国初年。当时,在实行郡县制的同时,他为了加强统治,分封刘姓子弟到各地做诸侯王。诸侯王在封地内可以任免官吏,收取租税,铸造钱币,还拥有兵权。到了汉景帝刘启时期,诸侯各国分封了全国大部分领土,比皇帝的权势都要大,形成了尾大不掉的局面。这时,汉景帝做太子时的管家晁错提议削弱诸侯势力,巩固中央权力。汉景帝对于晁错向来信任尊重,十分高兴地采纳了他的意见,从胶西、楚国、赵国几个藩国开始,逐渐削弱他们的势力。

南方的吴王刘濞得到消息后,非常不满,他与汉景帝早就结下怨仇。原来,汉景帝做太子时,刘濞的王太子刘贤来京师居住,一次,两个人下棋玩耍,话不投机打了起来。汉景帝随手抓起棋盘,劈头盖脸砸向刘贤,不偏不斜正好砸中了脑门,刘贤一命呜呼,从此刘濞就对汉景帝心存恨意。现在,汉景帝又要凭借自己的权力削弱他的地盘,新仇旧怨涌上心头,刘濞决定不再坐以待毙,于是他联合其他六王,发动了这次叛乱。

诸侯兵马声势浩大,吓坏了朝中大臣们。他们疏于战事日久,怎么应对这场突如其来的叛乱呢?有一个大臣名叫袁盎,与晁错之间有矛盾,他借机进言说:"诸侯并非真造反,他们无非为了捉拿晁错,希望皇上停止削藩。如果皇上杀了晁错,停止削藩,那么诸侯必定自行退兵。"汉景帝情急之下,听信了袁盎的建议,果真杀了晁错。但是,诸侯发兵名为诛晁错,实则要夺权。他们见晁错死了,不但不退兵,反而加紧了攻势,很快攻到了梁国。

梁国是进入长安的通道。梁王刘武一面坚守城池,一面急忙向朝廷申请援兵。汉景帝见叛兵来势汹汹,慌得六神无主,一时间,大汉江山岌岌可危,竟然无人能够力揽狂澜。就在危急时刻,汉景帝记起辞官在家的窦婴,请他出面平定叛乱。汉景帝了解自己的表弟,封他为将军,赏赐他黄金珠宝,让他与周亚夫率兵反击叛军。周亚夫是前朝丞相周勃的儿子,他身为大将,治军严谨,一丝不苟,所率兵马作战勇敢,是当时最厉害的部队。汉文帝时,有一次皇上亲自去他的军营视察,结果兵士们严格执行军令,把皇上挡在了营外。汉文帝由衷夸赞周亚夫是"真将军",并且嘱托太子刘启说,将来国家有难,可以让周亚夫统帅军队,不必担心。从此,周亚夫的名声更加显赫,屡屡受到朝廷重用。现在,他虽然只是中尉,实际上代行太尉职责,率领朝廷大军反击叛兵。

且说刘濞,他从汉初就受封吴王,掌管五十多座城池,多年来他在封地内任免官吏,自行铸铁造币,发展军队,俨然一个独立自主的王国,势力非常强大,早就超出了朝廷的管辖范围。为了起兵反叛,他做了精心准备,亲自率领二十万大军进逼长安。面对如此局势,周亚夫采取巧妙战术,避免与叛军正面作战。他经过深思熟虑,制订了先予后取、避实击虚的策略,坚守荥阳,拒不出战。叛军远道而来,没有多久就坚持不住了。这时,周亚夫实时派兵断绝叛军的粮草,这样,叛军不战自败,只用三个月的时间就平定了叛乱。

平叛过程中,深陷敌人围困之中的梁王刘武多次向周亚夫请求救援,可是周亚夫坚持自己的策略,一兵一卒也不派到前线去。结果,刘武的国家和士兵受到很大损失,为此,刘武对他产生了怨恨。

平叛结束后,汉景帝论功行赏,正式任命周亚夫为丞相,封窦婴为魏其侯,对于刘武忠心不二和孤军阻击叛军的战功,更是给予了特别的赏赐,准许他使用天子的旌旗,拨出战车一千辆、骑兵一万人给刘武做警卫之用。刘武自此更加骄横,比汉景帝还要奢侈放纵。他的属国丰饶富裕,他的军队强大无比,他的珍奇异宝世上罕见,他的门人食客来自四面八方,他的威仪荣耀超过了所有人。刘武穷奢极欲,成为时人评论的焦点。为了尽情享乐,他下令修筑了一个巨大的花园,取名兔园,后人称之为梁园。梁园内楼台亭榭、曲径流水,美不胜收;奇花异草、美人佳客,数不胜数。梁王每日在侍女的陪伴下钓鱼赏景,或者与食客们饮酒赋诗,过着浮华骄奢的日子。

如果刘武能够安于现状,也许会永久地享乐下去,可是,他对于目前的生活仍然不满足,他念念不忘汉景帝曾经说过的让位于他的话。如今,他立下战功,获得与皇上差不多的权势荣耀了,是不是更有资格参与争储了呢?

第二节　梁王落败

梁王争储

刘武日益骄纵，在储位争夺上渐渐显露身手，可是汉景帝也非等闲之辈，当初拉拢刘武，也许考虑到皇子们年幼，为了让弟弟死心塌地忠诚自己，精心竭力拱卫京城。七国之乱平定后，汉景帝即接受朝臣的建议册封刘荣做了太子。刘荣被立为太子，刘武和窦太后蠢蠢欲动的心神才稍微安稳了些。

世事多变，三年后，刘荣被废了，而且自杀身亡，炙手可热的储位出现空缺，窦太后和刘武的心思又被点燃了。这时，汉宫内忙坏了两个女人，一个是王娡，她积极策划儿子刘彘争储；一个是窦太后，她也积极策划为自己的另一个儿子刘武争夺皇位。这样一来，旧的储位之争刚刚烟消云散，新的争夺战又开始了。

王娡本来以为除掉栗夫人和刘荣后，储位自然而然落到刘彘的头上，哪曾想半路里杀出个程咬金，梁王咄咄逼人意欲争储，这可非同小可，她深知窦太后对朝廷和汉景帝的影响，如果刘武被册立为储君，那么刘彘对于储位就只好望洋兴叹了。

不说王娡如何焦急地想办法，且说刘武和窦太后。刘武手下有很多为他出谋划策的谋士，其中有两个人分别叫羊胜和公孙诡，这两个人见刘荣死了，急忙向刘武献计，让他求见窦太后，谋取储位。

景帝陵园

刘武听从了他们的意见，请窦太后给汉景帝施加压力。窦太后心疼小儿子，也有意看到两个儿子先后做皇帝，就设宴请两个儿子一起吃饭，吃完饭，母子三人说说笑笑，好不亲热。窦太后突然对汉景帝说："我听说殷道亲亲，周道尊尊，都是天下大义。皇上是兄长，您一定要好好照顾弟弟。"

汉景帝忙说："儿子知道。"

宴席结束，汉景帝召见袁盎等精通经术的大臣问道："太后所言'殷道亲亲，周道尊尊'，是什么意思？"

袁盎等人说："太后打算册立梁王做太子。"

汉景帝不解地询问其中缘故。

袁盎说："殷道亲亲，指的是册立弟弟为储；周道尊尊，指的是册立儿子为储。商殷时期，讲究敬天，亲其所亲，所以立弟；到了周朝，讲究敬地，敬其本始，所以立长子，长子死，立长孙，以此类推。而殷朝则是太子死，立弟弟。"

汉景帝恍然大悟,联想多年来刘武所为,以及太后正侧面多次施压,他知道他们对于储位谋划已久,自己该如何应对呢?他沉思着问大臣们:"你们看立梁王为储怎么样?"

众臣慌忙回答:"万万不可。皇上,汉朝制度遵循周道,周道不主张立弟,应当立皇子。《春秋》为什么责备宋宣公?就是因为他立弟不立子,导致国家祸乱,亲人互相残杀。"宋宣公传位给弟弟,后来,弟弟死了,就把皇位还给了宋宣公的儿子。可是他自己的儿子却不同意,认为应该由自己继承父王的王位,于是刺杀宋宣公的儿子。如此一来,双方互不相让,残杀成仇,造成多年战乱,差点亡国。因此《春秋》明白地指出:"君子大居正,宋之祸宣公为之。"

汉景帝听了宋宣公的故事,愕然不语。袁盎接着说:"皇上不要忧愁,臣愿去说服太后。"汉景帝立刻叫他去见窦太后。袁盎见到窦太后,单刀直入地问:"臣听说太后打算册立梁王,那么请问梁王百年之后,又传位给谁呢?"

窦太后当即痛快地说:"到时候我再册立皇帝的儿子,把权位还给他们。"看来,她的想法不过是看着两个儿子都能做皇帝,让自己心疼的小儿子也享受一下做皇帝的威风。

袁盎有备而来,听窦太后这么说,马上侃侃而谈,对她言说了宋宣公不立子,导致祸乱五代,差点造成亡国的事情。他劝说太后,小不忍就会危害大义,如果不能摆脱亲情的干扰,那么国家大局必定受到损害,而且祸及子孙后代,实在不可取。

窦太后默默听完,心里豁然明白了其中利害,自己一味心疼儿子,盼着他们都能过过当皇帝的瘾。可是,如果他们百年之后,他们身后的诸多子孙为了争夺皇位展开生死大战,岂不是害了他们,也害了汉室江山?这样的罪过自己如何承担得起?于是,她放弃了册立梁王的念头,并且让他尽快回到属国去了。

但刘武岂能如此轻易死心,一计不成,又生一计。他上奏汉景帝,说自己远离母亲,难尽孝道,为了能够方便进出京师晋见母亲,他打算从自己的国都睢阳到长安之间,修一条驰道,以便随时见到母亲略尽孝心。驰道,就相当于今天的高速公路。汉景帝听此,心里老大不快。本来诸侯王不能随便进京,怎么,你还想随时进京?你几番争储不成,如今修驰道无非为了等待时机成熟能够快速发兵长安,夺取政权。哼,这点把戏岂能瞒过我?

汉景帝心知肚明,却不愿自己言破,召见大臣商量梁王刘武意欲修驰道的奏章。果然,大臣们听了,纷纷表示不妥,其中袁盎言辞激烈地指出修驰道的弊端以及梁王居心叵测,请求汉景帝坚决拒绝此事。汉景帝当然痛快地答应他的进谏,不准梁王刘武修驰道。

刘武的计划再次落空,而且又是那个袁盎带头反对,他气得牙根痒痒,发誓除掉那些反对自己的人。他召集谋士们商量对策,羊胜、公孙诡献计,派出了一批刺客,到京师暗杀袁盎等人,以此威吓群臣。

梁王的报复

刺客依计行事,一夜之间杀死了朝中十几位大臣。一时间,这个血腥大案轰动京师,震惊海内,引起汉景帝高度重视,他立即下令全力追捕杀人凶手。慢慢一想,景帝发现这些被杀的大臣有一个共同的特点,那就是他们都得罪了梁王刘武。他们多次积极反对册立刘武,成为刘武心头大恨,看来,他们的死与梁王有关。

为了彻查清楚,汉景帝派遣德高望重的田叔、吕季主去梁国调查取证,抓捕主犯。田叔和吕季主很快查清了事实真相,可是主犯羊胜、公孙诡躲在梁王的府上,无法抓捕。负责协助查案的梁国内史韩安国知道罪犯就在梁王府邸,他哭着求见刘武说:"大王,主上受辱,臣下该死,我们竭尽全力,却抓不到羊胜和公孙诡,请大王把我处死吧。"

刘武强作镇静地问:"事情这么严重吗?"

韩安国泪流满脸地问:"大王,您想想,您与皇上的关系比起临江王刘荣来,谁更亲密?"

"当然是刘荣,"刘武说,"他们是父子,我怎么能与他们相比呢?"

韩安国这才止住哭泣,郑重地说:"刘荣是皇太子,一句话就贬为临江王。因为借文帝太庙的墙壁修建宫殿,被郅都关进大狱,被逼自杀,为什么会这样? 大王,治理国家不能因私废公,这是天下大义,不可违背。您只是众多诸侯王中的普通一员,却听从佞臣邪说,任意触犯践踏律令,冒犯皇上,轻视国家法制,这不是明明和皇上对着干,和天下人为敌吗? 由于太后的缘故,皇上一再忍让,不处罚您,可您想过没有,要是太后百年归天之后,您又将依靠谁呢? 皇上还会和现在一样照顾您吗?"

刘武惊得出了一身冷汗,他知道自己所为已经暴露天下,怎么办? 为了活命,只好丢卒保车。他让羊胜和公孙诡自杀谢罪,把尸体交给田叔等人回京复命。

窦太后听说皇上怀疑刘武,并且派大臣去调查案情,她担心刘武遭到诛杀,终日痛哭流涕,茶饭不进。聪明的王娡已经派人探听了整个事情的经过,她暗暗高兴,却假装伤心地到太后寝宫安慰她,并且向太后保证,自己一定会劝阻汉景帝,不让他加害刘武。窦太后拉着她的手感激地说:"你真是仁孝,要是能够劝阻皇上不杀梁王,我可要谢谢你啦。哎,说起来,这也是我一时糊涂所致,只要武儿平安渡过此劫,我就让他安安稳稳做他的王爷,再也不要迷恋什么皇位了。"

王娡心里一喜,脸上却平静地说:"太后不要自责,梁王仁孝有名,天下共知,就是犯点错误,只要改了,依旧是皇上的好兄弟,不会因为这件小事受罚的。"

窦太后略感宽慰,抹着眼泪说:"如果皇上也是这样想的就好了。"她想了想又说,"彘儿呢?最近在干什么?这次武儿遇难,要是平安脱险,我看就抓紧时机册立彘儿为太子吧。要不然,储位空虚,还是容易引起不必要的麻烦。"她的意思非常明确,只要王娡劝说皇上不杀刘武,那么她就会站出来支持刘彘。

王娡得到窦太后支持,心里更加雀跃了,她一面急忙联系刘嫖,让她出面为梁王刘武求情,一面派弟弟田蚡打探田叔等人查案的进展情况。田蚡已经二十多岁了,是窦婴属下的官员。他为人机智好学,也是儒家学说的推崇者,极力巴结当时的权贵人物窦婴,深受窦婴赏识。

田蚡听说田叔等人不日即将回京,就在长安城外的驿站设宴迎接他。田叔携带记录刘武犯罪事实的卷宗赴约,田蚡却说出了一番惊人的话语,令田叔不得不放弃了多日辛苦彻查清楚的案情事实。

席间,田蚡问道:"大人此次去梁国,彻查暗杀事件,不知道结果如何？"

田叔沉吟着没有回答，他觉得田蚡没有资格询问此事。

田蚡并不在意，笑呵呵地说："我观大人面相，看你最近必定因为此事受到牵连。不管梁王伏不伏法，你都不会逃脱皇上或者太后的责难。"

"为什么？"田叔慌忙问道。

"梁王是太后的宠儿，如果你把梁王犯罪的事实笔录带回去，皇上一怒之下肯定要杀了梁王，太后岂肯原谅你？你忘了郅都是怎么死的吗？皇上至孝，他看到太后盛怒，也会迁怒于你，如此一来，你不是两面不讨好吗？"

"这——"田叔吃惊不小，细想田蚡所言，顿觉前景一片黯然，没有想到，自己辛苦几个月到头来却换得胆战心惊的下场，怎么办？

田蚡为他出主意说："大人不如销毁笔录，回去向皇上诉说其中道理，一来皇上赏识你办事周到，二来太后也会感恩于你，岂不成了两全其美的事吗？"

田叔听从田蚡的意见，把在梁国取到的口供笔录全部烧掉了，然后空着两手求见汉景帝。汉景帝忙问道："梁王有没有罪？"田叔据实回答说："梁王犯有死罪。"不过，他又接着说："皇上最好不要再追究了。"

汉景帝不得其解，忙问其原因，田叔解释说："梁王虽然犯有死罪，可是他如果不伏法，那么汉室法律就无法执行下去了。如果他伏法就要被杀，这样皇太后必定寝食不安，寻死觅活，皇上您又将怎么办呢？臣大胆地将有关这件案子涉及梁王的资料都烧掉了，只把事实真相告诉您。"汉景帝听完后细细思索，长叹一口气，连连夸奖田叔这事做得很周到、很妥帖，并且带上他去见太后。

窦太后宫殿里，王娡早早过来报安了，告诉她梁王无罪，皇上不会杀害他。两人正说着，汉景帝和田叔进来了。窦太后忙问田叔查案结果如何，田叔回答说："臣历时一个多月，详细核查，结果表明梁王根本什么都不知道，犯罪的只是他府内的羊胜和公孙诡等人，臣奉旨已将他们处决了。梁王没有犯罪，依然如故地好好生活着。"

窦太后这才放下心来，欣喜地起床吃饭，与王娡有说有笑不在话下。汉景帝见此，多日紧悬的心也略微松弛下来，看到王娡哄得太后开心，放心地嘱咐她说："你好好照顾太后，这里一切交给你了。"说完，才与田叔离开后宫，去前殿办事。

再说梁王，他交出羊胜和公孙诡后，依然心有余悸，担心汉景帝秋后算账。于是，他急忙请求进京朝觐，准备亲自向皇上请罪谢恩。汉景帝为了让母亲安心，准许了他的要求。

梁王乘车赶往京师长安，路上大夫茅兰向他献计，建议他不要先见皇上，而是先去后宫见太后，以保万无一失。梁王刘武也担心皇上记恨自己，如果将自己拿获归案，那就无法解脱了，自己就会成为第二个刘荣。他听从茅兰的意见，改乘小车快辇，带着两个贴身侍卫化妆成平民百姓直奔长安，先行来到了他姐姐长公主刘嫖府上。刘嫖多次向汉景帝进言，要他看在太后和姐弟情深的分上不要杀害刘武，今天，刘武狼狈逃匿到自己府上，姐弟相见，抱头痛哭。刘嫖知道时间紧迫，不容拖延，她按照王娡传来的口信，向刘武讲了廉颇负荆请罪的故事，让他抓紧时间面见皇上请罪，或许能够逃脱一劫。

　　刘武脱光膀子,背着一块砧板来到未央宫北门,跪在地上向汉景帝请罪。汉景帝来到北门,看到昔日光彩照人的弟弟,今日狼狈至此,不顾身份扑过去抱住弟弟,姐弟三人痛哭失声。消息传到后宫,窦太后急忙让王娡搀扶着也赶到北门,听到三个孩子哭声一片,她老泪纵横,泣不成声。

　　自此,梁王刘武再也不敢设想争储一事,自觉履行臣下应该遵从的礼仪规范。汉景帝也对他日趋疏远,撤销他与天子同样的仪仗设施,对他进行严格约束,不与他共同坐一辆车了。

　　窦太后更是死了立梁王为储的野心,她积极督促汉景帝,建议他早日立皇子刘彘,以此安定人心,杜绝不必要的纷争和伤害。

　　刘荣和刘武先后落败,刘彘是否该出场了呢?他能够登上储位,难道仅仅凭借母亲的谋划吗?他自己会有什么表现赢得父亲汉景帝和朝臣们共同的肯定呢?

第三节 刘彘胜出

智对父皇提问

汉景帝早就留意刘彘了,这个出生时带着许多传奇色彩的孩子,自幼聪明伶俐,表现非凡,虽然处于荣华富贵之中,却从不骄奢傲慢,行为举止合乎礼仪,比其他孩子显得成熟而有谋略,深得后宫老幼尊卑诸人夸赞。早在几年前,汉景帝册封他为胶东王时,由于一心偏袒他,曾经私下问过他:"彘儿,你是否也想做天子,当皇上呢?"

这可是个棘手的问题,就是成年人也难以圆满回答。如果回答不想当皇帝,那么就显示你胸无志向,不能继承大业;如果匆忙回答想当皇帝,那么就显得贸然激进,野心勃勃,而且妄言忘形,非常不慎重。要知道,帝位尊贵,哪里是一般人敢于妄想的呢? 所以,汉景帝也许只是出于爱心试探自己的儿子,却没有深究其中道理,给小小的刘彘出了个大难题。

刘彘并不慌张,他瞪着一双天真的大眼睛,恭敬地回答父亲的问话:"天子是上天派遣到人间的至尊,儿子以为此事由天不由人。儿子愿意天天生活在皇宫里,在父皇跟前嬉戏玩乐。儿子不愿意看到由于自己贪图安逸而荒废了天子之道。"

如此回答,乖巧机警,圆满自然,超乎汉景帝的想象,他惊喜地看着刘彘,高兴地哈哈大笑着说:"彘儿果真天降奇才,小小年纪竟能深知天子之道!如果做了皇帝,必定是个有道明君。"

刘彘听父亲夸赞,忙说:"多谢父皇夸奖。"

汉武帝像

这时,王娡走过来,看到父子欢快地交谈,心里由衷地高兴。过了一会儿,有人进来奏报说匈奴使臣进宫求见。自从高祖刘邦征讨匈奴在白登被围失败后,汉朝采取联姻办法与匈奴修好,多年来,不断有汉室公主嫁到匈奴,成为维护两国关系的牺牲品。由于两国生活习性、地理风貌等等诸多不同,几乎无人愿意远嫁匈奴,而且嫁去的公主大多生活凄惨,再也没有机会回国探亲,只能郁郁而终。这次使臣来见,也是商议两国联姻之事的。

汉景帝看看王娡说:"匈奴此次联姻,夫人看派哪位公主合适?"

王娡对此事早就有所耳闻,她胸有成竹地说:"臣妾听说匈奴单于残暴骇人,如果把后宫公主嫁给他,岂不是害了公主。臣妾看不如从诸侯王爷府里选拔公主,这样也是一样的。"

汉景帝点头说:"嗯,朕也有这样的考虑,只是七国之乱刚刚平定,就从他们的属国选拔公主,似乎不大妥当。"他担心诸侯王再次造反,引起国家动乱。

王娡与汉景帝生了三个女儿,分别被封为平阳公主、南宫公主和隆虑公主。大女儿平阳公主十几岁了,说起来正到了出嫁的年龄,要是景帝提出远嫁自己的女儿,王娡又怎么敢表示不同意呢?她为了阻止女儿远嫁,忙再建议道:"臣妾听说吕后时期,曾经以宫女代替公主远嫁,现在,我们就认领普通宫女为干女儿,晋封她为公主,这样把她嫁过去也是一样的。"

汉景帝心疼自己的女儿,不愿意看到她们嫁到匈奴吃苦,想了想就同意了这个办法。刘彻站在一边玩耍,听到父母这段谈话,突然回头问:"匈奴那么残暴,为什么要与他们和亲?"汉景帝听到他稚嫩的问话,沉默无语。王娡忙说:"这是国家之间的交往,你小孩子怎么能懂?只要我们与他和亲,他就不侵犯我国边境了,知道吗?"

刘彻似懂非懂地说:"他敢侵犯我国,我国可以反击,把他们打败,叫他们永远也不敢再来了。"

"呵呵,你倒有志气。"汉景帝笑着说:"高祖和先帝都曾经与匈奴交战,可是结果不尽如人意,不是失败就是无功而返,白白浪费许多钱粮,损伤无数兵马,得不偿失啊。"

刘彻挥舞拳头,伸展腿脚,豪气冲天地说:"我要练武功,打败匈奴。"汉景帝和王娡见此,相视而笑。他们没有想到,多年后,刘彻果然指挥将士们多次击败匈奴,从而彻底改变了这种局面,使得匈奴再也不敢轻易进犯大汉边境了。

王娡开始从后宫挑选合适的宫女,准备冒充公主嫁到匈奴和亲。她几经考虑,相中了服侍刘彻的宫女玉儿。玉儿年方十五,美貌聪慧,举止大方,颇有皇家气派。她服侍刘彻几年,尽心尽力，无微不至，与刘彘形同姐弟，很讨王娡喜欢。玉儿被选中了，被王娡收为义女，受封公主，准备不日就要随同使臣远嫁到匈奴。

刘彘听说这件事后，非常生气，幼小的他与母亲抗争道："不能把玉儿嫁走，不能把玉儿嫁到匈奴去。"

王娡见一向懂事的刘彘纠缠不休，呵斥道："不要闹了，不嫁玉儿，难道要把你大姐嫁到匈奴去吗？"

玉儿也赶过来劝阻刘彘说："大王，这是玉儿的命运，您不要生气了。玉儿远嫁他乡，也是为了国家和朝廷，这是夫人赏赐给我的机会，只是恐怕再也无法见到您了，您要保重。"说着，摘下一块玉佩交给刘彘，已是泪水盈盈，泣不成声了。

刘彘手握玉佩，扑到玉儿怀里失声大哭。在场人见了，无不感慨唏嘘，整个未央宫都被一片真情所感染了。

尽管刘彘不舍得玉儿远嫁，她还是遵从旨意嫁到了匈奴。此事在小刘彘心里留下深深的印记，让他自幼就对遥远的匈奴产生了恨意，这可以说是他以后坚决抗击匈奴的最初动因。

刘彘亲自护送玉儿登车离宫，直到车辆消失在大路尽头，他才怏怏不乐地回宫。这件事情一直让他不快了许久，看上去，这个孩子显得沉闷许多，仿佛一夜间成熟了不少。他的真情和他的勇敢也再次让人对他刮目相看，这个小皇子不同凡响的表现赢得越来越多人的称赞。

金屋藏娇

刘彘闷闷不乐，在未央宫里独自徜徉，他身后跟着成群的宫女内监，一个个小心翼翼，亦步亦趋，生怕他出现意外。可是刘彘多么孤独、多么伤心,这些事情谁能理解,谁来帮他排解呢?

直到有一天,刘彘见到了表姐阿娇,他才逐渐摆脱玉儿远嫁的困扰,又变成了一个快乐天真的孩童。

阿娇出入宫闱,都是母亲刘嫖一手安排的,为了让她接近当时的太子刘荣,以便将来进宫封后。所以,尽管刘彘非常喜欢阿娇,非常希望跟她一起玩耍,可是阿娇很快就将注意力集中到刘荣身上,这个九岁的女孩听从母亲安排,一心一意想做皇后。

后来,刘荣的母亲栗夫人拒婚,刘嫖不得已改变主意,打算把女儿嫁给刘彘,经过一番折腾,阿娇和刘彘成为好友,两人戏耍在未央宫,渡过了无邪的童年时光。接着,刘荣被废,梁王落败,新的储位终于呈现在刘彘面前。他能否抓住机会呢?

王娡一心要让儿子刘彘做太子,刘嫖一心想让阿娇做未来的皇后,这两个志同道合的女人多年谋划等待终于看到了曙光,当然不会错过机会。为了加大胜利的筹码,她们决定正式向汉景帝提出联姻的打算。

一天,刘嫖邀请汉景帝和王娡母子到她的府上做客。汉景帝携带妻子欣然前往,他对于姐姐还是非常尊敬的。席间,刘嫖正式向汉景帝提出把阿娇嫁给刘彘的想法。

汉景帝略微皱眉说:“彘儿才七岁,比阿娇小好几岁吧,恐怕不大合适。”

阿娇已经快十二岁了,比刘彘大四岁半,汉景帝觉得他们结合不适当。

刘嫖哪肯放弃,一把揽过刘彘说:“皇上,我喜欢彘儿,就是打算要他做女婿,怎么,这点愿望你也不答应?”

汉景帝见姐姐喜欢自己的儿子,又是开心又是好笑,微微浅笑着不说话。在他心里,刘彘有可能继承大业做皇上,那么迎娶的阿娇是姑妈的女儿,自然要被封为皇后,这样的话,比刘彘大四五岁的阿娇能否胜任皇后一位呢?一旦出现差池对姐姐就不好交代了。

王娡在旁边进言说:"皇上,长公主喜欢彘儿,这是他的福气,臣妾看就答应了这门婚事吧。"

正在这时,几名侍女端着食物走了过来,她们放好食品,悄悄退到一边,站立着等候安排。刘嫖抱着刘彘,见汉景帝不说话,就干脆问道:"彘儿,你告诉姑姑,你想不想娶媳妇?"

刘彘听大人们讨论自己的婚事,虽然不甚明白,多少也有些别扭,脸色微红不说话。刘嫖故意指着侍女们问:"将来就给你娶她们做媳妇怎么样?让她们日夜陪伴你,你愿意吗?"

汉文物

小刘彘当即摇头说:"不愿意。"也许他心里在想,不是说娶阿娇吗?怎么要给我娶这些素不相识的女人?不管他怎么想,一句"不愿意"逗得汉景帝等人咧嘴大笑。刘嫖继续启发地问他：“彘儿，姑姑要是把阿娇嫁给你，让她时刻陪伴你，你乐意娶她吗？”

“乐意，”刘彘一下子开心地大声回答：“如果我娶了阿娇，就盖一座黄金屋，让她住在里面。”

诸人听到此言，惊讶不已，随后哈哈大笑起来。这个故事就是“金屋藏娇”这个成语的来历。

刘嫖惊喜地对汉景帝说：“彘儿有这样的心思，这是天意，你还担心什么？皇上，你就同意他们的婚事吧，不要辜负了孩子们的一片情谊。他们自幼一起长大，感情深厚，难道会比以后再找的要强？”

王娡也在一边催促汉景帝。汉景帝见此，不便再坚持，看看刘彘一脸纯真的表情，随口答应说：“好，就为他俩订下婚事。”为了显示郑重，他让王娡拔下头上的金钗交给刘嫖，作为刘彘和阿娇订婚的信物。至此，这桩伴随着权力欲望的婚姻总算达成协定。刘彘本是顽童，渴望阿娇成为自己的伴侣，还不如说渴望阿娇能够时刻与自己一起玩耍。他们的母亲以此作为向权力进攻的武器，极力撮合这门婚事，最终为刘彘的第一次婚姻埋下了不幸的种子。

联姻成功，刘彘登储的道路更加平坦了，皇亲之内谁不赞成他做太子，谁不积极提议王娡做皇后？只要群臣无异议，此事就可以决定了。没过多久，到了春暖花开的四月，汉景帝为了避免上次册立太子出现的悲剧，在一个风和日丽的日子，首先提出册封民妇出身的王娡为皇后试探群臣。果然，丞相周亚夫站出来反对册封王娡为后，他一贯支持刘荣，现在刘荣已经死了，他依然没有死心。周亚夫平叛有功，又是功臣之后，身居要位，权势赫赫,总是在关键问题上反对汉景帝。次数多了,汉景帝当然心生反感,这次,虽然周亚夫极力反对,汉景帝却没有听从他的意见。王娡在多年后宫生活中,善于认清形势,孝敬太后,关爱丈夫,与汉景帝的诸多嫔妃们也相处平安,所以有贤淑的美名。过了十二天,他看到朝野上下除了周亚夫外,他人对此事异议不大,于是坚决地册立刘彻为皇太子。

经过母亲多年努力,长公主的积极帮助,当然更重要的是刘彻个人聪慧多智的表现留给了父亲以及朝臣们良好印象,七岁的刘彻从诸多皇子中脱颖而出,成为新的皇太子。至此,他完成了人生一次至关重要的飞跃,新的生活和机遇又摆在他的面前。

第四章 好学求进，文武兼修

在新的身份面前，刘彻会怎么做？是沾沾自喜还是刻苦求进？他的皇太子岁月里有些什么动人的故事呢？对外界充满好奇的刘彻拜师求学，接触到了儒家文化，与他从小熟悉的黄老学说产生矛盾，这种激烈冲突又会对他产生怎样的影响呢？

第一节　拜师求学

改名刘彻

公元前 149 年，七岁的刘彘在纷杂残酷的储位之战中脱颖而出，战胜了前太子刘荣和梁王刘武，登上了大汉皇室储君之位。这一切来之不易，刘彘虽然幼小，却隐约有所感触，特别是他母亲王娡多年苦心经营，对于眼前荣耀更是小心呵护。她多次叮嘱刘彘，一定要小心行事，不能像刘荣一样丢掉到手的富贵，成为屈死的鬼魂。

刘彘听了母亲忠告，联想大哥刘荣的不幸遭遇以及叔父梁王负荆请罪等等事实，少小的他顿感储位的重要和面临的危险。他是个悟性极高、敢于向困难挑战的孩子，既没有因为登上储位而沾沾自喜，也没有被这些事情吓倒，反而勇敢地面对自己的处境，谨慎地做着一个皇太子应该做好的事情。

刘彘得体的表现当然让父亲喜欢。这天，汉景帝退朝回宫，看到刘彘正蹲在地上，就走过去观看。原来刘彘手里拿着一根树枝，正在画画。汉景帝观察多时，看他画了一只可爱的小鸟正要展翅高飞，不由笑着说："彘儿，你画的小鸟好像要飞走了。"

刘彘忙起身回头看着父亲说："儿臣给父皇请安。"

汉景帝拉着刘彘，父子俩一起向太后宫殿走去。路上，汉景帝边走边说:"彘儿,你喜欢读书吗?"当时,社会上还没有形成完整的学习体系和制度,国家选拔人才都是透过推荐取士,读书学习的人只有极少数,就是皇室子弟读书也很随意,不像后世那样规整严格。刘彘即位后,广泛取士选才,透过"罢黜百家、独尊儒术"的政策,才慢慢确定了儒学的地位,并且设置太学,作为国家正式学校培养人才。

刘彘听父亲问他爱不爱读书,当即回答:"父皇,儿臣乐意读书,儿臣还要学习写字,将来能够书写诏书,传达旨意。"

汉景帝高兴地说:"好啊,应该为以后做准备了。"

父子俩说着很快来到太后宫前,恰好听到宫里传来吵骂声。他们赶紧快走几步,走进宫去。原来太后正在叱骂宫女,不知道谁把梁王送给她的一串珍珠偷走了。宫女们噤若寒蝉,大气都不敢出。汉景帝听说事情原委,一边劝说太后息怒,一边回头就要责骂宫女,刘彘却拦住父亲说:"儿臣看她们未必知情,让我来问问她们。"

汉景帝听此,有意考察刘彘,就同意了他的要求。

刘彘问了问太后,知道她总是把珍珠放在床头的箱子里,想念儿子时就拿出来。刘彘转身像个大人一样看看诸多宫女,开口问道:"今天你们谁负责太后的起居?"

宫女们立刻把目光集中到其中两人的身上,这两个宫女慌忙站出来说:"太子,是我们负责,可是我们并没有偷东西啊。"

窦太后听她俩巧辩,申斥说:"没偷?难道它自己跑了?"

刘彘平静地问道:"你们说没有偷,可是珍珠不见了,你们说是怎么回事呢?"

一个宫女大着胆子说:"太子,奴婢服侍太后,知道宫里规矩,总是小心谨慎,哪里敢偷东西?奴婢看到太后今天还打开过箱子,奴婢大胆说一句,有时候太后会把珍珠戴在身上,不知道今天是不是这样?"

她这么一说,窦太后不自觉地摸摸手腕,可不,一串珍珠正安然无恙地戴在手腕上呢。一时间,窦太后反而不好意思了,找不到台阶可下。刘彻三言两语问清事情真相,并没有因此得意,他看着宫女说:"你负责太后起居,不能随时提醒太后,还要巧言善辩,即使没有偷窃,也是对太后不敬。如今看你老实,帮助太后寻回珍珠,就将功抵罪,暂且饶恕你一次。以后可要认真做事,不要大意了。"

一番话说得头头是道,既安慰了太后,又为宫女们解了围,可谓面面俱到。汉景帝一直静静地看着刘彻问案,见他处理得妥帖,心里十分满意。窦太后呢,找回珍珠已经很开心了,孙子又懂事地替自己警告了宫女,给足了自己面子,当然心情舒畅。她拉过刘彻,赏赐他各种点心果子,祖孙俩吃喝说笑,好不热闹。

汉景帝凑趣说:"能讨得太后如此喜欢,朕也要羡慕彻儿了。"

窦太后乐呵呵地笑着,突然想起什么,转过脸面向汉景帝说:"皇上,我正有一事要说呢。彻儿已经是皇太子,身份地位尊贵,将来要统摄江山社稷,应该学习读书写字了。先帝时期,大文学家贾谊上了一个奏本,说皇太子要想成材,就要抓紧早期教育,应该为他选些贤良的人才做老师,只要教育得法,老师品行端正,皇太子也能品行端正,成为博学多才的人,这样天下何愁不安定?先帝采纳他的建议,对皇上进行了良好教育,现在你不是受益匪浅吗?"

"朕也是为了这件事来的,"汉景帝笑着说,"有人向朕推荐了卫绾,他为人忠厚老实,学识渊博,原是河间献王刘德的太傅,由于教导刘德有方,得到众人推荐。朕已经同意从明天开始就让彘儿跟随他读书了。"

"卫绾?"窦太后略作沉吟,她对此人了解不多,所以不便评论。不过,她想了想指着案几上的几本书说:"不管跟谁学习,这几本书一定要读通弄懂,这可是先帝治国的圣典宝笈啊。"

汉景帝心里清楚,太后肯定会让刘彘学习黄老学说,其中的《黄帝》、《老子》、《庄子》等书是必不可少的。他随手拿起一本《庄子》,边看边说:"嗯,彘儿一定要好好研读这些书籍,知道吗?"

窦太后接着说:"对了,皇上,还有一事呢。身为皇太子,彘儿这个名字似乎不雅,应该给他取个好听又意义深刻的名字。"

一句话提醒了汉景帝,他想,对呀,堂堂皇太子,将来登基称帝,位居九五之尊,怎么好叫做"彘"呢? 他翻动手中书籍,脑子里快速反应着,恰巧,《庄子·外物篇》里一句"心知为彻"的话呈现眼前。他顿觉眼前一亮,立刻说道:"'彘'和'知'同音,心知即为彻,朕看就为彘儿改名彻吧,希望他聪明圣彻,做个通彻之人。"

窦太后点头说:"好,刘彻,真是不错。"

刘彘听到自己的新名字,高兴极了,忘记矜持地蹦跳着说:"我叫刘彻了,我叫刘彻了。儿臣多谢父皇,太好了。"

刘彻果然没有辜负父亲的厚望,没有辜负自己的这个名字,他在以后的岁月里好学求进,积淀深厚的修养,确实做到了心知,做到了通彻,在五十多年的皇帝生涯里,立下了传世功绩,成为推动历史前进的一代伟人。

儒家弟子

汉景帝让卫绾教授刘彻读书，由此，刘彻开始接触到儒家文化，并且最终成为儒家学说的忠实推行者。

说起卫绾，此人很有意思，他多才多艺却忠厚老实；他学识渊博却喜欢车技。据说，他因为车技出色而得到他人推荐，因此在汉文帝时被提拔做了中郎将，负责皇上的安全工作。一面是书呆子，一面却能成为飚车手，看起来，这个人确实不同寻常，有过人之处。

卫绾信奉儒家学说，他德才兼备，负有威望，汉景帝做太子时，曾经宴请朝臣们到府上饮酒，结果卫绾称病不去。汉景帝因此对他颇有微词，等到即位做了皇帝，与他同乘一车出外巡视。路上，汉景帝问他："你知道为什么你能够与朕同坐一辆车吗？"卫绾老实地回答："不知道。"汉景帝笑着说："朕做太子时，宴请你你为什么不来赴宴呢？"卫绾依旧只有一句话："臣知罪，确实病了。"汉景帝见他忠厚，赏赐他宝剑。卫绾却谢绝道："先帝曾经赏赐给臣六把宝剑，恕臣不能接受皇上的赏赐。"汉景帝奇怪地问："宝剑是用来馈赠的礼品，难道先帝赏赐你的六把剑你还都保存完好吗？"卫绾回答："都完好无损。"汉景帝让他拿来六把剑，果然，每把宝剑连同剑鞘都保存完好，毫无损坏。汉景帝因此更加看重他，后来，他在任职期间，总是能够主动承担过错，不与他人争功，汉景帝觉得他忠诚可靠，别无二心，任用他为河间献王刘德的太傅。刘德骄奢放纵，挥霍无度，斗鸡走狗，不学无术，是有名的纨绔子弟。卫绾教导他后，用儒家学说循循善诱，孜孜不倦地教育他，竟然将他改造成为知书识礼的王爷，一时传为佳话。"七国之乱"时，卫绾建议刘德支持汉景帝，立下功劳，

卫绾

汉景帝随后提拔他做了中尉。由于他能文能武，为人宽厚忠诚，稳重有礼，汉景帝非常赏识他，决定任用他为太子太傅，做刘彻的第一位老师。

卫绾教授刘彻学问，当然传授他信奉的儒家学说，因此刘彻也就成为了第一位系统接受儒家学说的皇太子。他每天都要背诵《论语》或者《中庸》里的文章，并且仔细揣摩其中深意。儒家学说强调进取有为，注重培养人才，很快就吸引了好奇心极强的刘彻，这一切正符合他的心态，符合一个积极向上的孩童的心理。

刘彻全心学习，有一次，他问卫绾："孔子说：'三人行，必有我师。'这是真的吗？我们为什么不实地考察一下呢？"

卫绾点头赞许道："太子善于思索，正是儒学的好弟子。好，咱们就试验一番，看看三人行，是不是必定就有自己的老师。"

刘彻为了验证此语，故意出宫游玩，希望遇上两个陌生人，能够与他们同行。结果，他挑选了两个看似笨拙的儿童，与他们相约一起去钓鱼。这天，天气晴朗，碧蓝的空中偶然飘过几片浮云，真是难得的好天气。三个孩子走了一会儿，其中一人突然转身往回跑，刘彻不解地问："你怎么跑了？为什么不跟我们一起钓鱼了？"他想，难道这个孩子害怕自己身后的侍卫吗？谁知，跑走的孩子指着蓝天说："一会儿就要下雨了，我要回家帮母亲干活。"

下雨？刘彻抬头看看晴朗的天空，不免失声一笑，摇头说："看来挑选的这个人太笨了，竟然连晴天下雨都弄糊涂了。也许应该挑选稍微聪明的人来验证圣人的话？"

　　他正在胡思乱想，剩下的那个孩子也转身跑了。刘彻失望地说："这下可好，三人行，只剩一人了。"

　　刘彻只好一人前去钓鱼，哪知没多久，鱼还没有来得及钓，就听轰隆隆雷声四起，不多时，豆大的雨点劈头盖脸砸下来，慌得侍卫们脱下衣服护住刘彻，几个人仓皇回宫。

　　刘彻见到卫绾，惊讶地述说了这段经历，不解地问："为什么他们知道要下雨呢？难道这是上天的意思？"卫绾笑呵呵地说："太子，他们虽然是粗鄙的下人，却有丰富的生活经验，我想这两个孩子一定长期跟随父母参加农事劳动，学会了观察天气变化，所以在晴天的时候也能预知雨水将至。"农活受到天气影响，劳动人民在长期的劳动过程中总结了许多宝贵的经验，以此确保农业丰收。刘彻听此，不住地点头说："看来'三人行，必有我师'这句话说得非常对啊。"

　　卫绾笑着说："太子不必拘于形式。你想，就是在这后宫当中随便挑选几人，他们也都各有特长，能够教导给我们不同的知识。所以说敏而好学，不耻下问，才是治学的根本。孔子成为大学问家后，还要千里迢迢到洛阳拜老子为师，学习不同方面的知识；周游列国，也是为了广泛地结交各方人士，从而丰富自己的知识。你听说过孔子拜七岁儿童为师的故事吗？"

　　刘彻侧着脑袋奇怪地问："拜七岁儿童为师？"

　　"是啊，"卫绾说，"孔子谦虚好学，不论是谁，只要有长处，他都虚心求教。一次，他外出讲学，正坐车赶路，被几个小孩子用沙土堆成的城堡挡住了。孔子下车问他们为什么不给车让路。有个叫项橐的小孩子振振有词地说，自古都是车辆绕城走，哪里

孔子拜师

有城池给车让路的道理！他机智勇敢的回答，使孔子大感意外，孔子便决定考考他。结果，他一口气提出了四十多个涉及天文地理、自然现象以及礼仪道德方面的问题，没有想到，项橐对答如流，毫不含糊。孔子被深深折服，敬佩项橐的才知，恭敬地拜他为老师。项橐只是一名七岁顽童，而孔子已经是远近闻名的学问家了，他却能够屈尊拜师，这一举动正是天下人学习的榜样。"

刘彻静静地听完这个故事，内心激动不安，由衷感佩孔子好学求进的精神，他受到鼓舞后，下决心努力学习。

第二节　道儒之争

黄老学说的影响

刘彻拜师卫绾，接受儒家学说，逐渐成为儒家文化的崇拜者。可是，当时社会上通行的是黄老学说，特别是在皇宫中，以窦太后为首坚决支持黄老学说，并且下令皇家子弟必须学习《黄帝》、《老子》等经典著作，未央宫内充斥着黄老思想的影响。刘彻自幼生活在这种氛围之中，耳濡目染地接受了许多黄老思想，随着他逐渐长大，两种学说对他开始产生不同的影响，这成为刘彻非常宝贵的一份财富。

说起儒道两家学说，有必要追溯到春秋战国时期。当时，社会发生急剧变化，许多思想家对此提出不同的看法，纷纷著书立说，宣传自己的主张，形成了"百家争鸣"的局面。其中，以孔孟为代表的是儒家学说，他们提倡仁政，认为统治者要以"仁"为核心积极管理国家，为百姓谋福利；以老庄为代表的是黄老道家学说，他们主张无为而治，认为统治者应该避免过多地干扰百姓，让他们过安逸的日子；还有以韩非子为代表的法家学说，认为应该依法治国；以墨子为代表的墨家学说等等不一。这些学说受到统治者的关注，逐渐成为他们治理国家的行为准则。例如，秦始皇采用韩非子的法学治国，汉初采用黄老学说治国等等。

　　刘彻积极上进，越来越喜欢儒家文化，慢慢冷淡了清静无为的黄老思想。这一切很快被窦太后知道了，她大为震怒。窦太后是汉初几十年黄老无为而治政策的直接受益者，也是汉景帝时期黄老思想的首席代表，从汉文帝时起，她就督促子女后代们学习黄老之学，作为将来治国的根本。汉景帝即位后，虽然任用窦婴、郅都等儒家代表，接受了部分儒家和法家思想，但是仍继续采用黄老之说治理国家，如今，眼看皇太子刘彻一心学儒，渐渐放弃黄老思想，这还了得。等到他即位做皇帝，还不把祖宗们这么多年积累的治国法宝全给放弃了？窦太后不甘心刘彻被儒家学说迷惑，决定对他加强黄老思想教育。

汲黯像

　　汲黯是当时有名的黄老学说之士，出身世家，祖先是卫国的大夫，世代为卿。窦太后担心刘彻迷恋儒学，荒废了黄老学，提议由汲黯教授他黄老学说。汉景帝信任卫绾，觉得他足以承担太子刘彻的教导工作，是个称职的少主辅佐人选。而汲黯为人倔强，不遵从礼法，喜欢直言进谏，这样的人辅佐太子恐怕难合时宜。权衡之下，汉景帝暂时让汲黯做太子洗马，间接地辅导刘彻学习黄老学说。

　　刘彻有了两位老师，可是他对于黄老清净无为的思想始终没有多少兴趣，也就故意疏远汲黯。有一次，汲黯给刘彻讲课，发现他心不在焉，过了一会儿，让他独自读书时，他竟然偷偷溜出去玩。汲黯大为恼火，当场就要责打刘彻。刘彻自小生活优越，仆从无数，从来都是打骂他人，哪里有人敢对自己无礼！他不服气，与汲黯争吵起来。汲黯可不管对方是谁，怒目严叱，把刘彻震慑住了。

这件事很快传到刘彻的母亲王娡耳中，她急忙召见了刘彻，对他说："黄老学说是国家治国策略，你是皇太子为什么不好好学习？"

刘彻当即回答："儿臣觉得儒家思想博大精深，进取有为，比黄老学更合时宜。"

母子又争论多时，刘彻经过学习早就不是一个无知顽童，把母亲说得无言以对。最后，王娡气呼呼地说："哼，跟你舅舅一样，就知道什么《论语》《中庸》，我不管这么多，我要你看清眼下形势！太后左右朝局，你父皇信任重用的郅都怎么样？还不是被迫自杀了，我多次提醒你，不要因小失大，不要以为皇太子的位置就那么牢固，懂吗？"

她搬出这一套来恐吓刘彻，要他逢迎太后，保住太子之位。刘彻听到此言，顿时没有言语，他深知母亲为自己付出的一切，不愿意看到母亲伤心受惊，他想了想对母亲说："儿臣知道了，母后尽管放心，儿臣一定努力学习，不辜负您的期望。"

刘彻极其聪明，片刻之间明白了学习黄老学说的作用。此后，他尽量安心学习，对于黄老学有了较深的认识，这为他以后更彻底地摆脱黄老学说的影响，最终选择儒学作为治国策略产生了很大作用。如果他不能全面深刻认识黄老学说，就无法把它与儒学比较选择，也就难以决定哪个学说更适合时政了。

刘彻学习用功,善于思索,他不但学习各种学说理论,还对文学艺术产生了浓厚的兴趣,诵读了许多名篇佳作。当时皇宫是文化的集中地,丰富的皇家藏书和良好的学习氛围,使刘彻自幼有机会接触文学艺术。汉代,辞赋是最发达、最流行的一种文学体裁,它上承楚国大诗人屈原的《离骚》,半文半诗,具有文采光华、结构宏伟和语汇丰富的特色。刘彻特别喜欢汉代大文学家贾谊和枚乘等人的作品,对于他们的文章都能熟记于心,朗朗背诵。像贾谊的《过秦论》、枚乘的《七发》,都是他非常喜欢的文章。在理解文章深意的基础上,他还学会了著文做赋,文采深沉华丽,流传下来的也有好几篇。他的《悼李夫人赋》、《秋风辞》更是流传千百年的名篇,让人们认识到这位功绩赫赫的皇帝多才多艺的一面。《秋风赋》写道:

秋风起兮白云飞,草落黄木兮雁南归。
兰有秀兮菊有芳,怀佳人兮不能忘。
泛楼船兮济汾河,横中流兮扬素波。
萧鼓鸣兮发柞歌,欢乐极兮哀情多,少壮几时兮奈
老何!

文笔优美,感情充沛,读后令人荡气回肠,仿佛看到一位多情的男子因为怀念佳人,惆怅无限;文中又抒发了时间仓促,不容挽留的意思,难以想象此文的作者竟是文治武功无人可及的汉武帝!

毫无疑问,刘彻对文学的喜爱也直接推动了汉代辞赋的发展,"汉乐府"等多种文学形式相继出现,繁荣了中国的文学

事业。

儒生进猪圈

皇太子刘彻拜师求学，长进迅速，逐渐成长为知书识礼、富有才学的小小少年。就在他安心读书，一味求进步的时候，朝廷上又发生了一件事，对他触动很大。

原来，汉景帝听说一个叫辕固生的人精通《诗经》，是非常有名的儒学者，就决定提拔他为朝廷博士。但辕固生为人狂傲，恃才自居，推崇儒学，不把其他学说放在眼里，而且他特别瞧不起黄老学说，认为无为而治是软弱的表现，不适合治理强大的国家。为此，汉景帝组织了一次辩论，让他和黄老学说的代表人物黄生各抒己见，发表各自的政治主张。

辩论进行到激烈的时候，黄生说："商汤、周武夺取天下，不是上天的旨意，应该算是弑君谋反。"

辕固生反驳说："不对，夏桀、商纣暴虐乱政，失去人心，天下人都愿意追随商汤、周武。商汤、周武以天下人共同的心愿诛杀夏桀和商纣，让他们脱离残暴的统治，不得已而自立为王，不是秉受天命又是什么呢？"

黄生激昂地说："帽子虽然破旧，却必须戴在头上；鞋子不管多么新鲜，却必须穿在脚上。为什么？因为上下有别。夏桀、商纣虽然暴虐失道，可依然是君上；商汤、周武虽然圣明，却是臣下。主人失去德行，犯了错误，臣下不能正言劝谏尊重天子，反而因为他们犯错而乘机起兵诛杀天子，并且面南自立，这不是弑君又是什么？"

辕固生听了，轻蔑一笑，大声说："照你所说，高祖取代秦帝

东汉砖画

即天子之位原是错误的了？"

一句话，引起朝臣窃窃私语，不是吗？既然商汤取代夏桀、周武取代商纣是弑君谋反，那么高祖刘邦打下秦氏江山自立为帝也应该是弑君谋逆。

辩论到此，汉景帝慌忙出面说："朕听说吃肉不吃马肝，不能算是不知肉味；言学不言汤、武，不能算是愚笨。朕看，今天的辩论就到此为止吧。"此后，朝臣学者们再也不敢妄言受命弑杀这样的事情。

辕固生与黄生的辩论很快传到后宫，刘彻听说后，联系所学的儒家知识，认为辕固生说得很有道理。天子应该以仁政治理国家，如果失去德，失去人心，那么被推翻、被取代就是正常现象。

可是窦太后听说这事后，反应截然不同。她经常听黄生讲述黄老学说，是他的崇拜者，如今黄生败在辕固生手里，遭到儒家人物的羞辱，这还了得。没有几天，窦太后故意请辕固生为她讲学。辕固生奉命前往，窦太后搬出《老子》一书向他讨教。狂放不羁的辕固生指着《老子》说："这些书籍是写给妇道人家看的，派不上大用场。"窦太后勃然大怒，她声音颤抖地反唇相讥："那么你是从哪里得到只有罪犯刑徒才看的儒家书籍的？"

辕固生倔强地继续辩论，却见一向温和的窦太后拍打案几，命令侍卫说："这个人有名无实，大话连篇，我倒要看看他有什么本事？来人，把他放进后面的野猪圈里，看看他能否凭借满腹儒学打败野猪？"

太后动怒，无人敢上前劝阻，就这样，辕固生被赤手空拳扔进野猪圈，这个酸腐气十足的家伙受到了严厉的惩罚。

面对此事，有心袒护辕固生的汉景帝也无可奈何，他不敢顶撞太后，不能救出辕固生。辕固生手无缚鸡之力，面对粗野狂暴的野猪吓得屁滚尿流，又是哭喊又是哀求，仓皇之极。奈何他行为乖张，得罪了不少朝臣，而且许多老臣都是黄老学说的受益者和支持者，早就看不惯他了。今天见他受到这样的惩罚，可谓罪有应得，高兴还来不及呢，谁会为他求情伤心？

就在辕固生绝望地等待死神降临时，一个矮小的身影突然闪到眼前。他急忙睁眼观看，进来的竟然是皇太子刘彻。刘彻手握尖刀，站在辕固生身前，与野猪对视着。野猪显然被突然闯入的不速之客弄糊涂了，呆呆地站立片刻，而后吼叫着冲过来。刘彻面无惧色，迎着野猪举起尖刀刺去，只听一声惨叫，野猪应声倒地。原来刘彻用足了力气，这一刀正好刺中野猪的胸膛，将它的心脏都刺破了。

野猪既死，刘彻拉起瘫软在地的辕固生，与他一起走出猪圈来。汉景帝听说刘彻进了野猪圈，正匆忙赶过来，看到他们安然脱险，擦一把汗水说："彻儿你也太大胆了。"

刘彻不慌不忙地说："辕固生虽然狂傲，却罪不致死，儿臣救他也是拯救天下儒生，希望他们做些对朝廷有利的事。"

汉景帝点点头，对刘彻的表现非常赞赏。这时，窦太后听人说刘彻救了辕固生，虽然不满辕固生，却对刘彻的表现惊喜不已，连连说："瞧瞧我孙子，能文善武，小小年纪就能杀死野猪，那些空有礼仪架子、文多质少、吹牛说大话的儒生应该自愧不如。"她不便继续追究辕固生，就由汉景帝作主，任命他做了清河王太傅。

刘彻刺杀野猪救儒生，显示他勇敢神武的一面，其实，他之所以敢于进圈刺野猪，也是因为他不但学文，还学习骑射之术，有一定的武学根基。这个对外界充满好奇的少年太子涉猎广泛，善于接受多方面知识，不断地充实丰富自己，为他以后开创伟大的事业奠定了坚实基础，是他丰富多彩人生的良好开端。

第三节　学武习兵

好友韩嫣

　　刘彻还没有立为太子时就结识了一位好友,这个少年对他学武习兵产生了很大影响。此人名叫韩嫣,是韩王信的曾孙。韩王信本来是秦朝官吏,后来投靠了刘邦,打下天下后受封韩王,负责守卫北部边境。匈奴攻打马邑,韩王信战败,被迫投降匈奴。公元前196年,代地丞相陈豨起兵造反,韩王信与他结成联盟共同对付汉军。高祖刘邦大怒,亲自率军征讨,平定叛乱,韩王信也被杀身亡。又过了几十年,韩王信的儿子韩颓当带着家人回归中国,受到汉廷欢迎,在长安定居下来。幼小的韩嫣回到中原,开始了新的生活。

　　汉室江山是从马上取得的,汉景帝为了锻炼儿子们的全面能力,不但要求他们学文,还要求他们学习武功兵法,作为将来治理国家的资本。而韩嫣出生在匈奴,自幼接受了匈奴人跃马弯弓的生活方式,练就了一身武功,骑马射术都非常精通。韩嫣出色的武艺得到他人推荐,于是汉景帝让他进宫陪伴皇子们学武。很快,韩嫣高超的技能引起了刘彻的关注和赏识,他们成为形影不离的好朋友。

　　刘彻上进心强,刻苦用功,在韩嫣的教导帮助下,他的骑射之术取得了长足进展。一天,他们一起去南山狩猎,突然看到一只野鸡乱飞,刘彻和韩嫣同时拔箭射击,结果两人的箭一起射中野鸡。两人见此,心领神会地开怀大笑。还有几次,诸多人骑马比赛,刘彻和韩嫣总是并驾齐驱,并列第一。时间长了,次数多了,两人的情谊日渐深厚,竟至难舍难分的地步。

　　刘彻好奇心强,经常催着韩嫣讲述匈奴故事。对他来说,遥远陌生的匈奴就像一个巨大的谜团,他们的生活、战争以及他们对待大汉的态度都成了刘彻感兴趣的内容,他迫切地需要了解匈奴,了解这个对大汉造成威胁、跃马弯弓的民族究竟是个什么样子。就像今天的少年对其他星球产生好奇,幻想上面存在着与我们完全不同的生命一样。古代人们交通不便,地域隔阂阻碍人们交流,不同地理环境下的人们很难相互了解,正确认识对方成为非常困难的事情。今天看来,环球旅行已经相当普通,而对当时的人们来说,有几个人能够走出国门!他们仅凭想象认识世界,当然不够具体和准确。所以,刘彻即位后,派遣张骞出使西域,促进了中国同西域各国交流,开辟了丝绸之路,成就了历史上最伟大的业绩之一。

　　韩嫣在匈奴长大,熟悉匈奴的情况,为刘彻了解匈奴提供了最直接最形象的帮助。他经常对刘彻讲述匈奴人的生活、匈奴人的习性以及关于他们各种各样的故事，久而久之，刘彻对遥远的匈奴增进了认识。几年前，他的侍女代替公主出嫁，曾经令他对匈奴产生仇恨，如今，韩嫣走南闯北，以亲身经历述说匈奴见闻和历史，使刘彻第一次如此近距离地了解匈奴，认清两国边境存在的危机，他对于这个给自己国家边境带来诸多麻烦的民族有了深刻的认识，为他以后坚决抵制匈奴打下了伏笔。

刘彻与韩嫣关系密切，引来不少人非议。有一次，江都王回京办事，远远看见皇太子的车马仪仗过来了，他以为刘彻坐在车里，就恭敬地站立一侧。结果，车里坐着的是韩嫣。韩嫣大模大样坐在太子车里，对江都王不屑一顾。江都王见到这种场景，恼羞成怒，气愤地跑到太后那里告状。窦太后问明原因，对韩嫣痛斥一顿，并且嘱咐刘彻不许过分娇宠韩嫣。刘彻据理力争，认为韩嫣没有过错，还大加夸赞韩嫣，说他骑射高超，熟知匈奴情况，将来与匈奴作战，肯定会成为优秀的将领。

窦太后恨恨地说：“韩王信受高祖重托守卫北疆，不但没有抵御外来侮辱，反而被困投降，成为我大汉第一个叛臣，他的重孙子能好到哪里去？”

刘彻虽然不同意太后固执的看法，却没有强硬地反抗。他默默地带走韩嫣，两位少年表面上关系疏远，实则暗地里继续勤于习武，不停地提高各自技巧，积极准备在将来对匈奴作战中能够一展身手。

修习兵法

刘彻喜欢骑射，提高个人技能的同时，还经常向当时有名的将领虚心求教,修习兵法。其中李广就是一位教授过他的将军。李广英勇善战,威震边塞,令匈奴人闻风丧胆,因此被匈奴人敬畏地称为"飞将军"。唐朝诗人王昌龄曾经写诗称赞他说:"秦时明月汉时关,万里长征人未还。但使龙城飞将在,不叫胡马度阴山。"

李广少年从军,汉文帝时就做了将军。七国之乱,他同周亚夫一起平定叛乱,立下大功,汉景帝派他去做上郡(今陕西榆林东南)太守。有一次,汉景帝派亲随到李广军中慰问,这名亲随带了几十名卫士出游,不巧正好遇上匈奴兵马,他们匆忙回营,结果遭遇三名匈奴骑士,卫士们全被杀死,亲随也中箭逃回。李广听说了,马上带着一百骑兵去追赶三个匈奴射手。追了几十里地,远远望见几千名匈奴骑兵赶了上来。李广只有一百人,他们看到匈奴兵多,慌忙掉头逃跑。李广大喝一声阻止他们说:"我们人少,离大营又远,如果现在逃跑,匈奴兵马追上来,我们就完了。不如干脆停下来,佯做诱兵,匈奴以为我们身后还有大兵,肯定不敢攻击我们。"这样,一百人不但没有后退,反而向匈奴阵地前进,在离敌人只有两里的地方才停下来。李广命令士兵们下马,卸鞍休息,做出一副诱敌深入的样子。匈奴将领见此心里更加恐惧,以为这是汉军的诱敌之计,不敢轻易出阵交战。双方对峙着,一直到了半夜,匈奴人害怕汉军突然袭击他们,吓得连夜逃跑了。天亮后,李广一瞧,匈奴兵全部撤走了,他才带着一百兵马安然回营。

这件事情传回长安,汉景帝非常赞赏李广的机智勇敢,派人前去赏赐他。刘彻听说后,提出由他去边关慰问将士。汉景帝因他年幼,不赞成他前往,可是刘彻说:"甘罗十二岁只身收回五城，拜为上卿。如今儿臣身为皇太子，只不过奉命犒赏三军，会有什么不妥呢？"

甘罗是战国末年秦国人，他是丞相吕不韦的家臣，十二岁时献计促使张唐出使赵国，并且带着五乘车马亲往赵国拜见赵王。他见到赵王后，分析当前局势，劝说赵王放弃河间土地，以此结交秦国，断绝赵燕两国交往。赵王觉得有理，就把河间五城割让给了秦国。甘罗不费一兵一卒为秦国赢得五城，被封为上卿。刘彻举出甘罗的例子，希望父亲同意自己去边关犒赏将士。

李广像

汉景帝笑着说："彻儿志向远大，父皇就给你一次机会。"

刘彻高兴得连声感谢父皇，急忙跑回去积极准备远赴边关事宜。王娡为了儿子的安全，提议由她弟弟王信和田蚡护送刘彻赴边关。刘彻却说："舅舅们久居中原，不了解边关情况，儿臣带上韩嫣就足够了。"

王娡不满地说："舅舅们足智多谋，又是你的亲人，有他们照顾我才放心呢。"

这样，刘彻在舅舅的保护下，带着兵马和犒赏三军的物品上路了。千里迢迢，辛苦跋涉，刘彻一行终于来到了上郡。大军听说皇太子亲临边关，无不欢欣鼓舞，擂鼓鸣号以示欢迎。李广激动地迎出营帐几十里，迎接皇太子驾临。

刘彻久闻李广威名，相见后提出向他学习射箭和兵法。李广受宠若惊,忙说:"末将不敢,雕虫小技不敢在太子面前献丑。"

刘彻说:"将军客气了,我这次前来正是要向你学习排兵布阵之法,看看将士们如何迎战匈奴。"

田蚡见刘彻胸怀远大,积极上进,心里很高兴,催促李广说:"将军不要推辞了,皇太子向你拜师你还客气什么?"

李广不再推辞,带着刘彻走出营帐,实地考察边关防御阵形。刘彻一边观看,一边不停地询问,非常细心认真。他专注地观察着,突然发现前面一块石头上插着断箭,不解地问:"这是怎么回事?"

李广笑着说:"这是末将射的。"原来,一天深夜,李广带着兵士巡营,忽然瞧见前面山脚下草丛里蹲着一只老虎。他连忙拔出弓箭用尽力气射了过去。他射术高超,百发百中,当然射中目标。兵士们拿着刀枪跑过去捉老虎,却发现中箭的不是老虎,而是一块大石头!石头形似老虎,在朦胧月光的映照下,大家错把它看成了真老虎,而李广射出的箭已经深深陷入石头里,几个兵士用力往外拔,却怎么也拔不出来。大家真是又惊奇又佩服,由衷称赞李广箭射得好。

刘彻听了这段故事,惊讶地瞪着眼睛说:"大汉有这样的将军,何愁匈奴不退!"

在边关的一段日子里,刘彻切身感受边境风情,虚心向李广求教,骑射都有了很大进步,他联系从韩嫣那里听来的许多故事,幼小的他竟然对于匈奴有了比常人更深切的认识。

刘彻实地了解边关战情,还从许多兵书上学习军事思想,从战略高度思考战争,这为他以后指挥对匈奴作战提供了最初的理论知识。

　　读书声朗朗，马蹄声疾疾，几年的时光匆匆度过，刘彻已成长为一个英俊少年。他刻苦努力，求进向上，把自己锻造成为一个具有多方面才能、文武兼备、有胆有识、思想活跃、胸怀远大的皇太子。未来的事业正等着他继续奋斗，这个年少有为的皇太子，将向人们展示他更加非凡和超人的才能。

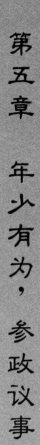

第五章　年少有为，参政议事

　　刘彻表现出与众不同的才干，他建议父亲封赏匈奴降臣，智断棘手案件，对丞相周亚夫功高盖主的行为深感担忧——这一切事实表明，少年刘彻目光远大、胸怀宽广，对于政权有着敏感的反应能力，他这些做法会为他带来什么结果呢？

第一节　初涉政事

送姐远嫁

春去秋来，刘彻在学习当中不断成长着，已经是十来岁的翩翩少年郎了。一个秋风瑟瑟的午后，边关传来令人震惊的消息，匈奴单于亲率大军南下，对北部边关不断骚扰，将领们请求朝廷派兵支持。

单于派使者面见汉景帝，指责他不守信用，前番以普通宫女代替公主嫁给自己，事情虽然过去好几年了，可是他不能容忍，认为大汉首先违背和约，所以他出兵讨伐。几年前，汉景帝把刘彻的侍女玉儿嫁给匈奴单于，以达到两国修好的目的，没想到，这些年过去了，单于旧事重提，并且发动了战争。

汉景帝忙召集大臣们商量对策，丞相周亚夫说："从高祖时起，两国互通友好，都是积极联姻的结果。当今皇上却违背祖制，让宫女冒充公主远嫁，当然引起匈奴不满了。"他责怪汉景帝当初听信王娡的话，不把亲生女儿远嫁匈奴。周亚夫在七国之乱中立下首功，被拜为丞相，几年来权势日重，是朝廷上最重要的大臣，连汉景帝见了他都要礼让三分。汉初官僚制度还不完备，基本上依照秦制，设立三公九卿，这也是中国封建社会管理体制的雏形。三公指的是丞相、太尉和御史大夫三位重臣，其中丞相权力非常大,几乎控制了朝政大事,所以周亚夫敢如此对汉景帝说话。

周亚夫这么一说,有些大臣便随声附和,认为皇上做得不妥。汉景帝见此,只好讪讪地说:"匈奴兵临城下,诸位应该抓紧商量对策,后悔有什么用?"

周亚夫不客气地说:"既然匈奴单于认为皇上欺骗了他,现在把真公主嫁过去,事情不就迎刃而解了。"

周亚夫像

大臣们大多害怕打仗,听周亚夫说出这样的计策,又立即表示同意,建议汉景帝把真公主远嫁匈奴。

汉景帝默然无语,他心里清楚,周亚夫一直不赞同废除原太子刘荣,对于册封王娡为后,册立刘彻为太子也是耿耿于怀,并不赞同。如今他功高势强,对于王娡当初所为当然要翻旧账进行回击了。

面对一致要求公主远嫁的声音,汉景帝无可奈何地同意了。他回到后宫,对王娡说出了这个决定。王娡的大女儿已经出嫁了,二女儿南宫公主十五六岁,三女儿隆虑公主十三四岁,都是姣好少女,也正是出嫁的最好年龄。怎么办?难道要把她们嫁到匈奴去吗?

就在他们左右为难的时候,公主远嫁的消息却传遍了后宫,刘彻听说姐姐要远嫁匈奴,连忙跑来质问。汉景帝叹气说:"匈奴不满意了，大臣们又不愿意出兵，只好采取这个办法啦。"

刘彻不解地问："儿臣去过上郡，看到那里防备森严，将士们信心十足，与匈奴开战肯定会胜利，为什么不奋起抵抗，非要把姐姐嫁过去呢？"

汉景帝说："北部边关战线非常长，从东到西数千里，并不是只有一个上郡。再说了，匈奴擅长骑射，惯于奔跑，茫茫沙漠中我军很不适应，难以彻底取胜，只能这样一边联姻一边防御，确保边关没有大的战事就算不错了。父皇不是跟你讲过高祖和先帝征讨匈奴的情况吗？"

刘彻咬咬嘴唇，努力控制愤怒的情绪，低沉地说："难道我们就这样永远被他们欺侮吗？总有一天，我要让匈奴尝到我们的厉害！"他记起韩嫣对他讲述匈奴人的残暴、野蛮以及对汉人敌视的态度，想到姐姐就要嫁到那样的地方去，不禁一阵阵毛骨悚然。不是吗？这些年来，远嫁的玉儿哪里有过消息？生老病死谁知道？

不管刘彻多么努力反对，公主远嫁的事情还是按部就班地进行着。王娡虽然不舍得女儿远嫁，但是她非常善于认清形势，她知道，自己身为皇后，刘彻身为皇太子，地位殊荣也引人嫉妒，一旦自己的过错成为他人的把柄，重蹈刘荣母子覆辙的事情不是不会发生，只有舍弃女儿保全儿子了，于是最终决定把二女儿南宫公主远嫁匈奴。

公主远嫁，不是件小事，前后忙碌了两个多月才置办停当。期间，刘彻多次与姐姐谈心玩耍，共同度过最后的美好时光。刘彻自小受到几个姐姐的关爱，姐弟感情深厚，在她们面前，他就是可爱的孩童，无忧无虑，快乐无比。南宫公主是个懂事的少女,她关心地对刘彻说:"姐姐远嫁匈奴,恐怕再也见不到弟弟了。你是皇太子,一定要努力用功,将来做个有为的皇帝。"

刘彻眼含泪水,摘下身上的玉佩说:"这是当年玉儿送给我的,你戴上它说不定还能见到玉儿呢。"其实他们心里明白,玉儿被识破真实身分,可能早就被匈奴人残害了。

南宫公主强忍泪水,握着玉佩说:"弟弟,你要做个有为的皇帝,指挥军队平定匈奴,不要再让汉室女子远嫁他乡、客死异邦了。"

刘彻郑重地点点头,在他看来匈奴骚扰边境,掠夺财物,对大汉造成许多伤害,早就该对他们发动战争,把他们彻底赶走了。

阴雨连绵的秋天过去了,初冬来临了,匈奴几次派人催促,要求公主尽早起驾北上。刘彻主动请求护送姐姐远嫁,汉景帝点头应允。年少的刘彻亲自驾车,护送姐姐踏上远去的征程。一路北上,天气渐渐严寒,到了北部边关,竟然飘起细碎的雪花。望着雪花飞舞,想到北方气候恶劣,严寒日久,刘彻脱下身上的貂皮大衣,披到姐姐的背上。南宫公主紧紧攥着大衣,泪花闪烁,她随嫁的物品好几车,却一件也比不上弟弟的礼品贵重,她哽咽着说:"弟弟,你要记住,不要再让汉室女子远嫁他乡了。"说完,她钻进马车,扬鞭打马,冲进了茫茫雪域之中。

对于当时的汉人来说,北方匈奴是陌生的、粗野的,甚至带着恐怖的成分，他们驰骋在一望无际的草原上、沙漠里，过着与汉人截然不同的生活，逐水草而居，迁徙不定，动荡不安，靠游猎为生，以抢夺为能事，多么不可思议，多么粗暴狂野！如今，贵为公主的姐姐就要去过这样的生活了，刘彻思来想去都无法平静下来，他跨上马背，冒着满天雪花紧紧追随下去……

刘彻送姐远嫁，再次触动他对匈奴的仇恨心理，也许他年少的胸怀无法忍受这些耻辱，也许他在此时就暗下决心，一定要抗击匈奴，保护百姓安宁。

封赏匈奴降臣

随着汉朝兴盛，多年前投降匈奴的许多将士纷纷回国，他们大多像韩嫣家族一样，受到了汉廷热烈欢迎。回归人士越来越多，一次，匈奴王徐卢等五人也回归了中国。刘彻关心时政，见到这种事情，面见汉景帝提议说："父皇，从匈奴回来的人越来越多，儿臣以为应该对他们有所封赏，以此吸引更多的人回归。"

汉景帝听了，觉得有道理，对刘彻关心国事也很满意，就召开朝会商量这件事。他为了锻炼刘彻，特意让他出席会议。朝会上，三公九卿大员全都到场了，他们听说汉景帝要对匈奴王徐卢等人封侯，表示诧异不满。有人说："他们是叛臣，怎么能够封侯呢？"有人说："我们建功立业，尚且不过封侯赏地，难道他们回来就要与我们平起平坐吗？"

元老旧臣们自恃功高，害怕他人凌驾于自己之上，不同意对回归人士进行封赏。刘彻听了一会儿，对他们解释说："对他们进行封赏，一来可以吸引更多的人回归，从而瓦解匈奴的势力；二来能够显示我朝宽广的胸襟，容纳万方臣民，这有什么不妥呢?"少小年纪的他即表现出如此远大的目光和博大的胸怀,确实非比常人。

汉景帝也说:"他们能够回来,说明我们国富民强,比匈奴强盛;对他们进行封赏,更能显示我朝威仪,朕觉得太子说得很对。"

老臣们心有不甘,不情愿与降臣归将同殿称臣,纷纷将目光转向周亚夫,希望他出面表态。周亚夫果然站出来说:"匈奴的人背叛君主投降我邦,应该算是不忠,算是叛逆臣子。叛臣应该受到惩罚,如今皇上却要对叛臣进行封赏,不是鼓励臣下不忠于君主吗? 这样的话,您以后怎么约束大臣们? 他们也会背叛朝廷的!"他语气生硬,带着质问威胁的口气责难汉景帝,顿时,汉景帝脸色微变,露出反感神色。

刘彻立即反驳说:"丞相说的不对,徐卢他们虽然背叛匈奴,却忠于我朝,算起来也是我朝的忠臣,怎么不能封赏? 如果照丞相所言,追随高祖打天下的功臣们大多数是秦朝子民,他们背叛秦朝成为汉室忠臣,不也是一样道理吗?"

周亚夫听了,一时语塞。是啊,他父亲周勃就是追随高祖平定天下的功臣,封侯受地,荣宠有加。如果按照他的理论,周勃是秦朝子民,却背叛秦朝,起兵造反,应该算是叛臣了,怎么能受封呢?

朝臣们听到这里,都诺诺不敢争辩了。他们大多数都是功臣之后,能够有今天的荣耀还不是依靠先辈们反抗秦朝得来的? 照周亚夫刚才所言,那些人也都是叛臣贼子了?

汉景帝看到刘彻几句话驳斥得众臣无言,脸色缓和许多,他慢慢问道:"你们说太子说得有道理吗?"

众臣默然。

刘彻人小志高，见他们不说话，担心他们不服气，继续说："我觉得我朝地大物博，人杰地灵，应该威震四方，成为当之无愧的中央大国，如果没有胸怀容纳他人，必定不能实现这样远大的理想。"

朝臣们听到刘彻视野开阔，所谈所论超出他们的想象，流露出惊异神色。周亚夫曾经反对册立刘彻做太子，今天听他说出这番话，一方面觉得他言过于实，另一方面为他少小年纪思维敏捷锐利而诚然佩服。

汉景帝微微笑道："既然大家没有异议了，朕看就对匈奴王徐卢等人封侯加赏吧。"

这样，透过辩论终于对归臣进行了封赏。刘彻初涉朝政就显示了有勇有谋的才能，当然深得汉景帝喜爱，他远大的志向和胸襟也让人深深感慨。

周亚夫非常固执，他见汉景帝不听从自己的意见，称病不朝。当时，汉廷基本上依然是军人当权的局势，开国功臣的儿孙们凭借父辈的功绩世袭侯爵，权势甚重，形成一股较强的政治势力，渐渐阻碍社会进步发展。

过了些日子，周亚夫刚刚恢复上朝，又一件意想不到的事情发生了。

第二节　未雨绸缪

固执守旧的周亚夫

七国之乱时，周亚夫采取坚守不出的战略，拖垮了七国联军，赢得了最后胜利。那时梁国都城睢阳陷入联军包围之中，处境危险，梁王刘武率兵苦战苦熬，拼死对抗联军攻击，受到很大损失。他一天多次地向周亚夫申请援兵，可是周亚夫置之不理，固执地不派一兵一卒去救援他。因此，刘武与他结下怨恨，经常在汉景帝和窦太后跟前说他的坏话。这是周亚夫与皇族产生的第一个摩擦。

后来，汉景帝废除前太子刘荣，周亚夫竭力反对，无奈汉景帝心意已决，终究没有听从他的意见。从此，汉景帝对他也心怀不满。

周亚夫固执偏见，恃功自傲，不把他人放在眼里。汉景帝册立王娡为皇后时，他依然没有看清形势，顽固地反对此事。他暗地里探听到了王娡的身世，认为她嫁给汉景帝以前曾经嫁过他人，因此不适合做大汉皇后。正所谓打人不打脸，骂人不揭短，周亚夫未免太狂傲了，竟然以此指责王娡，反对她做皇后，你想想，王娡能不厌恶他吗？好在汉景帝再次没有理会他，坚决地册立了王娡，并且很快就册封刘彻做了皇太子，总算打消了周亚夫反对的念头。可是，这件事情在王娡心里并没有就此罢休，她深深地记恨着周亚夫，她娘家的亲人也对周亚夫怀有很深的敌意。周亚夫从此又得罪了皇后，与皇室的恩怨更重一层了。

周亚夫事事处处表现出傲然，不把皇亲贵戚当回事，引起越来越多人不满。有一次，梁王刘武进京朝觐，路上见到周亚夫慌忙下车与他打招呼，可是周亚夫头也不回，傲慢地过去了。刘武很生气，进宫对窦太后述说周亚夫无礼的举止。窦太后自从梁王争储落败，很少见到他，现在听说他进京受到周亚夫侮辱，心里十分恼怒。

事有凑巧，梁王进京后，与皇后王娡的兄弟王信、田蚡等人来往密切。原来，当初梁王争储失败滥杀朝臣时，王娡积极活动，让兄弟们四处为梁王说情，她自己也多次劝说汉景帝，并且和长公主刘嫖一起进言，终于保住了梁王的性命。此事窦太后心知肚明，梁王也非常感激，所以，他对于皇后一家以及太子刘彻十分亲善，把他们当作亲人一样看待。皇后家人和太子也非常尊重梁王，始终如一地把他当作皇弟对待。窦太后见梁王与王信友善交好，有心提高皇后娘家的地位，建议汉景帝说："太子一天天长大了，我看他聪明懂事，将来肯定会有所作为。皇后出身寒微，不如把她的兄长王信封侯，以后也好辅佐太子。"

汉景帝想了想说："先帝不曾封赐外戚，朕的舅舅们并无一人封侯，朕即位了，如果急着封赏皇后的家人为侯，恐怕不妥。还是不要封王信了吧。"

窦太后笑着说："此一时，彼一时。当初我大哥不能封侯，自然有当时的原因，我现在想起来还后悔哩。现在他去世了，只好封他的儿子为侯，终究不是亲兄妹啊，这成了我的一桩憾事。我看,皇后为人持重,母仪天下,太子聪慧机智,必定会成为英明的君主,要是不封王信为侯,对他们不公平。"她一心提高皇后家人的地位,也是感激当初皇后王娡竭心尽力营救梁王的恩情,而且,太子已经与阿娇定亲,为了女儿她也要为王信说话。透过重重复杂的关系,窦太后也是想了很多才提出这样的建议。

汉景帝见太后坚持,只好答应着说:"等朕和丞相商量再做决定。"

周亚夫像

事情明摆着,不管从哪方面讲,王信封侯都是势在必得之事。可是周亚夫不以为然,挺着脖子大声说:"高祖曾经与众臣歃血为盟,'非刘氏不得为王,非有功不得封侯。不如约,天下共击之。'现在王信虽然是皇后的兄长,却身无寸功,如果封侯,就是违背誓约!"他又摆出旧规章老制度来了。高祖刘邦为了防止异姓封王危及刘氏江山,临终时与大臣们杀白马歃血盟誓,约定除了刘氏其他人不得封王,除了功臣不得封侯。后来吕后改制,曾经违背誓约封自己的兄弟为王,吕氏族人也都加官晋爵,富贵一时,形成外戚干政的局面,刘氏江山差点毁于一旦。吕后死后,周勃等人即刻铲除吕氏势力,迎立代王刘恒做了皇帝。这段历史并不久远，周亚夫此时提及，有意提醒汉景帝注意，不要重蹈覆辙，让王娡成为第二个吕后。

前番刘嫖以"人彘"劝说汉景帝，让他废掉栗夫人，今天，周亚夫又以高祖盟约劝谏他，不要封王信为侯。汉景帝不敢冒天下之大不韪，放弃了封王信为侯一事。窦太后和王娡知道周亚夫从中作梗，阻挠汉景帝封赏王信，当然很不高兴。这样，周亚夫与皇室的矛盾日渐突出。

周亚夫三番五次与皇室成员对着干，成为皇室族人共同讨厌的目标，上次，他又因为匈奴王徐卢等人的事与汉景帝产生摩擦，竟然称病不朝。汉景帝不得已亲自前去探望，周亚夫觉得挽回了面子，才重新回到朝廷议事。不过，汉景帝内心十分不满周亚夫，对他渐渐疏远，终于有一天，两个人的矛盾爆发了，周亚夫尝到了骄傲自大的苦果。

刘彻的担忧

周亚夫的表现让汉景帝越来越不满，他思虑再三，决定请周亚夫进宫吃饭，借机试探他。这天，汉景帝命人摆下酒宴，请来了周亚夫。这是一次特殊的酒宴，席间只有汉景帝、周亚夫和作陪的皇太子刘彻。

汉景帝有意试探周亚夫对自己的尊敬程度，嘱咐身边服侍的宫女太监们，叫他们只听从自己的命令，其他任何人的话都不要听。

君臣寒暄过后，分宾主落座。不一会儿，周亚夫的眼前摆上了一大块煮得烂熟的肥肉。周亚夫瞅瞅肥肉，等了一会儿却不见其他菜肴，心想，难道皇上就请我吃肥肉吗？也罢，吃就吃吧，想着，他准备拿起筷子吃肉，却发现案几上根本就没有筷子。这是怎么回事？要是常人肯定要想想，皇上到底为何请我吃饭却不给我筷子？是不是我做错了什么？或者皇上有意考察我什么？——可是这位自恃功高的丞相毫不担心，他自以为是惯了，看到没有筷子，面露怨色，如同在自己家里一般回身呵斥宫人说："怎么搞的？不给筷子怎么吃饭？快去给我拿双筷子！"

宫人们早就得到汉景帝警告，除了皇上本人的话，其他人的话一律不听。这下可好，周亚夫怒容满面，诸宫人好似什么也没有看见，依然直挺挺地站立着，一动不动。周亚夫见此，还想发火，却听汉景帝说："怎么？丞相不满意朕的款待，是不是嫌朕对你不够礼遇？朕怎样做你才满意呢？"

周亚夫听了这话，本该有所醒悟，他却固执地不吭声，既不向汉景帝道歉认错，也不起身告退，与汉景帝默默对峙着。

作陪的刘彻亲眼看到此情此景，心里不由怒火燃烧。他早就听说周亚夫目无尊上、狂妄自大、恃功傲物的种种行为，今日一见，竟然比传说中的还要厉害，还要狂妄，他能不生气吗？一开始，他静静观察着，注视着周亚夫，后来，他的目光冷峻了，像利剑一样穿透了周亚夫的身躯。

在刘彻目光的威逼下，周亚夫不由自主打个寒噤。自从前次辩论匈奴王徐卢事后，他对这个年少的太子充满了复杂的感情，又是不以为然又是惧怕，他身经多次战事，英勇有名，为什么会害怕一个十几岁的少年呢？他自己也无法说清。

刘彻既不说话也不移动目光，目光像两颗锋利的钉子一样深深扎进周亚夫的身体里。逼视良久，周亚夫坐不住了，他爬起来对汉景帝施礼说："臣脾气大，好发火，不能担任丞相重职了，请皇上一定要原谅臣，准许臣回家休养吧。"说完，他跪下磕了几个头就要离去。

真是宴无好宴，酒无好酒，周亚夫感觉似乎走进了鸿门宴，不知道如何才能脱身了。刘彻表现出与年龄不相符的成熟和胆识，他看出周亚夫胆怯了，目光更加犀利，一动不动注视着他。这个场面持续许久，直到周亚夫从地上爬起来匆匆离去，刘彻的目光也没有离开他的背影。

汉景帝见周亚夫走远了，忙不解地问刘彻："彻儿，你怎么啦？如此专注地看着周亚夫到底想干什么？"

刘彻收拢目光，望着父亲担忧地说："父皇，周亚夫如此嚣张，连父皇也不放在眼里，动不动指手画脚，大呼小叫，一点君臣礼仪都不懂，这样下去，儿臣看他必将成为我朝发展的绊脚石。"他说得一点没错，要进步，不能一味沉浸于过去，满足于现状，不求长足发展变化。

汉景帝连声说："是啊，是啊，因为他狂悖无礼，父皇才想让他进宫叙话，看看他到底有无忠心。今天，他依然如故，还是不知悔改，真不知道该如何处置他。"

刘彻忧虑地说："父皇，周亚夫不尊臣道，瞒上欺下，他多年深居要位，权势地位都很重要，要是这样下去，将来国家必定会因为他而起乱子。"

汉景帝深深叹口气，他心里清楚，周亚夫对自己都如此傲慢，将来刘彻即位，他更不会尊重刘彻，要是君臣之间出现不可化解的矛盾，国家不乱才怪呢，这也是他最担心的地方。今天设宴，矛盾已露端倪，照这种情形来看，周亚夫即便辞了丞相之职，也不会安心地在家休养，怎么办？除掉周亚夫吗？刚才刘彻以目光威逼周亚夫，并且表现出忧虑，无疑坚定了汉景帝的决心。

再说周亚夫，他回到家后，想起刘彻的目光依然心有余悸。他前后跟随过两个皇帝，汉文帝和汉景帝，在他看来，刘彻虽然年少，却比他们更具有威仪，更不好对付。十几岁的孩子能够看出大臣的心思已属不易，他还能以目光威震重臣，让自己不寒而栗，真是天子气派啊！

周亚夫想来想去，决定辞去丞相职位在家休养，希望自己收敛锋芒，能换得平安，可就在这时，祸从天降，他没能躲避开因为自己的固执和无礼带来的灾难。话还要从他儿子说起，他的儿子凭借父亲的权势作威作福，经常欺压百姓，贪图国家财产，做些违法乱纪的事，并以此为荣。有一次，他从宫中偷偷运出了五百具甲盾，打算将来父亲死后做殉葬品之用。私运甲盾违反朝廷制度，而且他又不给足雇工工钱，还让手下人暴打雇工。雇工伤恨交加，一气之下把他告到了官府里。官员见此事牵涉到了周亚夫，不敢私自做主，就把这件案子上书给了汉景帝。

汉景帝接到告发之书，派人追查此事。周亚夫做官多年，得罪了不少人，负责审问他的廷尉立即派人去拘押他。身为名将如今却要遭受囹圄之苦，周亚夫不堪受辱，拔刀就要自杀，幸好他的夫人拦住，总算留住他的性命。可是周亚夫生性倔强，认死理不回头，到了监狱里见到审问他的都是当初在自己手下做事的官吏，拒不配合他们问案，而且绝食抗议。周亚夫目中无人、傲慢自大到这种程度，真是让世人惊讶，也让汉景帝非常恼火，这让他觉得刘彻的担忧不无道理，一旦周亚夫养虎成患，危及汉室江山就不是不可能的事了。

周亚夫绝食五天，最后吐血而死，应验了当初相士所言。他年轻时，任职河南太守，未曾封侯。一次，相士为他相面，说他将来能够封侯拜相，秉持国政，贵及人臣，当世不二，不过，他会活活饿死。没想到，相士所言句句应验了，这么显赫一时的人物就这样凄惨地死去了。

可以说，周亚夫的死咎由自取，不过从这件事上，人们却认识到了刘彻英明睿智的才华，以及果敢预知的能力。试想一下，如果周亚夫依然把持朝政，必将成为刘彻即位施展抱负的巨大障碍，弄不好周亚夫会功高镇主，对刘彻以及汉室江山构成威胁。所谓未雨绸缪、防患于未然，年少的刘彻竟然做到了，谁不感佩他这种超强的政治才能呢？

第三节　断案显才干

棘手的案件

刘彻几次接触政事，都表现出非凡的智慧，汉景帝非常满意，开始刻意锻炼他从政的能力，让他有更多机会接触朝政。通过努力，刘彻很快了解了许多国家大事，他一腔热血地参政议政，在朝臣中树立了良好的形象，可以说这段时间的锻炼为他以后的事业打下了一定基础。

这年，刘彻十四岁了，英武俊朗，气度不凡，稳重之中透露着活跃，好学求进之中也有顽皮之心，他一边学习知识一边参与朝政，涉猎广泛、见闻广博、身强体健、勇谋敢当，成为年少有为的皇太子。

一天，刘彻正在读《孟子》，看到其中论苛政的一段，说孔子从泰山脚下路过，看到一位妇女痛哭，就上去询问原因，妇女说他的公公和丈夫都被老虎吃了，所以她非常伤心。孔子说既然此地老虎为患，你为什么不搬离此地到其他地方生活呢？妇女回答说，他们本来不是此地的人，由于躲避苛政才逃到这里来的，这里虽然有老虎吃人，却没有官吏压榨剥削。孔子听罢，感叹地说，真是苛政猛于虎呀！严酷苛刻的政法比吃人的老虎还要让人害怕。

刘彻读到这里，内心激动，心想，自己将来要做皇帝，要管理千万臣民，能否为他们开创和谐明智的政局呢？能否让他们过上幸福美满的生活呢？苛政猛于虎，自己采取什么政策才能达到政通人和呢？刘彻边读边思索，心念天下的理想激励着他、鞭策着他，让这位少年太子逐渐地成熟。

就在这时，内监匆匆跑过来，急急地说："皇上有旨，传太子去前殿见驾。"

刘彻放下书本，沉着地说："知道了。"然后，他站立起身跟随内监向前面走去。大殿里，汉景帝正在埋头看奏折，脸色有些难看，似乎遇到了不称心的事，又好像身体不适，他身边站着廷尉，毕恭毕敬地等待着。刘彻知道，廷尉是呈报凶杀案件来的，等着汉景帝御批之后，就可以对罪犯进行处决了。每年这时，都会有一批罪大恶极的人被执行各种极刑。

刘彻进殿，恭敬地给汉景帝问安说："父皇，叫儿臣来有什么事吗？"汉景帝皱眉说："彻儿，父皇今天批阅卷宗，发现有一个案情非常复杂，父皇想听听你的意见。"

刘彻忙说："父皇英明决断，儿臣愿闻其详。"

汉景帝推过眼前的卷宗，指着最后一份说："你看这个案子，凶手到底该不该判极刑呢？父皇觉得不是这么简单就能决定的。"

刘彻知道父亲认真，为了防止草菅人命，每次都会非常详细地阅读卷宗，从而了解案情真相，确定该不该批下斩令。人命关天，任何一条生命都是珍贵无比的，刘彻从父亲那里接受了这方面的影响，对待百姓苍生也充满了仁慈之情。

刘彻接过卷宗，仔细阅读，清楚了这桩案子的来龙去脉。案情是这样的,有一个叫防年的小伙子,他早年丧母,他父亲续弦又娶了个姓陈的女子。陈氏就成了防年的继母,这个陈氏人品不端,嫁给防年的父亲后不守妇道,与邻人勾搭成奸。她的行为引起防年父亲的注意,终于有一天,奸情暴露,防年的父亲雷霆震怒,与妻子大吵一架。陈氏性格狠毒,她不愿意偷偷摸摸与人鬼混,更不愿意忍受丈夫责骂,决定杀夫达到与人长期私通的目的。陈氏趁丈夫喝酒时,在他的酒里下了毒药,结果,丈夫中毒不治身亡。陈氏的目的达到了,却被防年探知了内情。年轻气盛的防年得知继母毒死父亲,一怒之下,亲手杀死了陈氏继母,并且自行到官府投案。好端端的一家人就这样顷刻间死的死,抓的抓,家破人亡。

按照汉朝律令,杀母是大逆之罪,应该判处极刑——最严厉的处决方法,凌迟处死。审案的官吏认为防年杀死继母,依据律令条文来看,就是犯了杀母大罪,于是将防年判处极刑。

案情看完了,刘彻抬起头来看看父亲,汉景帝一脸期待的神情问道:"彻儿认为所判刑罚恰当吗?"他心里隐约认为,对于防年的判处过于严厉。说起来陈氏也有过错,难道惩处坏人反而要遭受严惩吗?从感情上说很难接受,可是按照律令就要如此判决,法理和感情之间就没有通融的地方吗?他越想越糊涂,一时也说不出个所以然来,又不忍心看到防年被判极刑,所以叫来刘彻,听听他的见解和看法。

先不说刘彻会说出怎样的一番话来,从这件事上可见,十四岁的刘彻在父亲汉景帝心目中已经不是普通的孩子,他有主见,有思想,明辨是非,是个难得的皇位接班人。

智断案情

刘彻看完卷宗，了解了防年杀母一案的前因后果，对汉景帝和廷尉分析说："人人都说继母就像母亲一样，这说明继母毕竟不及亲母，子女们之所以把继母当作母亲看待尊敬，是因为他们对于父亲的感情，顾及父亲的感受。现在这个继母陈氏狠毒阴险，为了满足私欲竟然毒害亲夫，行为令人发指。说起来，她从暗害丈夫的那一刻起，就断绝了与防年的母子关系，对于防年来说她只能算是一个普通女人，照这样来看，防年杀死的就不是母亲，甚至连继母也不是，只不过是一个普通人，那么就不能够以大逆罪来判处他，而只能以一般杀人罪来判决。"

汉景帝听了，不住点头赞许；一边的廷尉听了，也是由衷称奇佩服。十四岁的刘彻能够洞悉人情至理，熟悉法令条律，比审案多年的廷尉还能明辨是非，真是让他们佩服得五体投地。一般少年不要说分析案情了，恐怕连律令条文也搞不懂，更不会看透其中蕴涵的道理。

汉景帝命令廷尉重新审理此案，廷尉按照刘彻所说改判防年为一般杀人罪。消息传开，市井百姓听说皇太子智断杀人案，议论纷纷。原来，这件案子早就在民间引起轰动，人们对于毒害丈夫的陈氏唾骂痛恨，认为灾祸都是由她引起；而对于替父报仇、杀死继母的防年大都怀有同情心理，当初听说他被判极刑，许多人都为他鸣不平。如今，皇太子出面辨是非、明道理，为防年争取到合情合理的判决，能不引起人们关注讨论吗？

通过这件事，刘彻不但在朝臣中形成一定影响，在百姓大众中也树立了良好的口碑，这位年少的皇太子正如露出尖尖角的小荷一样，正逐渐成为一颗耀眼的明星。

很快，这件事传遍长安内外，窦太后听说刘彻如此能干，高兴地为他设宴庆祝。远在睢阳的梁王听说了，借机请求进京朝觐。汉景帝二话没说，同意了他的请求。

过了些日子，未央宫里大摆酒宴，为梁王接风洗尘，同时祝贺刘彻智断案情。刘彻礼貌地祝酒献辞，举止话语得体恰当。长公主刘嫖见了，心里像喝了蜜一样甜，她也许在想，老天有眼，也是我见机行事做得好，要不然上哪里去挑这么出色的女婿？可不，随着刘彻一日日长大，随着他表现越来越优秀，她清楚女儿阿娇的皇后位置无人替代了，自己多年的凤愿终于有了着落。阿娇已经十八九岁，早就到了出嫁的年龄，可是刘彻只有十四岁，他对于婚事似乎越来越冷淡，一味迷恋读书骑射，要不就是关心时政天下，一副胸怀大志的气概，好像忘记了儿女情长。也是，十四五岁正是人生接受能力最强、理想抱负最远大的时期，这段时间的锻炼和经历基本上塑造一生的轨迹。

宴席在祥和安乐的气氛下进行着，梁王站起来说："王信早就该封侯了，这次皇上千万不要推辞了。"

窦太后也说："对，早就该封侯了。"

长公主刘嫖也积极表示赞同。

皇后王娡笑吟吟地默不作声，在这种场合她一般不参与政事，以显示自己贤惠谨慎的一面。汉景帝趁着酒兴说："好，就依你们，封王信为侯。"

刘彻急忙谦谨地说："王信封侯，他一定会感激不尽，忠心效力朝廷。"王信是他的舅舅，汉景帝这么做，当然为了他以后即位有人辅助。

窦太后话题一改说："我还有一件事呢，彻儿也不小了，与阿娇订婚好几年了，是不是该为他们完婚了？"

刘嫖立即瞪起眼睛，直直地盯着汉景帝，希望他做出肯定的回答。

汉景帝略一沉吟，看看刘彻说："彻儿，你的意见呢？"

刘彻不假思索地回答说："儿臣每日读书骑射，渴求学点本领，心思还没有往这方面想，请父皇裁夺吧。"

皇后王娡了解儿子的心思，担心得罪刘嫖和窦太后，忙说："我也盼着他们早日成婚，可是彻儿年幼顽皮，还不懂得体贴关心别人，我担心他慢待了阿娇，所以一直没敢提及此事。现在太后有心此事，我看就抓紧办了吧。"

汉景帝却微微摇头说："既然你知道彻儿年幼不懂事，把阿娇娶来了，小两口闹事怎么办？还是等等吧，过两年彻儿成熟些了再为他们完婚不迟。"

刘嫖听汉景帝不同意近日成婚，心里不高兴却不好表示，趁着酒劲对刘彻说："彻儿，你可记住了，你说过要为我们阿娇盖座黄金屋的，阿娇可是天天盼、日日等啊。"

刘彻讪讪笑着，脸色微红。

梁王见此，打着哈哈说："一个是我的侄子，一个是我的外甥女，亲上加亲，到时候我可要讨第一杯喜酒喝了。"

窦太后虽然不满，但皇帝金口已开，她不好强硬安排婚事，只得作罢。于是，一家人又和和美美地吃喝起来。

婚事暂且搁置一边，梁王兴致勃勃地谈论睢阳风情以及他的兔园境况。刘彻听了，露出羡慕神色说："皇叔可真是个会玩的人，什么时候我也去你那里玩玩。"

"好啊，"梁王高兴地说，"随时欢迎，保证让你一饱眼福。"说着，轻声咳嗽几下。

窦太后忙问："怎么啦？武儿，是不是病了？"

梁王赶紧说："没什么，有点伤风，母亲不要挂念，我准备明天带着太子去狩猎呢。"他的身体大不如从前，已经像秋风中的树叶，摇摇欲坠了。

窦太后信以为真，笑着说："好啊，你们去狩猎别忘了给我带回点野味来，我可好久没有品到真正的野味了。还有，彻儿跟着卫绾读书，我终究对那些儒学不感兴趣，担心他会误导了彻儿。彻儿，你皇叔自幼熟读黄老著作，比一般人都要强，他这次回来你要与他好好探讨探讨，毕竟黄老之术是我朝治国的根本啊。"

梁王也是黄老学说的支持者、拥护者，当初窦婴等人反对立他为储，其中一方面的原因就是彼此施政见解不同，他们害怕梁王做了皇帝后会排挤儒生，使他们失去立足之地。

梁王听了太后的话，回头看看刘彻说："母亲，太子天资聪颖，学习用功，比我强多了，肯定什么学说也不在话下。"

刘彻忙自谦道："皇叔过奖了，我涉猎有限。"自从拜师卫绾，他学习儒学，很有心得，不过由于太后的干涉，他被迫接受黄老学说的学习，比较着将两种学说做了深入对照与研究，应该算是有所收获了。

第二天，梁王果然带着刘彻去南苑狩猎，不一会儿，梁王有些坚持不住了，他下马坐在石头上休息。刘彻近前劝慰说："皇叔身体不好，我看还是回去休息吧。"

"不用，"梁王摆手说，"这是我最后一次在这里狩猎了，太子，你不用害怕，过一会儿咱们把猎物带回去交给太后。"说着，他摘下腰间的佩剑，递给刘彻说："这把剑是先帝留给我的，当年我第一次跟随先帝狩猎就猎获了一只野猪，先帝高兴，赏赐我这把宝剑。这是高祖斩蛇起义之剑，是开创我们汉室江山的宝剑。你是汉室江山的传人，这把剑应该由你收留。"

刘彻推辞说："既然是先帝留给皇叔的，还是由皇叔保存吧。"

梁王脸色苍白，勉强露出点笑意，吃力地说："皇叔曾经犯过错误，今天看到你长大成人，英勇有为，仁智识礼，普得赞誉，必将成就汉室威名，我心里高兴，也为自己的过错后悔，我这次来就是为了给你送宝剑的，你收下宝剑，我就放心了。"

刘彻只好接过宝剑，仔细端详，只见剑锋透着凛凛寒光，杀气逼人，给人一种威严无比的感觉。他把宝剑挂在腰上，平添了几分英气。

梁王满意地点点头，叔侄二人这才起身回宫。

梁王强打精神陪伴窦太后左右，哄她开心，过了几日，他告别亲人，回到了梁国都城睢阳，不久，睢阳传来消息，梁王病重身亡。

未央宫沉浸在巨大的悲痛之中，上自太后下至宫女无不悲戚哀哭。汉景帝下令为梁王举行隆重葬礼，而刘彻则默默地抚摸宝剑，追悼亡故的叔父。

这时的刘彻没有想到的是，叔父的去世仅仅只是一个序幕，他就要面对人生最重要的时刻了。

第六章 十六岁的天子

　　悲痛的时刻总是那么漫长，灾祸从不单行独来，就在梁王去世不久，汉室又要面临着一次更大的丧事。究竟谁辞世永别了？对于年少的刘彻来说又会产生哪些影响呢？

　　汉景帝英年早逝，刘彻少年登基，新旧政权交替，权贵和朝臣见机而动，为各自前程谋划着——不足十六岁的刘彻面对复杂的朝局，能否应付自如，顺利即位呢？

第一节 汉景帝最后的日子

临终拜相

梁王去世不久,汉景帝也得了重病,这位只有四十八岁的英年君主竟然一病不起,眼看就要不行了。汉宫陷入一片焦急恐慌之中,就连素来沉稳有智的皇后王娡也备感不安。皇上病重,太子年少,大汉江山如何面对这场危机?

窦太后刚刚失去最爱的儿子,又要眼睁睁看着汉景帝撒手人寰,心情可想而知。她已经年近七十岁了,老年丧子,是人生大不幸,几经风雨的她凄惶悲切,心力交瘁。

一日,窦太后来到汉景帝寝宫探望病情,她拉着汉景帝的手说:"皇上,自从周亚夫死后,朝廷相位空缺,你看是否该考虑合适的人选了?"她在为皇上百年之后的大事打算。窦太后身经三朝,从宫女到皇后,又到太后,完成了常人无法企及的人生蜕变,其中自有她过人之处,从她问了这点,就能看出她丰富的政治经验。

汉景帝虚弱地说:"朕身体多病,一拖再拖,没有及早立相,确是不妥,太后之见非常对。"

窦太后接着说:"我看窦婴虽然莽撞,却敢作敢为,七国之乱时立下战功,与周亚夫不相上下,我看可以考虑他。"

　　窦婴曾经因为反对梁王争储与太后结下怨恨，不过，他是太后内侄，也是窦氏最有能力的人才，在七国之乱时又挺身而出积极平叛，因此被封为魏其侯，成为炙手可热的人物。刘荣被封太子时，他身为太子太傅，荣宠一时。窦婴为人豪爽，喜欢结交三教九流多层次人物，加上他不爱财，重义气，受到许多人拥护。当初汉景帝为了鼓励他平叛，赏赐他黄金（指黄铜，当时称作黄金）千斤。窦婴把黄金摆在家门口，招贤纳士，任凭进出的将士按需取用，自己一两也没有留下。因此，当时名将或者贤士像爰盎、乐郁等人都乐意追随他。他把这些人举荐给朝廷，也都封官晋爵，成为朝廷大臣。窦婴的势力日渐强大，与周亚夫成为汉廷最有权势的两位重臣。一时间，前去巴结他的人趋之若鹜，他府邸前经常车水马龙，门庭若市。在朝廷上，每次廷议都是由他或者周亚夫先开口说话，其他人没有一个敢于分庭抗礼。

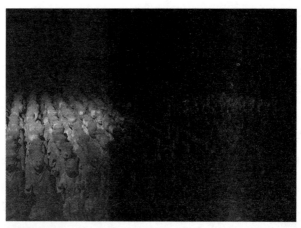

汉景帝陪葬俑

世事多变,没有几年刘荣被废,身为太子太傅的窦婴自然一万个不痛快,他再次辞职回家,到蓝田的南山下过起了悠哉游哉的隐士生活。所以,梁王与刘彻争储的时候,他并没有参与进去。窦家人不愿意看他放弃荣华富贵,追随他的人也不愿意看到他消沉下去,纷纷前去劝解他,可是窦婴几经沉浮,似乎看透了宦海风云,就是不回京继续做官。

有一个叫高遂的人听说后,主动提出去劝说窦婴。很多人都说:"侯爷伤心了,不愿意回来,不论是谁去劝也是白搭,你就不要费心了。"

高遂蛮有把握地说:"你们只管放心,我一定能劝侯爷回京做官。"

他简单地收拾行装,胸有成竹地来到南山脚下,见到窦婴就说:"将军隐居此地,美女环抱,过着无忧无虑的生活,难道就没有想到灾难正在向你逼近吗?"

窦婴吃惊地反问:"我已经辞去官职,无官一身轻,还有什么灾难?"

高遂正色说:"将军权势超人,富贵有加,这是皇上对你的恩赐;将军备受恩宠,地位尊贵,这是太后对你的疼爱。如今,你作为太子太傅看到太子被废,心怀不满,努力争取又无人搭理你,所以你生气了,愤怒了,无法排解心中怨怒,又不能自杀谏君,所以只好称病躲到这里。你想想,你生谁的气?你怨恨的又是什么人?你这样做能否改变皇上的主意?既然事实已经不可更改,而将军固执地在这里与皇上默默对抗,表示自己对皇上不满,不是明摆着在揭示皇上的过错吗?皇上做错了,你就四处张扬他的错误,这样做我认为百弊无一利,万一哪天皇上和太后厌烦了,怪罪下来,将军可就危险了。"

　　窦婴听此,惊出一身冷汗,连忙感谢高遂说:"要不是先生这番话,我窦婴还不知道何时才能醒悟呢!多谢先生救命之恩。"他听从高遂的建议,即刻收拾行李回京拜见太后和汉景帝,给他们请安问好。

　　经过这件事,窦太后对窦婴更加看好,认为他能屈能伸,文武兼备,实在是窦家最出色的人才。这时,刘彻已经被册立太子,梁王争储无望,窦太后也不再记恨窦婴,反而极力提拔他,使他重新成为汉廷新贵。这些年来,窦婴势力依然强大,特别是周亚夫死后,他的地位独一无二,许多人都认为他就是新的丞相人选。

　　今天,窦太后探病提出拜窦婴为相,汉景帝听了,却沉默不语,良久都没有说一句话。他到底是怎么打算的,会不会同意窦婴做丞相呢?

太子加冕

　　汉景帝躺在床榻上,听到太后提议拜窦婴为丞相,他沉默着不说话。汉景帝明白,太后多年来有意培植窦家势力,影响很大,如此下去,会不会像吕后一样危及汉室呢?那样的话,国家又要动乱。几年来,他一直没有确定相位人选,也是为了好好考察朝臣们。

　　他这么想着,窦太后又催问了一句:"皇上,你觉得窦婴怎么样?"

　　汉景帝轻咳一声,慢慢说道:"窦婴做事轻率,喜怒哀乐总是表现在脸上,不够持重,朕看他不适合做丞相。"

窦太后听了，心里一凉，没有言语。站在身侧的刘彻见此，上前说："皇祖母，窦婴能干豪爽，声名远播，世人都说他是大将风范，要是他勉强做了丞相，却不能做好丞相职责内的事情，不是自己毁了自己的名望吗？自取其辱还不如不取，孙子觉得人尽其才，物尽其用就足够了。"

几句话说得汉景帝和窦太后一起点头不止，窦太后轻轻一笑说："彻儿说得对，说得好，窦婴能够成为名将已经不容易了，要是让他做丞相，恐怕还真不行呢，说不定要给我弄出什么乱子来。"

汉景帝说："彻儿越发明白道理了，这就好。朕恐怕没有几日时间了，你要听太后的话，好好做皇帝。"

他这一说，窦太后和刘彻心里发酸，泪水止不住地流下来。

汉景帝安慰他们说："不用难过了，朕这几天一定会挑选合适的人承当相位，让他辅佐幼主。对了，彻儿还不到加冕的年龄，不过时间来不及了，朕要亲眼看到他的加冕大礼，也好放心归去。"

加冕礼是象征男子成年的一种仪式，一般在男子到了十八或者二十岁的时候举办。刘彻不满十六岁，按说不到加冕的时候，但汉景帝病危，他为了保证刘彻能够顺利即位，成功驾驭朝政，决定提前举行仪式，证明刘彻已经长大成人，也好让朝臣听从他的旨意。

窦太后听到这话，哽咽着说："皇上，为彻儿举行加冕礼是应当的，你不要动不动就说要去要去的话，我心里不好受。"

刘彻也伏在父亲身边说："父皇，儿臣已经命人去请最好的大夫了，您的病一定能够治好。"

　　对于十六岁的少年来说,不管他多么聪明出色,父亲依然是他心目中巍峨的靠山,一旦这座山轰然倒塌,他将很难面对眼下事实。刘彻自幼深受父亲宠爱,从他那里接受了为人、为帝的最初经验,父子感情深厚。如今,父亲正值壮年就要离开人世,撇下大好江山丢给自己,这无疑是最大的灾难,一副最沉重的担子,十六岁的他如何承担得起呢?

　　汉景帝努力笑笑,看着母亲和刘彻说:"你们去准备加冕礼吧,朕一定能够亲自主持仪式,放心吧。"

　　这时,皇后王娡听说加冕的事,也赶了过来,与太后和太子一起商量此事。事情决定后,刘彻便积极准备去了。

　　为了使仪式进行顺利,刘彻派人请来舅舅田蚡,让他全面负责这件事情。田蚡最初在窦婴手下做官,职位低下,但他善于逢迎,一味讨好巴结窦婴,人们都说他们比父子还要亲近。随着刘彻做了太子,王娡做了皇后,他作为太子的娘舅、皇后的弟弟地位逐渐提高,在梁王案中,他积极活动,曾经劝说负责查案的田叔烧毁卷宗,力保梁王,这件事后来被汉景帝知道了,对他很赏识,就提拔他做了职位较高的太中大夫。

　　田蚡信奉儒学,颇有才识,为官做事很有一套,加上他特殊的身份,很快成为汉廷非常抢眼的人物,势力日渐强大。刘彻十分信任田蚡,每次去他府上舅甥二人都高谈阔论,谈得非常投机。有一次,刘彻在田蚡家里吃饭,两人谈《论语》,说《中庸》,聊得不亦乐乎。田蚡说:"太子学识大进,真是天降奇才啊。"刘彻笑着说:"舅舅过奖了,我不过跟着卫绾学了点文章,没有别的。"田蚡很有心计,不把老实厚重的卫绾看在眼里,听说刘彻尊崇卫绾,想想说:"太子,天下贤良非常多,我听卫绾说过,他认识的申公就是《诗经》方面的专家,赫赫有名。"

"是吗?"刘彻急切地问,"我怎么没有听卫绾提起过?"

田蚡嘿嘿一笑,好似在暗示刘彻,卫绾嫉贤妒能,害怕他人取代了他的太子太傅之位。刘彻冰雪聪明,看到舅舅似是而非的笑意,心里已经明白七八分。

回宫后,刘彻趁着上课时询问申公的事情,果然,卫绾认识这个人,并且说和他的学生王臧还是好友。刘彻一心向学,就让卫绾去请王臧。卫绾不敢违抗刘彻的命令,很快请来了王臧。田蚡听到这事后,极力撺掇刘彻拜王臧为师,学习更深更精的儒学知识。刘彻听从田蚡的建议,又拜王臧为师,继续接受儒学的教育。

刘彻与舅舅田蚡的关系之密切,由此可见一斑。如今,汉景帝下诏为刘彻行加冕礼,年少的刘彻自然想到了田蚡,希望他能为自己准备这件事。

田蚡十分痛快地答应下来,在他看来,这可是一次露脸成名的好机会。想想看,窦婴权倾一时,人人都说他要继任相位了,不是没有获此殊荣吗? 能够为太子准备加冕仪式,说明自己正是太子心目中独一无二的人物,皇上龙体难愈,不日太子就要登基,那么他这位皇舅不是可以一步登天了吗?

既然前景如此吸引人,田蚡能不尽心为仪式做准备吗? 他动用可能的力量,调集可用的人才,全心全力投入到为刘彻准备加冕之事上。经过精心准备,一场声势浩大的加冕仪式举行了。只见未央宫张灯结彩,火树银花,气派非凡;鼓乐喧天,人声鼎沸,热闹无比。刘彻身穿太子服饰,腰佩高祖宝剑,气宇轩昂地来到众臣面前,一副威震天下的气势。汉景帝拖着病体,强作欢笑地坐在龙椅上，看到这么气派隆重的场面也很满意，他低沉地说："太子加冕之后，就是大人了，望诸位大臣与太子好好相处，尽力辅佐他；太子也要礼贤下士，善待诸臣，不可无礼失德。"

这是客套话，也是汉景帝临终之际对太子和大臣们提出的最后要求。刘彻忍住泪水，跪在地上磕头说："儿臣谨记父皇教诲，不会辜负您的期望。"

大臣们也跪下来，口呼"万岁"，表示一定要效忠朝廷，效忠太子。

仪式按部就班举行着，刘彻就这样完成了自己向成人迈进的一步。提前加冕，显示他的成熟和才干已经获得大家认可，也说明当时政局的复杂莫测。汉景帝为了确保他顺利即位，确实耗尽了心思，他不但为刘彻提前加冕，还为他选择了一位特殊的丞相。这个人是谁呢？

第二节　刘彻登基

卫绾的机会

窦太后曾经提议拜窦婴为相，却被汉景帝当场否决了。可是相位空缺，一旦汉景帝病故，太子年少登基，谁来主持朝局呢？这件事情让汉景帝费了很大心思。当时朝廷上能够与窦婴相提并论的人不多，功臣元老年纪大了，不能托付重任；年轻新贵们势单力薄，难与立下战功、地位特殊的窦婴抗衡。说起来，唯一可以与窦婴一争高下的也许就是田蚡了，毕竟他们都有相同的身份，作为皇室外戚，一个是太后的侄子，一个是皇后的弟弟，后台都够硬的。不过，田蚡一直在窦婴手下做官，也没有立下过战功，而且还没有封爵，他家里不过只有一个王信被封为侯爷，势力不够强大。而窦家呢，窦太后做皇后太后已经四十多年了，前后辅助过两位皇帝，几经朝政，影响非同一般，窦家的侯爷有好几位呢。就连田家也不能与窦家同日而语，存在差距，可见不拜窦婴而拜他人为相是非常困难的事情。

那么除了窦婴，拜谁做丞相好呢？

汉景帝思虑再三，召见刘彻准备听听他的意见，毕竟所拜丞相是为他服务的。刘彻明白眼下局势，他分析说："窦婴不能拜相，田蚡也不能拜相，要想协调关系，只能另拜他人，以达到平衡的效果。"

汉景帝微微点头，继续问："你看拜谁合适呢？"

刘彻接着分析说："很明显，所拜丞相既不能偏向窦婴，也不能偏向田蚡，还要是个稳重的人，父皇看我的师父卫绾如何？"

卫绾？汉景帝一愣，这个人做了多年太子的老师，既没有什么出色表现也没有过分之举，持重本分，倒是个省心的臣子，只不过丞相一位责任重大，他能胜任吗？

刘彻看到汉景帝犹豫，已经猜出他的担忧，进一步说："父皇，儿臣以为此时拜相主要为了稳定朝局，减少不必要的纷争。卫绾宽厚稳重，很少得罪他人，有一定的威望；他教导我多年，我们彼此了解，不会出现太大摩擦。有这两条，是不是正符合眼下丞相的人选？"

汉景帝听到刘彻这么说，脸上露出难得一见的笑容，他呵呵笑着说："彻儿，你说得很对，父皇正是这个意思，为了你顺利即位，不得不做好充分准备啊。"

父子二人想到一块去了，他们拜相的目的主要是防止太子即位时出现麻烦，或者太子即位后有人干涉朝政，造成政局紊乱。刘彻只有十六岁，年少缺乏历练，要是有人趁机造反或者谋逆，谁来为他排忧解难？没有合适的丞相是非常危险的。

经过父子商量，决定拜卫绾做丞相。汉景帝正式下了诏书，在未央宫正殿宣读诏书，拜卫绾为相。卫绾意外获得丞相职位，又惊又喜，喜的是自己循规蹈矩做事，并没有突出的功绩和才能，竟然被拜为丞相；惊的是朝廷上比自己显赫的人物大有人在，自己拜相加官，他们会不会记恨自己呢？

怀着忐忑的心理，卫绾小心翼翼，不敢越雷池一步。刘彻鼓励他说:"老师,你已经是丞相了,一人之下,万人之上,朝政都要听你的,你就放开手脚大胆干吧。"经过刘彻劝解,最终,喜悦占据上风,卫绾抛弃恐惧心理,一心一意地做起丞相来了。

汉景帝拜完相,总算松了一大口气,又过了几日,他痛苦地闭上眼睛,永远地离开了人世,把江山社稷遗留给了十六岁的刘彻。少年刘彻能否顺利继承祖业,登上大汉皇帝宝座呢?

初登大宝

汉景帝英年早逝,撇下了老母少子,偌大的江山转瞬间更换了主人,传到一个十六岁少年的手里。刘彻在丧父的悲痛中茫然地环视周围一切,内心充满了哀痛,充满了迷惑,恍惚间,自己还是无忧无虑的太子,戏耍、学习在未央宫里,怎么眨眼的工夫物是人非了?

国不可一日无主,容不得刘彻彷徨踌躇,大臣们一边做好汉景帝安葬工作,一边积极准备新帝登基大事。刘彻,一个十六岁少年,就这样承受着人生大悲大喜,一边安葬父亲,一边等待着登基称帝。

此时的朝廷上,丞相卫绾按照汉景帝临终遗言进行着各种工作。汉景帝的灵柩被发葬到长安东北五十里的阳陵,这是他生前选好的墓地。接下来,卫绾按照规定请求刘彻正式登基,继承大宝。就在未央宫正殿里,刘彻举行了登基大典,他接受众人朝贺,成为了至高无上的君主——大汉江山新一代皇帝。

回顾往事,刘彻的外祖母臧儿不甘没落,请相士为女儿算命,这是传奇的开始。要不是这位胆大的女人,以为为人妻、为人母的王娡就不能进宫,那么后面的一切也就成为乌有;接着,

汉武帝像

王娡以超人的智谋赢得了走向成功的第二步,如果她只是一个普通的女人,或者像薄皇后、栗夫人那样安于成命、看不清形势的话,刘彻作为汉景帝年龄较小的庶子连争储的机会都没有,怎么可能登上太子之位呢?王娡的努力和敢于向上的精神,成为刘彻登基称帝的又一个传奇。其实,这些传奇只是故事的开始,是一个铺垫,不管她们怎么做,故事都要由主人公自己来完成。想想看,刘彻如果是一个极其平庸的孩子,他能因为母亲而在争储中胜出吗?不可能。如果他行为乖张,做事荒悖,能够顺利地做九年太子吗?不可能。如果他缺乏智谋和勇气,能够在朝臣中树立良好的形象,为成功登基打下基础吗?也不可能。但是,一切都成为了可能,成为传奇故事的继续,这是刘彻个人的魅力所致,这是他本身努力的结果。这位少年君主不但传奇地登上了皇帝的宝座,还要成就更加传奇的人生和辉煌的事业。

刘彻当上了皇帝,他接受完朝贺,内心涌动着复杂的感情,久久难以平静下来。未央宫巍峨依旧,历经几代主人后显得更加庄严肃穆了。刘彻走出正殿,抬眼望天,蓝天万里无云,恰如明镜,映照着一颗年少蓬勃的心。他步行在甬道上,身后跟着一群内监侍臣,小心翼翼,不离左右。真是怪了,刘彻心里轻笑一下,昨天他们还是先帝的近臣,见了自己不过打个招呼,今天就变成规规矩矩的臣仆了。是啊,今天先帝已去,这些人就成了自己的奴仆,成了自己的近臣。刘彻想到这里,似乎更加明确了自己的身分,清楚地看到权力就在自己的手上。他心里又是一阵激动难按,"普天之下,莫非王土;率土之滨,莫非王臣",这就是身为帝王的尊严和权势,自己已经拥有天下,成为拥有无上权力的天子了。

　　刘彻激动地走过几座宫殿,四周的林木花草、水榭亭台也充满喜庆气氛,无不向他流露出祝贺之意。他加快脚步,他要赶紧回到后宫,去拜见母亲,拜见祖母,拜见这两位与自己最为亲近的人。年少的天子啊,登基之初的喜悦无法掩饰,他像一头初生的牛犊,恐怕很难预见前方的危险,那么到底有没有猛虎拦在眼前呢?

　　王娡一早就来到窦太后的寝宫里,两个人默默地等候着,等候着刘彻登基大典结束。汉景帝去世,最痛心的就是她们两人了,一个老年丧子,一个中年丧夫,都是人生大不幸。这两个女人无可奈何地接受了事实,心痛之后把精力全部放在刘彻的身上。如今,刘彻就是她们的希望,就是她们的寄托,就是她们的未来了。祖孙三代,老少妇孺,他们能否控制住朝局,保证江山稳固呢?

　　刘彻见过祖母和母亲,看到她们脸上牵挂的表情,安慰说:"登基非常顺利,你们放心好了。"

　　窦太后点头说:"这就好,孙子,你不要大意,有什么事情只管告诉祖母,祖母身经四朝,见识多了,现在朝中大臣谁不听从我的指令？你放心做事，只要祖母在，谁也不敢翻天闹事！"

刘彻忙恭敬地说："孙子知道，多谢祖母关心。"

王娡说："彻儿，你已经做了天子，以后更要勤恳做事，不要辜负太后和先帝厚爱。"

刘彻忙点头答应。

祖孙三代又聊了些朝政大事，窦太后心情逐渐好转，命人准备饭菜，留刘彻母子一起用膳。他们边吃边谈，窦太后对刘彻说："朝局变化多端，你身为天子应该学会掌握平衡的道理。我看，卫绾为人太持重，缺少机变的能力，时间久了，难以控制朝政。"

刘彻点头说："太后说得对，不过，孙子觉得朝政刚刚交接完毕，不适宜做大的调整，还是以稳定为上策。"

窦太后说："嗯，你可以先提拔封赏部分对你有用的人，作为新君的忠心拥护者。我听说田蚡是个人才，这些年来，官职一直不高，我想先帝就是留着让你用的。"

刘彻年少，又是初为人君，还没有把握掌政的诀窍，听到太后这句话，心里猛一动，他聪明机智，一下子就参透了其中机密，兴奋地说："孙子知道了。"

没过多久，刘彻接二连三颁下数道圣旨，开始了为人君主的最初生涯。

第三节　巩固皇位

迎娶阿娇

　　窦太后提议重用田蚡，正符合王娡的心意。以前，王娡总是谨慎小心，不敢有丝毫逞强的表现，她深知后宫斗争的惊险和残酷，为了确保刘彻登基可谓费尽心思。刘彻终于顺利地登上天子宝位，她也贵为皇太后，也可以放心地显摆一回了。窦太后向来喜欢她，对她家人也心存好感，曾经因为要不要封王信为侯与周亚夫产生矛盾。现在好了，刘彻做了皇帝，对于太后的家人总可以名正言顺地封赏了吧。

　　在窦太后和王娡的不停提醒下，刘彻即位不久就颁下诏书，晋封田蚡为武安侯，田胜为周阳侯，他的外祖母臧儿为平原君。至此，那位不甘没落的臧儿实现了自己的理想，成为这桩传奇中最神奇的人物、最大的赢家。

　　晋封田蚡等人，无疑是提高他们的地位，提高刘彻的出身，同时，也为刘彻坐稳帝位提供保证。由此看来，刘彻即位之初，朝局虽然平静，实际上暗含不少危机，要不然，窦太后也不会急于催促刘彻晋封他们，刘彻也不用着急地封赏他们，借机维护自己。后来的事实证明，刘彻即位时，确实有人心怀不轨，曾经梦想着夺取皇位，这个人就是皇室子弟淮南王刘安，这是后话，暂且不提。

晋封完田蚡等人,接下来,摆在刘彻面前就是他的婚事了。窦太后急着提拔田蚡,也是为了讨好王娡,让她不要忘记当初约定,应该为刘彻尽早娶回阿娇了。王娡是个聪明人,当然明白窦太后的意思,她也开始催促刘彻早日完婚。长公主刘嫖更是心急如焚,阿娇已经二十多岁,成了老姑娘。前次催婚后,梁王病故,汉景帝病故,接二连三的变故让她无法提及婚事,要不然,她早就不耐烦了。

刘彻倒是顺利地做了皇帝,阿娇能不能顺利做上皇后呢?刘嫖比谁都焦急,女大不中留,况且女婿又是年轻英俊的皇帝,身边肯定少不了美女姬妾,自己的女儿再不嫁过去,刘彻大了,如果悔婚那可就全完了。

刘彻已经很久不同阿娇来往了,两人年龄大了,又有婚约,这样的关系让两人不能随便往来。还有,随着年龄增长,刘彻结交各方俊杰人士,学文论武,谈天说地,怀有远大抱负,与昔日跟在阿娇身后的小男孩早就判若两人,他对于婚事感到了茫然,对于年长自己四五岁的阿娇越来越陌生。而且阿娇人如其名,自幼娇生惯养,受到百般宠爱,是个骄慢的贵族少女。自从与刘彻订下亲事,家里更是宠惯她,把她当作未来的太子妃培养。她知道自己比刘彻大好几岁,早就急着嫁过去了,现在,刘彻做了皇帝,她嫁过去就是皇后,二十多岁的她能不心焦急切吗?

在这种情况下,刘彻尽管心有不愿,却不得不接受现实,结婚成了他即位后第一件大事。天子成婚,备受关注,一时间,朝廷上下都在谈论这件事,为此忙碌操心。窦太后看到孙子迎娶外孙女,心情格外高兴,整日里提醒、催促王娡如何如何,以使婚事办得隆重漂亮。汉室已经发展六七十年了,特别经过"文景之治"的积累,到刘彻即位时,国富民强,财力雄厚,达到了前所未有的强盛时期。面对如此丰厚的资财,窦太后觉得为刘彻成婚,当然应该极尽其能地铺排宣扬,不是吗?几代先帝辛苦创业,打下江山,发展社稷,为了什么?不是为了子孙后代享福过好日子吗?既然这样,少年天子成婚大典岂能有半点不尽如人意的地方!秉着这样的旨意,婚事操办得特别豪华气派,超过了汉朝建立以来所有的典礼仪式,让人咋舌称奇,无不感佩唏嘘。婚礼用品经过千挑万选,都是各地呈送上来的精品,为了保证水果新鲜,还特别安排几百里加急从遥远的南国北疆不停地运往长安。

迎娶的日子终于来到了,未央宫装扮一新,到处喜气洋洋,前来祝贺的大臣贵卿诸侯王爷们络绎不绝,真是天朝盛事。窦婴奉命主持大婚,他身穿崭新的朝服,满面喜悦,迎来送往,精神抖擞。

早早地梳洗完毕,刘彻步入新的寝宫等候着,这将是他与阿娇的新房,以后就是皇后的宫殿了。他慢慢地来回踱步,不知为什么眼前气派的场面让他有些心烦,他努力定定心神,使劲地提醒自己,这是我的婚事,千万不要出现差错。

怕什么来什么。就在刘彻努力等待的时候,负责带领迎娶队伍的官员匆忙赶回宫里,上气不接下气地说:"皇上,长公主府上传出话来,阿娇公主要皇上亲自去迎婚,否则她拒不上轿。"

什么?刘彻本来烦躁,听到这句话差点跳起来,不过他还是控制了自己,尽量平静地说:"不是早就做了安排吗?还是按照规定办事,不能听她们的。"

可是官员去而复返,阿娇摆起架子来了,非要刘彻亲自去迎婚。阿娇有她的想法，自己本来就比刘彻大好几岁，皇帝的后宫姬妾成群，如果不及早管住他，到时候自己进了宫能有什么好日子？

这个消息很快传到窦太后耳中，她对阿娇的做法虽感不满，却不愿意承认，对身边的王娡说："吉时快到了，你看如何是好？"

王娡心领神会，马上亲自来见刘彻，对他说："新郎迎婚，这也有一定道理；你不要耍脾气了，还是赶紧去迎接阿娇吧。"

刘彻气呼呼地说："明明是她拿架子，怎么成了朕耍脾气？国家礼仪难道任由她摆布吗？"

"不要讲道理了！"王娡生气地制止说，"你要是知道礼仪，就该知道今日必须完婚。你如果不去迎婚，婚事无法进行，看你还有什么礼仪可讲？！"

王娡总能看透问题的关键所在，明白阿娇正是趁机给刘彻一个下马威，好让刘彻知道自己不简单，在以后的日子里能够听从自己的意见，做个听话的丈夫。可惜，刘彻是个有主见的人，不会轻易受人摆布，他对阿娇的做法充满反感，为他们的婚姻埋下了又一个不幸的伏笔。

刘彻强压心头怒火，转身走出宫殿，他骑上快马，头也不回地直奔长公主的府邸。众人看到皇帝亲自来了，这才松了口气。长公主府邸的人赶紧进去禀报，说皇帝亲自来迎婚了，阿娇听到这话，嘴角才露出骄傲的微笑。

阿娇进宫了，当仁不让被册封为皇后，终于实现了从小的梦想。她住在未央宫最华丽的宫殿里，刘彻也算实现了当初"金屋藏娇"的诺言。一段政治婚姻开始了，两个年轻人会度过什么样的感情岁月呢？

　　迎娶完阿娇,刘彻算是完成了人生的又一件大事,他即位后的家事国事基本趋于稳定,最初的几道诏书不过是委任状,任命提拔自己的至亲近臣。对于这位怀有远大抱负的年轻君王来说,这一切都太苍白乏味了,不满足于现状的他开始将目光投向朝政,投向新的目标。

刘彻的理想

　　刘彻将目光从后宫挪开,从至亲们的身上挪开,从书本和骑射上挪开,他要仔细看看汉室江山的情况了。这位新主人,正是热血少年,活力无限,他怀着远大的抱负接过大好江山,究竟如何把国家推向新的未来呢?

　　此时的国家,经济富足,百姓安乐,在一般人看来,能够维持现状就很不错了。历朝历代,几经变迁,这样的社会状况已经实属盛世,非常少见,刘彻还有什么不满呢?他还能够做出什么业绩呢?

　　但刘彻并不这么想,自从做了皇帝,他一刻也没有停下思索,他从繁华背后看到了危机,从盛世之中预见到了不安,这是一位杰出政治家的敏锐触觉所感受到的。

　　汉廷存在着不少潜在的危险。一是经济富有,出现了许多豪强富户,他们互相攀比,浪费奢侈的风气一浪高过一浪。当时封建制度尚不完备,许多礼仪没有具体的规定,由此,有些人吃穿住行甚至超过了皇帝,僭越现象屡有发生。前面说的梁王刘武就比汉景帝还要荣耀风光,据说,随从他进京的梁国官员比朝廷大臣还要威风,随便出入宫廷,说笑自如,不把朝廷大臣放在眼里。而这也是他敢于挑战皇位的原因之一,也是他的官员敢于撺掇他争储的一个原因。照这样下去,朝廷必定要费劲心力对付地方诸侯和豪强,不利于政权统一。

二是朝廷制度和律令过于宽泛,比如说丞相,他的地位非常高,许多时候皇上都要让他三分,朝政几乎由他说了算。周亚夫做丞相时,傲慢无礼,汉景帝在路上见了他,每次都要下车问候他。律令过宽,又有些人会趁机违法乱纪,扰乱正常的社会秩序。比如有一个名叫郭解的人,是有名的大侠,年轻时快意恩仇,杀了许多人,但没有受到处罚,因此人们都怕他,有些年轻人看到他杀人反而风光得意,纷纷追随他,又形成一种不良的社会风气。多亏他后来改过自新,才没有造成更大的隐患。不过,这个风气延续很久,影响很大,这也是潜藏的危机,如果不善加引导,必定威胁到朝廷和国家安危,对百姓造成伤害。

还有,汉廷发展六七十年了,当年追随高祖起义的功臣旧将大多已经辞世,他们的子孙中袭爵做官的人很多,占据了朝廷大半江山,当时的朝廷仍然是军人当权的局面。这些人秉承祖业,学识见解一般,是一股顽固守旧的势力。而且朝廷多年来实行黄老无为而治的思想,人们安于现状,很难突破自己,朝廷新贵非常少,有几个也是依靠各种关系提拔推荐上来的,他们做官后,依照旧规章制度办事,缺乏真才实学,毫无作为。

再加上北边的匈奴虎视眈眈,从不安分守己,实在是汉朝的心头大患。

刘彻幼读史书,了解到从前三皇五帝的时候,天下太平,可是随着发展王道逐渐衰微,最终国家灭亡,这是什么原因呢?自己继承了大好江山,会不会也重蹈这样的覆辙呢?怎么做才能避免这种现象?

古时人们非常迷信，根据朝代兴衰推算出天命学说，认为人命有始终，天性有好坏，这是不可避免的事情。刘彻心想，难道这是真的吗？那么，自己该如何做才能保证国家永久强盛下去，才能像尧舜一样成为万世敬仰的明主，实现百姓和乐，政治清廉，法令完备，德泽四海的局面呢？

年少的他时刻思索着做一个英明君主，胸怀博大，越来越不满足于现状，心里燃烧着熊熊烈火，似乎要将陈规陋习烧掉，要迎来一个崭新的世界。

这天，韩嫣邀请刘彻一起骑马射箭，刘彻痛快地答应下来。他们骑马飞奔在皇家园林里，像一对勇猛的雏鹰。骑了马，刘彻心情有所放松，他来到箭靶前，弯弓射击，正中靶心。韩嫣恭维说："皇上箭术又进步了。"

刘彻手一松，有些颓然地说："不过游戏而已，有什么大用处。"

韩嫣说："您如今做了天子，可以下令讨伐匈奴，这么精湛的箭术怎么会没有用？"

刘彻心里一热，韩嫣虽然缺乏学识文化，却总能支持自己，并且教会了自己骑射，还让自己了解了许多匈奴的情况。想到这里，他再次手挽弓箭，射向靶心，口里说着："朕要击败匈奴，以雪这些年的耻辱，再也不让匈奴人欺负我们了。"

箭正中靶心，韩嫣高兴地说："我刚才为皇上许了个愿，如果您能射中靶心，日后就能扫平匈奴，看来您的愿望肯定会实现。"

刘彻笑起来，说："果真如此，可要感谢你的吉言了。"

两人有说有笑，突然，侍卫过来奏报说田蚡求见。刘彻忙说："让他快快进来。"

　　田蚡此来,正是向刘彻推荐人才的。原来田蚡特别善于招徕人才,自从他受封武安侯后,住在他家为他谋划的门人越来越多,三教九流,无所不包,这也是他的本领。田蚡见了刘彻说:"皇上,臣最近结识了一位贤才,希望皇上能够委他官职。"

　　这是当时的用人制度,有人推荐然后就可委派官职,成为朝廷一员。刘彻听了,问道:"不知道他适合做什么官?"

　　田蚡说:"这个人粗通儒学,有点学识,不如就让他负责皇家银库吧。"

　　刘彻想想点头同意了。一句话就可成为如此重要的官员,可见当时的用人制度多么原始,多么需要改制。刘彻接着问:"武安侯,你了解儒学,一定结识不少这方面的人才吧?"

　　"臣不过粗略地了解儒学,"田蚡说,"认识的儒生也有几个。"

　　刘彻低头沉思,过了一会儿猛然大声说:"对了,朕想起个好主意。"

　　他到底想起什么来了?田蚡和韩嫣有些吃惊地盯着刘彻,他显得十分兴奋,不住地说:"好主意,好主意,朕要选拔人才,干一番大事业。"

　　刘彻始终没有忘记自己的理想是做一番惊天动地的大事业。他身居帝位,享受着先辈们遗留下来的富足生活,却不甘于现状,为实现理想而要求奋斗、要求上进,这些性格特点是不是与他那位敢于冒险的外祖母有关呢?是不是与他父祖们积极创业的精神相似呢?不管怎么说,少年天子刘彻就要在自己的历史舞台上施展雄才大略,成就伟大的事业了。

第七章　少年天子的第一把火

　　少年天子一道诏书,贤良文学纷纷涌向长安,出现古今少有的景象。人才辈出的时代来到了,董仲舒、司马相如、东方朔——他们各显其能,名载史册,留下许多美妙动人的故事。

　　天人三策,刘彻提出了许多疑问,他会得到圆满的答案吗?儒术究竟如何成为国家根本的呢?

第一节　下诏求贤

　　刘彻苦思冥想,寻求治国良策,渴望着改变历史遗留下来的弊政,成就惊天动地的伟业。但他毕竟还是个少年,这番伟大的目标到底该如何实现,对他来说显得非常茫然。不过,他善于思索,善于采纳建议,不久就想出了好办法。

　　随着刘彻登基,田蚡的地位进一步提高,他是个闲不住的人,开始四处活动,收买人才,扩大影响。这天,他又为刘彻推举一人,成为朝廷官员。对他来说,这只不过是扩张自己的势力,形成以他为首的另一个政治团体的一小步。

　　刘彻自幼与舅舅田蚡谈得来,倒是喜欢他这种积极上进的精神,对他来说,暂时还没有意识到以田蚡为首的新贵正在崛起,与旧势力产生不可避免的摩擦,但他从田蚡积极推举人才的事上受到启发,想出了一个大胆绝妙的计划。

　　少年天子刘彻仿佛突然看到了曙光,充满激情地宣布了第一道重要诏书,他下令各地推举贤良文学,来京师长安献计献策,共同商讨治理国家的办法。

　　所谓贤良文学是两种人才的称谓,与现代的意思不同。贤良指的是以品德见优的人才;文学则是指以文辞诗赋闻名于世的人。当时社会制度不完备,国家选取人才的途径主要通过推荐，每隔一段时间，朝廷就会命令各地推举上来部分人才，择优录用。各个王侯贵卿家里往往养着很多人才，一来为主人出谋划策，二来以备选取录用，效力朝廷，从而达到扩大势力的目的。刘彻看到田蚡总是能够举荐人才，心想，周文王礼贤下士，在河边发现了垂钓的姜子牙，成就大业。人才是多么重要！如今朕何不下诏，扩大选送人才的名额，让各地直接往朝廷推举人才，这样选送的人才不是更多、更全面吗？

　　他的想法是对的，推举制度实施以来，由于重臣豪强的干预，已经失去最初的意义，很多人通过各种关系达到做官的目的，真正的人才却很难实现他们的理想和抱负为朝廷、国家做事。刘彻大胆地下诏扩大选士范围和人数，成为他即位后第一个重大决策，这个决定确实不易，对于不足十六岁的少年来说更显得不简单。这件事情很快引起轰动，就连窦太后也夸奖他说："皇上年纪不大，却很有魄力，好啊。"她没有想到，这次选士成为他们祖孙隔阂的开始，自此以后，双方因为采取何种措施治理国家产生了不可化解的矛盾。

　　刘彻得到众人响应，心情格外激动，他日日接到各地奏章，选送进京的人士越来越多，一批批贤良文学之士来到了长安，来到了繁华的大汉京都，准备接受皇帝的策试，成为国家新一轮的栋梁之才。长安城比往日更加热闹，比平时更加引人注目，京师成为国人谈论的焦点，贤良文学成为众所期待的人物。

　　陆续进京的贤良文学达一百多人，形成蔚为壮观的场面，少年汉武帝见到此情此景，非常感慨，没有想到，天下竟然隐藏着如此多的人才，一道诏书，人才济济，何愁国家不兴？

　　来到长安的人才有儒家，也有法家、纵横家以及其他学派。他们各显其能，各尽其才，准备在新帝面前大展身手，希望自己的学说受到重视，成为治理国家的策略，自己也能晋身仕途，施展才华和抱负，留名青史。他们有的熟读经书，深谙治国良策；有的富有才学，学识广博，文采一流；有的品德高尚，孝廉有名。这些人得到刘彻亲自召见，分别发表各自的见解和主张，汉廷出现了多年来不曾有过的热闹景观。

　　许多人才涌入长安，涌入朝廷，大汉朝廷能否接纳他们呢？

　　刘彻被眼前景象感染着、激动着，他在未央宫正殿接见各地贤良文学，殿试对策，实地考察这些人才的能力。这次对策，成为刘彻开创伟业的开篇之作，大汉朝乃至中国历史从此书写了辉煌的一页。

　　刘彻即位不久，即能下诏求贤，说明他早就怀有雄心壮志，视野开阔；说明他对于政治和哲学有着宏观的考虑；说明当时的朝政亟须改革。同时，这次求贤选士，刘彻为国家、为历史选拔了许许多多的优秀人才，他们有机会展示各自突出的特色，或者治国有方，或者文采出众，或者开疆拓土，做出了伟大的成就，成为历史上从古至今影响深远的名人。

　　说起这些贤良文学，令后人谈论不止、赫赫有名的有好多个，其中，儒生董仲舒因为提出以儒学治国的策略，从而为刘彻确定了治国的路子，也确定了封建王朝两千多年的治国方略，儒家思想在古代中国的统治地位从此确立，所以，他无疑是这次对策中影响最为深远的人。

　　董仲舒一介儒生，以什么样的策略打动了刘彻呢？

董仲舒的天人三策

　　召见贤良文学,批阅奏章书函,刘彻日夜忙碌,为这些事情殚精竭虑、废寝忘食。经过多日对策,董仲舒脱颖而出,以第一名的成绩傲视诸多贤良文学。董仲舒是广川郡人,他自幼勤奋好学,因为精通《春秋》而闻名。据说,董仲舒为了学习,曾经三年不出家门,不到院中玩乐,终日坐在书屋里读书学习,经过这样的努力,他的学术进步很大。他讲究礼仪,行动举止从容大方,从不做无礼举动,弟子们和世人都特别敬重他,因此跟随他学习的弟子非常多,他的弟子再去教授他人,这样有很多弟子甚至都没有见过他的面。

　　董仲舒作为贤良文学来到长安,受到刘彻亲自召见。刘彻知道他名声显赫,在对策中向他问道:"朕经常考虑一些问题,却总是百思不得其解,今日烦请先生解释解释。朕听说从前三皇五帝的时候,天下太平,百姓安乐,可是到后来王道衰微,国家灭亡,战乱纷争,朝代更迭,有人说这是天命使然,您认为是这样吗? 朕的理想是取法上古,向尧舜贤王看齐,做个贤明有为的君主,不知道这样做是不是可行的? 朕常想,夏、商、周三代各自秉受天命而兴起霸业,它们究竟以什么作为祥兆敢于开创基业的呢? 大千世界,变化多端,为什么会出现灾异现象呢? 难道真的是人寿有长短,天性有好坏吗? 其中又蕴涵着什么道理呢? 朕渴望建功立业,更希望国家呈现蒸蒸日上的局面。如果社会风气淳朴,人们自觉遵纪守法,刑罚也就减轻,奸佞之徒也会改过从新,这是多么美好的事情。朕渴求政治清明、百姓和美的社会风尚,可是如何修治整饬,才能实现风调雨顺、五谷丰登,从而享有德泽惠及四海,生灵洋溢恩宠的盛世呢? 如何才能享受上天的保佑和鬼神的阴骘，完成心中夙愿？朕不知道如何去做，想听听先生的见解。"

听到这番问话，董仲舒惊讶异常，他早就听说刘彻虽然年少，却非常聪明，善于学习和接受各种新鲜事物，是个充满活力、胸怀大志的少年君主，如今，他的一段问话正显示了众人对他品论的正确性。少年刘彻太了不起了，提出的问题不仅仅局限于一时一事，而是含有很深的哲学意味，对于政治提出了宏观的思考。董仲舒惊讶之余，忙仔细整理自己的思

董仲舒像

路，回答刘彻的话说："皇上所说的天命和性情问题，臣不敢乱说，不过，臣从《春秋》上看到天人相应的说法，确实让人敬畏。"这个问题正问对了人。董仲舒熟读《春秋》，积累了丰富的儒学知识，形成较为完整的儒学治国策略。

"大人相应？"刘彻好奇地问了一句，"请讲下去。"

董仲舒提高嗓门说："国家出现祸乱，上天必定出现奇异灾相，借机警告世人，对不对？可是只要君主不太过分，不做出离经叛道的举动，那么上天还会给他机会的，国家也就没有危险。只要肯努力学习，见闻广博了，自然心智神明，只要遵从道德礼仪，品德高尚了，自然功绩天天见长。只要去做，这是些立竿见影的事情，很快就会见到成效。"

刘彻点点头，充满兴趣地说："有道理，有道理。"

董仲舒得到皇上肯定，大为振奋，接着说："'道'是什么呢？

它是国家走向大治的途径啊。臣以为仁、义、礼、乐是推行道的工具。纵观古今,圣王先哲们虽然已经辞世,可是他们开创的基业却在子孙们手里盛传几百年,这就是礼乐教化的结果。从前,周厉王、幽王的时候,王道衰败,国家差点走向毁灭,这不是道亡失了,而是厉王、幽王不遵循周道,不按照礼乐约束自己、管理国家。到了周宣王的时候,他怀念先王们的德政,恢复周道,废除弊端,彰明文王、武王的功业,使周王朝出现了中兴局面,所以说治乱兴废在于自身,并非天命所决定的。"

刘彻认真地听着,认真地思索着,这些见解和理论对他来说非常新鲜,非常有意义,像朦胧的夜色里突然亮起的一道光线,让他顿觉眼前一亮,心情格外不同。

董仲舒看到刘彻露出神往的表情,心里有底了,满有把握地缓慢说道:"臣研习《春秋》,努力求治,从中发现了寻求王道的出发点,那就是一个字:正。作为帝王,怎么做才叫正呢? 如果能够上承天意,实时纠正自己的行为思想,任用德政教化臣民,而非以严刑酷法治理天下,那就是正了。为什么这么说呢? 臣从《春秋》上看到一元的问题。《春秋》认为,一是万物的开始,元指的是大。什么意思呢? 就是说万物开始于大,才能正本清源。对于朝廷、国家来说,帝王代表大,代表上,所以帝王必须心正,朝政才能正,朝政正了,百官才能自觉做到正,百官正了,百姓也就正了,百姓正,则四海之内都统一到'正'下,这才是实现王道的好办法。"董仲舒的这一说法,正是后来大一统思想的雏形。

董仲舒继续侃侃而谈:"现在,皇上贵为天子,御极四海,行为高尚,恩德深厚,仁爱求贤,心智高明,圣意美哉,世人都以为您是明君贤主,可是,天地没有响应,祥瑞之征还没有出现,为什么呢？是因为教化不确立，万民不知道'正'的缘故。秦代不遵从周道，它遗留的毒害到如今也没有完全清除，法令公布了，但奸佞之徒照样横行世间，社会依然存在很多问题，到了必须改弦更张，推行新的治国方略的时候了。汉朝建立七十年了，先帝们常常想着寻求大治的策略，至今也没有实现，主要也是由于应该变更思想，推行新政而没有采取实际行动。"

　　刘彻专心致志地听罢这番话，被深深打动了，好似一颗等待浇灌的种子遇到了甘甜的清水，刹那间，种子苏醒了、活跃了，蓬勃地发育成长起来。他从做太子时起，就从书本中关注政治，就从时政中思索哲学，梦想建立万世不朽的基业，成就令人仰止的功绩，为此，他有过年少的冲动，有过数不清的梦幻，可是，那都是想象、是奢望，模糊不清而且难以把握，对他来说，从思想到语言都非常苍白，因此也就毫无力量可言。如今，董仲舒用精辟的语言、完善的逻辑说出了他心中所想，为他展现了实现理想的途径，规划了一个美好的社会蓝图，真是令人无法平静思绪。

　　君臣殿对，获得了意外惊喜，刘彻为了系统地理解董仲舒的理论，全面把握他关于大治的策略，接着下了第二道诏书，命他将自己的政见写成文章，提出明确的主张。

　　董仲舒不敢怠慢，连忙精心赶写了第二道对策。在这道由皇帝题名索要的对策里，他总结了三代以来朝代兴衰的经验教训，特别指出秦代以刑法治理天下，赋税徭役苛捐杂税繁琐无度，造成人们动辄就触犯法律，被斩杀处决的人比比皆是，违法乱纪的人更是数也数不清，因此引发百姓反抗，很快就走向毁灭了。鉴于此，他建议统治者应该采取德政，以德治理天下。要想推行德政，就必须培养这方面的人才；如何培养人才呢？他提出设立太学,作为国家统一教化的根本场所,然后由他们管理百姓,成为系统的教化管理体制。他在对策中慷慨激昂地说:"如果皇上能够坚持这么做,透过考试和殿策的方式选拔人才,很快就会实现三代时期大治局面,皇上也会成为与尧舜齐名的君主。"

第二道对策送到刘彻手里后,他连夜拜读,再次心潮起伏,针对董仲舒的对策,他立即亲自书写第三道诏书,对董仲舒说:"先生讲述了治理国家的大道理,论述了大治大乱的根本原因,朕觉得非常正确。朕以为谈论上天必定要结合人间的事;谈论古人也要结合时下,有所应验。朕打算详细听取关于天人相应的关系,结合古今以来的教训,改正以往的所作所为,请先生讲得再详细一点,再透彻一些,朕要好好阅览,慎重思考。"

君臣二人就这样一来一往,从口头谈论转为书面交流,将天人相应之说、治理国家大道推向了新的高度。董仲舒多年思索,形成了一套以儒学理论为根据的政治思想和哲学观点,他整理书写,把这些内容写成完整的文章,上奏给了刘彻。

这是他的第三篇对策,文中强调,"治国之道出于上天。天不变,道亦不变。"他认为天道不变,变化的是人,为了防止出现紊乱,应该让君臣、父子、夫妇、兄弟之间严格遵守上下尊卑的秩序,贵贱有等,服饰有别,朝廷有位,乡党有序,这样,肯定能够保持封建秩序永恒不变。他在这篇著名的对策中,首次正式提出了大一统的观点,建议刘彻统一全民思想,做个精神上的帝王。他认为大一统就是天地间正常的轨道。而如今,各家学派都有自己的治国主张,他们纷纷提出不同的见解来教化百姓,自然会产生不同的结论和效果,所以导致君主不能坚持一个道路,法令制度也屡屡改变，这样的话，臣民苦于无法遵循一致的政令，也就不能保证国家稳定。他提出自己的主张说："臣以为除了儒家经典著作外，其他学派以及与儒学相违背的学说，都不应该与儒家学派并存，应该将那些邪恶荒唐的思想消灭，统一道德和纲纪，完善法令，人民明白地遵从正道，国家也就趋于稳定了。"这也是"罢黜百家，独尊儒术"的最初提议。

董仲舒像

这篇文章提出的大一统思想适应了当时汉朝从政治、思想上巩固封建统治的需要。汉初奉行"无为而治"的策略，诸子百家学说重新活跃起来，渐渐危害到国家统一，七国之乱就是一个明显的例子。虽然汉景帝削弱了诸侯国的权力，可是实际上他们依然势力很强，对朝廷威胁很大。同时，封建社会经过近百年的发展，逐步走向完善，需要稳定的思想来维护它、壮大它，以便快速有效地服务于世人。而百家学说纷起，造成政局混乱，已经不利于社会发展了。

刘彻三次下诏，求得了董仲舒三次上书论述"天人相应"，历史上将这次君臣对策称作"天人三策"。天人三策，第一次正式提出大一统的治国思想，从此，儒学在古代中国占据了统治地位。

刘彻十分看重董仲舒提倡教育的观点，他开始兴办太学，首次选拔了五十人入太学，作为以后选拔人才的基地。此后，全国各地普遍建立学校，讲习儒家的《诗》、《书》、《易》、《礼》、《春秋》五经，学习优秀的学生可以选任官吏，各级官吏学习儒家经书的也越来越多，并以此教化百姓，儒家学说风行天下。

董仲舒受到刘彻赏识重用，被任命为江都王刘非的丞相。刘非是刘彻的哥哥，一向骄横霸道，不遵从礼乐。董仲舒利用礼教辅佐他，对他进行全面儒家思想教育，取得了很好的效果，也获得了刘非的敬重。

第二节　不拘一格用人才

狂人东方朔

刘彻下诏求贤,挖掘出了许多人才,除了董仲舒外,还有很多人才也纷纷走向汉廷,他们渴望通过对策施展才华,得到重用。其中有一个大名鼎鼎、妇孺皆知的人物,他就是东方朔。

东方朔是齐国人,本姓张,名叫曼倩。他出生三天母亲就去世了,父亲觉得无法养活他,就趁着夜色把他遗弃在门外。第二天天未亮,邻居听到婴儿哭声跑出去,看到东门外一个婴孩,就将他抱回了家。此时正值东方微白,一丝晨光乍现,邻居于是给他改姓"东方",取名"朔"。

东方朔像

东方朔有了稳定的家,在养父母的精心抚养下茁壮成长。到了三岁,他就显露出与众不同的性格特点,对周围的一切充满了好奇心,经常莫明其妙地指着天地自言自语。其他人不知道他在做什么,有时候故意跟他开玩笑,他总是能够说一些诙谐幽默的话,逗得众人开心一笑。东方朔记忆力超强,每每听到诗书或者奇闻怪事,立刻就能牢牢地记住,再也不忘。随着年龄增长,东方朔的好奇和兴趣越来越广泛,行动也变得古怪荒诞,他经常离家出走,而且一去就是好几个月。养父母虽严加管教,却毫无效果,他依然我行我素,在外流浪,即使遇到蚊虫叮咬,野狗追逐,强人欺凌,他也不回头、不退缩。就这样,经过多年磨练,东方朔得到了足够的知识、胆量和能力,一心盼着能够效忠国家,成就一番事业。

就在这时,朝廷下诏访求贤良文学的消息传来了,东方朔当然不肯错过这样的机会,他立即从家乡出发,千里迢迢直奔长安而去。

东方朔初到长安,哪里能够见到皇帝刘彻。怎么办?只有写信自荐了。原来,刘彻见各地人才蜂拥而至,不能一一召见,就下旨让他们将自己的理论或者见解写成文章,透过负责接待的公车令递交御览。

公车令是一种官职,隶属卫尉管理。卫尉是掌管宫门的卫士,檄循于宫中,其属官较著名的是公车司马令,简称公车令,掌管警卫司马门。司马门是皇宫重要宫门,经过此处的人都要下车步行。公车是官署名,臣民上书和被征召者,都由公车接待。

再说东方朔。他听说可以上书皇帝,即刻动笔写了一份颇有特色的自我介绍。在上书中,他为了全面展示自己,足足写完了三千片竹简,片片竹简摞在一起,两个人才能扛得动。这份特殊的上书引起刘彻关注,他仔细阅读,用了两个月的时间才读完。刘彻被上书中机智幽默的话语打动了,吸引了,也逗乐了。这是一份什么样的上书呢?

　　在自我推荐中,东方朔大言不惭,几近吹嘘地说:"我身长九尺三寸,高大英俊;我的眼睛像两颗珍珠,晶莹有光;我的牙齿就像两排贝壳,整齐有序;啊,我是多么伟岸的男子! 而且,我具有勇敢、敏捷、廉洁、诚信的品德。我的力量可与齐国勇士孟贲媲美,我的敏捷不比春秋时期庆忌差,我的廉洁更是与齐国鲍叔不相上下,再说信用,我比战国时期的尾生毫不逊色,纵观这些优良品质,我可以成为天子大臣了。"文中列举的几个人都是古代名士,各自以特长著称于世,深受后人拥戴。

　　在上书中,东方朔还大肆炫耀了自己的学识和才能,他说:"我大器早成,才识超人。我十三岁读书,十五岁练剑,十六岁学习《诗》、《书》,读了二十二万字。十九岁学习孙武兵法,研习战阵的布局,不仅懂得各种兵器的用法,还了解作战时士兵进退的钲鼓,在这些方面,也读了二十二万字。文武全学,一共读了四十四万字。"

　　面对东方朔的上书,刘彻又是赏识,又是好奇,还带着几分好笑,他赏识东方朔自信幽默的态度、不卑不亢的做法,更好奇这个人是不是真如上书中说得那样出色呢? 他好笑世间还有如此滑稽自夸的人,难道他确定皇上一定会重用他? 刘彻认真地阅读每一份上书,东方朔这篇浩大冗长的上书他也极其认真地阅览了,他决定安排东方朔一个职务,实地考察他的才能。这样,东方朔就做了一个小官。

　　东方朔以这种开场白亮出了自己的身分,确实前无古人,后无来者。他在自己的官职上干了段时间,觉得官位太低,想着接近皇上提出更高的要求。可是,由于职务低下,根本没有机会接近皇上,再有,刘彻下诏求贤后,每天日理万机,政务繁忙,哪里有时间接见他？但东方朔不愧聪明滑稽，他竟然又想出了个令人称奇的主意。一天，他见到一个侏儒，大声恐吓他说："小心点吧，你的死期就要到了。"侏儒大惊，连忙询问原因，他说："你看你自己，身材矮小，能做什么事？叫你去种地吧，你不能耕地扛锄；叫你去当官吧，你又没有治理一方水土的本领；叫你去当兵打仗呢，你又不能提枪策马、杀敌立功。皇上说了，你们只知道伸手要吃要穿，增加国家负担，留着你们对国家是一个累赘，毫无用处，不如全部杀掉算了。我提前告诉你一声，你赶紧告诉你的那些侏儒朋友们一起等死吧！皇上马上就要过来了。"

他这一说，侏儒信以为真，趴在地上嚎啕大哭。东方朔见他相信了，心里好笑，不紧不慢地又说道："我给你出个主意，说不定你可以免除一死。"

侏儒忙问："什么主意？请快快告诉我！"

东方朔回答："皇上不久就要路过此地，你抓紧联系你的侏儒朋友，到时候，你们一起拦驾请求宽恕，皇上仁慈，一定会对你们宽大的。"

侏儒依计行事，很快联络了一群侏儒。他们等候在路上，打算面见皇上请求宽恕。果然，不久刘彻乘车从这里路过，突然被一群侏儒拦住了去路，他奇怪极了，走下马车问："这是怎么回事？这些人哭哭啼啼为了什么？"

侏儒见皇上下车了，磕头不止，一个侏儒大着胆子说："我们虽然没有用处，可是请求皇上千万不要杀了我们，留给我们一条活路吧。"

刘彻大惊，继续问道："杀你们？到底怎么回事？朕什么时候要杀你们啦？"

带头的侏儒说："东方朔告诉我，说皇上嫌弃我们无用，浪费国家财产，打算把我们全部杀掉。"

还有这样的事？刘彻有些生气，跟随他出行的王臧听了，立即对他说："东方朔太大胆了，竟敢拿这种事情诬蔑皇上的仁慈，简直不想活了。臣这就派人去将他捉拿归案，严加审讯！"

刘彻忙制止说："慢，把东方朔带来，朕要亲自问他。"

不一会儿，东方朔被带来了，刘彻上下打量他，想起了那篇著名的自荐信，故意沉着脸问："你就是东方朔吗？为什么编造谣言，诬蔑朝政？"

东方朔毫不慌张，大大咧咧地说："侏儒身高不过三尺，而我身高九尺三寸，可是我们领取一样的俸禄，一样的口粮，每个月下来，他们吃不了用不了，我呢，忍饥挨饿，衣不蔽体，过着乞丐一样的日子，这多么不公平。皇上，既然你下诏求贤，就该给人才优厚的

东方朔像

待遇才对，要不然，我只好回家自谋生路了。"

在场人听了，都为东方朔的言谈举止捏一把汗，他这不是顶撞皇上，自找难看吗？皇上已经委派他官职，他不但不心存感激，为国效力，还以这种诈术接近皇上，而且堂而皇之地以此要求提升官职，真是不得了。

令人没有想到的是，刘彻听了东方朔这番言论，哈哈大笑说："你的自荐信已经让朕耳目一新，今天，你以这种方式向朕直谏，可见你确实是个聪明勇敢的人。"他不仅没有怪罪东方朔，还提升他的官职，让他成为自己身边的近臣，帮助自己解疑答难，辅佐朝政。

这件事传出去后，东方朔名声大振，他生性滑稽、举止怪诞的行为成为时人议论的焦点，有些人不客气地称他"狂人"。狂人东方朔自从来到刘彻身边，以自己的幽默机智、诙谐灵活和广博学识成为汉廷一大怪臣，也成为历史上备受关注的一位人才，甚至被后人尊奉成了相声界的鼻祖。

从这件事上，也可以看出刘彻在用人上大胆果敢、不拘一格的作风。他这次下诏寻求贤良文学，不止寻求到了董仲舒、东方朔等人才，还寻求到了许多才学出众的文学大家，司马相如就是其中一位家喻户晓的人物。

才子司马相如

司马相如，字长卿，成都人，他的小名叫"犬子"，这是他父母希望他能够健康活泼地长大成人，这一点与刘彻小名"彘"意思相同。司马相如自幼喜欢读书作赋，不爱好武术骑射。他仰慕战国时期蔺相如的为人，所以自己改名叫做司马相如。景帝时，他入朝做官，由于景帝不喜好辞赋，就让他做武骑常侍。但这职位并不合司马相如的心意，此时恰巧梁王入朝，身边带着许多当时的名流文士，他们与司马相如谈得来，这样，司马相如就跟随他们去了梁国。他在梁国如鱼得水，在那里与诸多读书人来往，才学大进，做成了名篇《子虚赋》。

　　后来，梁王病故，司马相如回到了成都。他家境贫寒，多年来又没有置办产业，只好过着缩衣节食的日子。司马相如有位好友，名字叫王吉，是临邛县令，倒是经常关照他，把他接到自己家中居住。有一天，王吉邀请他去当地有名的富户卓王孙家赴宴。宴席上，大家都知道司马相如是才子，文采出众，精通音律，一起请他抚琴助兴。司马相如借着酒兴，当场拨弄丝弦，弹奏了名曲《凤求凰》。优美的乐曲声声动听，悠扬动人，竟然打动了一位美丽的女子，她就是卓王孙的女儿卓文君。这位卓文君年方十七岁，貌美才高，是不可多得的才女。她十几岁就出嫁了，没过多久，丈夫去世，她也成为了寡妇，于是搬回娘家居住，由此才得以听到了司马相如弹奏《凤求凰》。

　　谁也没有料到，一曲《凤求凰》成就了一段美妙的爱情故事。才女卓文君也精通音律，她被优美的乐曲吸引，遂悄悄观望抚琴的人。一看之下，她吓呆了，抚琴的青年身材颀长，风度翩翩，是位飘逸儒雅的公子，文君被深深地迷住了。卓文君芳心暗许，司马相如也心有所感，乐曲一声声传达了无尽情意，两位年轻人心有灵犀一点通，相约私会，暗订百年之好。卓王孙听说女儿与司马相如私通，非常生气，决定采取措施把他们分开，但卓文君是个性情刚烈的女子，她不听从父亲的管教，跟随司马相如私奔回成都。到了成都家中，她才发现司马相如家徒四壁，穷困至极。爱情让人变得坚强，卓文君没有退缩，她放下富家小姐的架子，建议司马相如卖掉仅有的一辆车马做生意。

　　一代文豪司马相如卖了车马，回临邛租赁了一间店铺与卓文君做起了酒水生意。他们一个挽起袖子当伙计，一个站在台前卖酒，夫唱妇随，为了生计做起了小本生意。

　　消息很快传遍临邛,卓王孙又气又羞,躲在家里不出门。他家人劝他说:"既然文君已经跟了司马相如,你就不要过分固执了。司马相如虽然清贫,却是个人才,一旦他有了机遇,必定会出人头地,足以配得上文君了。我们家资万贯,不缺钱财,缺的是人才。说起来,他也该算我家的娇客了,你还这样羞辱他们,实在不应该啊。"

　　卓王孙想了想,没有好办法,只好分给了卓文君应该得到的田宅、仆从和其他财产。从此,司马相如和卓文君过上了富庶的生活。

这个故事引起后人如此厚爱，当然由于司马相如卓越的文学才能。他与卓文君过上幸福日子后，并没有贪图享乐，而是勤奋攻读，著书赋词，名声越来越大，著作也广为流传。其中一篇文章传到了刘彻的手中，为他打开了走向政途和成功的大门。

卓文君

这篇文章就是《子虚赋》。有一天，刘彻诵读诗书，读到了《子虚赋》，被文中的故事和人物吸引，非常赏识，不由掩卷长叹："朕要是能够与文章的作者在同一个时代，一定要认识这样的人才！可惜呀。"刘彻还以为文章的作者是前朝古人，所以才抒发这样的感慨。

他的话被负责皇宫犬马的官员杨得意听到了，他知道皇帝求贤若渴，急忙跪倒说："皇上，这个人不是古人，他现在还很年轻呢，与臣是同乡，成都人。"

刘彻惊喜交加，忙说："果真如此？这可是位出类拔萃的人才啊。"

杨得意哪敢乱说，随后把司马相如与卓文君的故事讲给刘彻听，刘彻高兴地说："才子佳人终成眷属，让人欣慰。"他即刻下令，传司马相如进京见驾。

　　刘彻见了司马相如，一问之下，发现他的学识文采都是一流的，心中大喜。君臣讨论《子虚赋》，司马相如说："这篇文章讲述的是诸侯间的故事，不值得看。臣恳请为皇上仔细深入地写一写，写好了就交给皇上指正。"

　　刘彻点头应允，并且送给司马相如笔墨纸砚鼓励他。

　　很快，新的文章写好了，刘彻接过文章重新拜读，连连点头说："好，好，真是太好了。"原来，旧《子虚赋》讲了一个诸侯间互相吹嘘攀比的故事，文中有三个虚设的人物，分别是子虚、乌有先生和亡是公。子虚是楚国使者，他出使齐国，奉命接待他的是乌有先生和亡是公，他们三人极尽其能地夸耀自己国家君主如何富有，生活如何奢侈。而在新辞赋中，司马相如笔锋一转，在他三人列举了本国君主的豪华之后，又写到天子的生活比起他们更加阔绰，更加富丽堂皇，超越了他们所有人的想象。这篇辞赋也是后来"子虚乌有"这个成语的来历。

　　刘彻读完文章，连声称赞，对司马相如说："朕明白你的意思，这是劝导为人君主一定要节俭，不能浮华糜烂、醉生梦死，要做个对得起百姓的君主。"他领会司马相如的深意，觉得他也是个有用的人才，于是下旨封他做了郎官。

　　司马相如才华横溢，作为刘彻近臣一直很受赏识，他写了许多名赋，开创汉赋先河，为中国古代文学做出巨大贡献。他流传下来的辞赋很多，像《大人赋》、《草木书》、《与五公子相难》等等。

第三节　人才辈出

随着一批批贤良文学走向朝廷,施展才华效忠出力,封官晋爵,成就事业,越来越多的人受到鼓舞,纷纷求学上进,来到长安,希望能够被皇帝赏识,能够有所作为。一时间,大汉朝人才辈出,各显其能,国家呈现一派热闹兴盛气象。

据《汉书》记载,当时朝廷人才非常多,特别有名的就有公孙弘、董仲舒、夏侯始昌、司马相如、东方朔、吾丘寿王、主父偃、朱买臣、严助、胶仓、终军、严安、徐乐等等。他们中除了前面介绍的几位之外,还有几个人的故事也很动听,有些还被后人改编成了戏剧,在民间广为传唱。

有一个人的故事可以说明当时人才纷纷赶往长安的盛景,以及这些人一腔热情报效朝廷的豪迈壮举。这个人叫终军,他是济南人,熟读儒家典籍,信奉仁政治国,渴望效忠朝廷,听说皇上下诏取士,也收拾行装匆匆赶往长安。千里迢迢,跋山涉水,终军一路西行前进。路上,每每经过城镇驿站都要检查通行证,这在当时叫做符信,是行路人的证件,没有它也就无法通过。终军来到长安脚下,到了最后一道关卡前,官吏看完他的证件还给他时,他接过来随手就把符信扔掉了。官吏大声说:"不要扔了,你回来的时候还要用呢,要不然就回不去了。"终军哈哈大笑,不在乎地说："我身为大丈夫,西游为了报效朝廷,不会空手而回,不会和今天一样回去。"他的意思是说,自己西游长安,一定会受到皇帝重用,或者成为名震海内外的名人,或者将来做了大官,用不到这些证件啦。豪言壮语,书生言志,何等振奋人心!

还有一个人的故事也成为千古绝唱,而且被后人改编成了著名的《马前泼水》《打樵骂夫》等,他就是朱买臣。

朱买臣是个儒生,每日书不离手,不管干活还是吃饭都不放下书本。他一心盼望通过读书取得知识,增长才能,从而入仕做官,获得出头之日。由于他不会种地,又不会做生意,没有养家糊口的本领,随着时间推移,他年龄增大,可是家里却越发穷困,就连父祖们遗留下来的家产也消耗尽了。为此,他妻子经常与他吵架,每天都逼着他上山打柴,也好用木柴换点粮油勉强度日。

朱买臣

朱买臣背上刀斧,偷偷拽着书本上山了。山上人少僻静,他乐得在此读书呢,哪里肯去打柴?一连几天,他都是背着极少的柴草下山回家,他妻子奇怪地问:"怎么你天天打柴,只有这么一点点?"

朱买臣支支吾吾,不敢说自己偷着读书的事。第二天,他妻子尾随他来到山上,发现他没有打柴而是背着自己读书,勃然大怒,跳过去骂道:"朱买臣,你读书就能吃饱喝足吗?你说你肩不能挑担,手不能推车,既不会种地又不会做买卖,你怎么养活这个家? 让你干点轻巧省事的活,砍几棵木柴吧,你还不好好干,你说你还想不想过日子了?!"

面对妻子痛骂,朱买臣习以为常,低声辩解说:"我读书做学问,将来一定会成就大作为,到时候咱们就会过上好日子了。"

每次吵架朱买臣都这样说,希望妻子能够理解他,可是他妻子早就听腻了,再次听到这话,气得咬牙切齿地说:"好日子好日子,朱买臣,我等着下辈子跟你过好日子吧! 大作为? 你看看你一副穷酸潦倒的样子,你能有什么作为?!"

没过多久,朱买臣的妻子觉得丈夫已经无药可救,就离开他改嫁他人。朱买臣矢志不渝,依然努力读书,靠打柴艰难度日。一天,他妻子跟着新丈夫上坟,在树林里突然听到大声诵读声,她觉得非常熟悉,仔细辨认听出这是朱买臣的声音,不由摇头说:"这可真是书呆子呀!"

过了几年,朱买臣时来运转,被推荐到了朝廷,受到皇上刘彻的亲自召见。刘彻在大殿上向他问策,见他学识丰富,做事认真,就任命他做了会稽太守。朱买臣衣锦还乡,成为了当地父母官。

当他坐着马车回到家乡时,百姓们涌上街头热烈欢迎他。人群中正有他的前妻,这个女人看到朱买臣果真做了大官,顿时傻了眼。有人为她出主意让她恳求朱买臣,不要怪罪她。她害怕朱买臣报复,也幻想朱买臣不计前嫌,能让自己回到他身边,自己也做一做官夫人,享享福。

朱买臣看见前妻来求自己,想了想说:"也罢,只要你能做到一件事,我就同意你回来。"他前妻忙说:"别说一件事了,你叫我干什么都行。"

朱买臣笑着端起一盆水说："嗯,只要你把我泼出去的水收回来,我们就可以破镜重圆,重叙旧情。"说着,他啪一声把水泼向干燥的地面。他前妻见状,来不及细想,慌忙趴在地上收水。可怜她手忙脚乱,哪里能收上几滴水珠!她明白了,朱买臣这是告诉自己,覆水难收,既然两人已经分手,就不可能再回到从前了。

这个故事还有很多版本,不过大体来说,都是一个穷书生发愤图强、努力有为的故事,可以说,如果没有汉武帝刘彻广泛选士,重用了朱买臣,结局将会完全不同。这个励志的故事激励着成千上万的儒生废寝忘食地苦读圣贤书,以求一朝得势,摆脱困境。确实,许多人实现了这个梦想,他们走向了成功,走向了辉煌。他们的道路比起朱买臣来,已经幸运多了,也简单多了。他们在崭新的制度下学习读书,通过新的途径入仕做官,这条途径就是董仲舒对策里提出的学校和考试制度。

董仲舒在"天人三策"里建议设立太学,作为国家培养人才的基地。刘彻非常赞同,他首先在全国范围内召集了五十个人,作为第一批学生,讲习儒家的《诗》、《书》、《易》、《礼》、《春秋》五经,作为以后选拔人才的基地,然后从中选拔出优秀人才任为官吏,效忠国家,效果非常好。后来,学生增加到三千人,刘彻就开始在全国各地普遍建立学校,这就是国家办学校的最初形式。从此以后,各级官吏大部分都是通过这条途径走向仕途,并以此教化百姓,儒家学说风行天下。中国两千年来的教育制度基本上都沿袭了这种模式,读书和学习从此成为了值得夸赞和骄傲的事情。

第八章 新政之初

　　用儒生，重儒术，朝政焕然一新，刘彻大胆采用儒家朝臣的建议，准备修明堂，打击权贵，巩固皇权，建立大一统的封建王朝。他驱马安车迎接《诗经》大师申公，并积极处理国家政务，一场轰轰烈烈的新政运动拉开了序幕，而新旧势力争权夺利的斗争也开始了……

第一节　相位之争

卫绾罢相

刘彻风风火火选拔人才，是他即位后最大的举动，对于不足十六岁的少年来说，显得有些力不从心，此时，一个人成为他的得力助手，帮助他做了许多工作，他就是刘彻的第一位老师卫绾。

卫绾既是皇上的老师，又是当朝丞相，对于这次求贤良文学可谓尽心尽力，付出很多。实际上，他信奉儒家思想，希望通过这次对策树立儒家威望，多多提拔儒家人才。所以，他见刘彻欣赏董仲舒，心里很高兴。后来，他看到各地人才纷至沓来，各门各派，无所不有，担心刘彻被他们迷惑，担心其他学派干扰朝政，也有意表露一下自己的见解，确定自己在朝廷的地位，于是，在董仲舒第三次对策后，他也上了一道奏章，请刘彻驱赶其他学派的人，只留下儒家人才。这是"罢黜百家，独尊儒术"思想所走出的第一步。

卫绾在奏章里说："臣以为专门学习申不害、商鞅和韩非子法学的法家和学习苏秦、张仪纵横学的纵横家，到处搬弄是非，唯恐天下不乱，意图为自己谋取利益，臣请皇上把他们这些贤良罢免回去。"

刘彻接到奏折,轻声笑笑说:"呵呵,丞相做事总是很谨慎,朕的意思很明确,董仲舒的三道对策基本上已经肯定了,他这样做真是万无一失。"他对于卫绾的举动颇不以为然,认为有拾人牙慧之嫌。这位年少的君主逐步成熟,有着过人的眼光和胆识,竟然一眼识破卫绾的心思,认为他跟在董仲舒身后提出这样的建议太过圆滑,不值得过分夸奖。

刘彻虽然看透卫绾的所作所为,不过,他还是接受了丞相的建议,开始重用儒家,疏远其他学派人士。朝廷上的变动引起窦太皇太后的关注,她看到刘彻深受儒家影响,竟然到了独尊儒术的程度,十分生气。当初,刘彻下诏选取贤良文学她可是点头同意的,现在怎么提出反对了呢?

于是,窦太皇太后把矛头指向一个人,他就是丞相卫绾。卫绾是儒家弟子,当年做刘彻的老师时,窦太皇太后就不赞成,不过碍于汉景帝,不好过分干涉,只能派汲黯同时教导刘彻,希望刘彻不要忘了黄老思想。后来,汉景帝病重,窦太皇太后提议让窦婴为相,遭到景帝反对,竟然拜卫绾做了丞相。这两件事情一直让窦太皇太后记在心上,加上她的亲信多次对她言说卫绾的不对之处,更加深了这种反感情绪。近些日子,卫绾辅佐幼主,一味提拔重用儒家人才,还提出要以儒学为治国思想,排除其他学说的影响,真是岂有此理!

在窦太皇太后看来,刘彻推行的新政都是卫绾一手策划扶植的,是他利用幼主搞的政治诈术,意图把持朝纲、左右君主。如果罢免卫绾,那么刘彻自然乖乖地回归传统做法,继续依照黄老思想治理国家。

有一个人看透了窦太皇太后的心思。他是黄老学说的忠实弟子,也是窦太皇太后信任的大臣,名叫许昌,他进言说:"太皇太后,卫绾利用自己既是皇上老师又是丞相的双重身分,主持政务,尊儒术、退百家,时间久了,肯定也不会放过黄老学说,臣看应该及早行动,罢免卫绾,这场风波也就烟消云散了。"

窦太皇太后满意地点点头说:"嗯,说得很好,皇上年轻,哪里经得住他们撺掇!皇上也没有经历过什么大事,这次过错不赖他,都怨卫绾。先帝认为他老实持重,临终托付他重任,让他好好辅佐幼主,哪成想他是个外圆内尖的家伙,这才几天,生出这么多事来,真是让我头疼。也罢,罢免他,省去这些烦心事。"

一句话,卫绾便面临了罢相的危险。窦太皇太后已经做了决定,刘彻还有能力挽回吗?当太皇太后召见刘彻,让他罢免卫绾时,刘彻非常意外,不解地询问原因。窦太皇太后毫不留情:"还用问吗?卫绾是不是以为大汉江山是他的?汉室非要让他来折腾?你即位才几天,就做出这么多事,难道不是卫绾背后鼓捣的吗?什么遵从儒术,天人合一,明明是排斥异己,自我标榜!儒生们就知道要嘴皮子,动笔杆子,哪里有什么真本事,这样下去,国家还不毁在他们手里?!"

刘彻默默听着,没有反驳,他知道祖母历经四朝,经验丰富,对于自己影响很大,朝廷中兴老臣们以及皇亲国戚也大都听从她的指令。自己虽为皇上,卫绾虽为丞相,也难与他们对抗。

窦太皇太后说完了,等着刘彻回话。刘彻沉默半晌,抬头缓缓说道:"既然太皇太后已经下了决心,孙子就听从您的安排,罢免卫绾。"

"好,我就知道彻儿最聪明了,"窦太皇太后高兴地说,"他们谁也不能左右我们汉室江山。孙子,你放心,只要我们祖孙团结一心,他们谁也奈何不了咱们,懂吗?哼,他们以为趁机可以争权夺势呢,门儿都没有!新的丞相可要仔细挑选,不能再犯错误了。皇上,我看窦婴和田蚡都不错,你可以从他们当中考虑。"

看来,窦太皇太后还是采取旧办法,从皇亲国戚和功臣元老中选拔重臣,把江山看成一家天下。可如今她的想法与汉朝所面对的现实情况早已不相符合,严重遏制了人才,成为社会进步的阻力。而皇亲国戚势力日隆,各自为政,也不利于国家统一,七国之乱就是最突出的例子。可面对着皇祖母的命令,刘彻又能怎么办呢?刘彻罢免了卫绾,能否选拔合适的丞相呢?

田窦之争

窦太皇太后极力推崇皇室外戚,并且理直气壮提议了两个人选。虽然窦婴信奉儒学,当年曾经反对梁王,害怕黄老思想继续左右朝政,不过,他毕竟是自己的侄子,从关系上说还是比他人可靠,受到自己信任和赏识。窦太皇太后做了二十三年皇后,十六年太后,如今又是太皇太后,四十年来她对于朝政已经非常熟悉,她娘家的人也因此荣华富贵,封官晋爵,势力极大。窦家虽然荣耀,人才却不多,只有窦婴出类拔萃,因此窦太皇太后为了稳固窦家势力,几次提议重用窦婴。

听了祖母的建议,刘彻点头无语,他明白,祖母这么做一是为了消除卫绾对朝廷的影响,二来为了巩固朝局。自己毕竟年少,需要强大的力量支持,更需要值得信赖的人来辅佐。可是窦婴和田蚡也是儒术的推崇者,自己下诏寻求贤良文学也得到他们支持,这样看来,祖母也是为了缓和朝政才举荐他二人的。窦婴和田蚡二人都是皇室贵戚,早些年的时候,田蚡为了巴结窦婴，一直在他手下做官，对他毕恭毕敬，殷勤备至，时人都说田蚡比窦婴的亲儿子还要孝顺他。后来，随着刘彻册立太子，继而即位称帝，田蚡晋封武安侯，地位越来越高，他与窦婴有了平分秋色的感觉，也就逐渐不把窦婴放在眼里。一来二去，田窦两家产生了摩擦，不过，田蚡为人极其精明，他心里清楚得很，窦婴势力依然强大，背后又有窦太皇太后撑腰，自己不能与他翻脸。所以，两人虽有罅隙，表面上还是说得过去。

如今，窦太皇太后一句话就罢免了卫绾，更可见她的影响之大。那么她提出从窦婴和田蚡两人中选拔丞相，到底谁会胜出呢？

这件事情确实麻烦，刘彻想来想去，苦于不知道该任命谁做丞相。窦婴立过战功，受封魏其侯已经多年，他做丞相的话，是当之无愧的人选；而田蚡呢，足智多谋，崛起的新贵，也不可小觑。

刘彻一边思索相位人选，一边按照董仲舒和卫绾的建议对朝政进行着改制。这时，他的老师王臧又为他引荐了赵绾，也是一位儒学名人。

再说卫绾罢相的消息很快传遍京师，田蚡踌躇满志，打算争夺相位。他的一个谋士名叫藉福向他献计说："侯爷，太皇太后提议皇上从您和窦婴当中选择一人，我觉得意思非常明白，太皇太后不愿意背上任人唯亲的恶名，所以把您和窦婴一起提出来了，可是她的真实想法是让窦婴做丞相。"

田蚡说："难道我就自动放弃做丞相的机会吗？"

藉福说："侯爷，我有一计，保证您能够得到高位，还能获取皇上和太皇太后欢心。"

"快讲,"田蚡忙问,"到底是什么计策?"

藉福说:"侯爷,窦婴多年来势力强大,追随他的人非常多,又有太皇太后做后盾,而您呢,刚刚被封为侯爷,势力不如窦婴,如果强行争夺相位对您不利。我认为您应该趁机上奏请皇上任命窦婴为丞相,这样呢,显示您贤德大度,皇上和太皇太后都会很满意,对您必定另眼看待。除了丞相,太尉的职务还空缺,我想,皇上和太皇太后一定会因此让您做太尉的。丞相和太尉级别等同,也是三公之一,却握有兵权,说起来比丞相还要有实权呢。您意下如何?"

田蚡听了,大喜过望,连忙进宫去见太后王娡说明自己的打算。这几日,为了任命新丞相的事,刘彻正在犹豫,他在田蚡和窦婴之间左右徘徊,难以决断究竟让谁做新的丞相。他的苦恼瞒不过王娡,王娡看在眼里,心里也是十分焦急为难,既害怕自己的弟弟做不了丞相,更担心得罪了太皇太后。可是,当初窦婴曾经力保废太子刘荣,反对立自己为后,立刘彻为太子,是自己的政敌,这样的人一旦做了丞相,能真心实意辅佐幼主刘彻吗?当她听了田蚡以退为进的计策后,不由高兴地说:"太好了,这下总算解决了一个大难题。"

田蚡听王娡这么说,心里暗自得意,忙说:"皇上和太皇太后要是知道了,也一定很高兴。"

王娡点头说:"对,皇上和太皇太后也为这事犯愁呢,如今你贤德礼让,主动请求让窦婴做丞相,可不让他们高兴?"

姐弟俩又说了回话,讨论朝廷内外以及家庭诸事,他们心照不宣,明白主动让贤是为了暂避锋芒,为了将来夺取更大权力,进一步稳固家族势力。

两人商量妥当,然后分头行动,把这件事情透露给刘彻。很快,田蚡就正式上奏章请求皇上任命窦婴做丞相;王娡呢,也召见了刘彻,对他说了这样做的好处。刘彻见田蚡主动让贤,对他十分满意,可是窦婴是否适合做丞相呢?先帝曾经说过,窦婴是性情中人,做事轻率,喜怒哀乐不善于掩饰,并非丞相的合适人选。他清楚记得当时自己还劝阻祖母,说勉强做事不如不做,祖母才同意先帝的意见,接受卫绾为相,说来说去,卫绾罢相,接着起用窦婴,这样做行吗?

事情却容不得刘彻前思后想了,窦太皇太后听说田蚡让贤,请窦婴做丞相,她立即召见刘彻,让他尽快下诏书正式任命窦婴为相。刘彻有些迟疑地说:"孙子记得先帝说过窦婴不适合做丞相,这么匆忙罢免卫绾、起用窦婴恰当吗?"

窦太皇太后不以为然,脸色冷峻地说:"皇上,先帝是这么说过。可如今卫绾欺世盗名,任用只会耍嘴皮子的儒生,这样下去,朝廷社稷还不得毁在他的手里?!再说了,他任相期间,欺瞒先帝,私自处罚了许多犯罪的官吏及其亲属,这些事情现在都暴露出来了,不罢免他行吗?至于窦婴,先帝是说过他的缺点,可是他作为皇亲国戚,这些年来为朝廷出了不少力,立下过功劳,对于朝廷和皇上忠心耿耿,这样的人才越来越少了,皇上应该给他一次机会。"

是啊,窦婴也算是元老了,如果这次做不了丞相,以后新人辈出,恐怕他更没有机会啦。刘彻见祖母意志坚决,考虑到目前政局情况,只好答应下来说:"也好,就按照祖母说的办。不过,田蚡推了窦婴,孙子看也要好好提拔他一下,就让他做太尉如何?"七国之乱后,周亚夫由中尉升为太尉,继而升为丞相,汉景帝废除太尉一职，几年来汉廷实际上没有完整的三公制度，朝政完全控制在丞相一人的手里。

窦太皇太后一心举荐窦婴做丞相，今日终于如愿以偿，非常开心，听刘彻打算重新设置太尉职位，提拔田蚡，哪里还能反对？她当即同意了，说道："我早就说过，田蚡是个人才，应该好好用他。他主动提出让窦婴做丞相，更看出他贤德的一面，这样的人不用也不行。既然丞相让窦婴做了，就为田蚡恢复太尉职位吧，也让他知道我们不会亏待他。"

各人有各人的心思，谁也不会想到，刘彻心里另有想法，原来，他时刻记得汉景帝对窦婴的评价，他也记得当年周亚夫狂傲无上的举止，以及最后不得不对他采取极端措施的种种情况，对将来窦婴独揽朝政他感到很不放心。现在为了分散丞相权力，他答应太后王娡，让田蚡做太尉，乘机恢复太尉职位，削弱丞相权力。看来，他考虑的正是一个君主所要考虑的问题——如何掌控朝局，如何平衡各种权势。这一点看似简单，却不是一般人能够做到的。

于是，刘彻即位仅仅五个月，在罢免丞相卫绾之后，相继任命窦婴为相，田蚡为太尉，赵绾为御史大夫，恢复三公制度，力求避免丞相一人独霸朝纲的局势。同时，他还任用王臧为郎中令，掌管宫廷所有事务。赵绾和王臧都是儒学大家申公的学生，他们走向朝廷，将有什么举动呢？

第二节 明堂内外

驷马安车

刘彻即位不久,虽然罢免了丞相卫绾,却重用了诸多儒家人才,他们走向朝廷,做官任职,渐渐崛起。而且,窦婴、田蚡两人皆信奉儒家学说,赵绾、王臧更是儒家思想的忠实推行者,此时,汉廷的相权、军权还有礼仪监察权都在儒家的手里,可以说儒学已经深入人心,严重动摇了控制朝廷几十年的黄老学说。新的思想风潮不可避免地越烧越旺,将要成为燎原之势烧遍全国。

在这种思想的影响下,新近受到刘彻重用的王臧和赵绾走在了最前面,他们根据所学知识,根据儒家的礼仪标准,提出了一个大胆建议。他们认为为了凸显君臣有别,便于大一统思想贯彻落实,应该设立专门场所作为诸侯进京朝觐的地方。这种地方叫做明堂,应该建在长安城外面。

刘彻雄心壮志,意图改变眼下颇显混乱的社会秩序,建立一个井然有序的新世界,听了这样的建议,当然非常赞同。他即刻下令让赵绾和王臧负责此事,按照礼仪标准起草和设计明堂计划。

赵绾和王臧得到皇上肯定,一面积极动手筹备建立明堂的方案,一面再次上奏向皇上推荐自己的老师申公,他们说:"申公是当世最有名的儒家代表,他精通儒家思想,对于礼仪制度比我们懂得多。要是他能前来辅佐皇上,负责明堂方案,肯定建设得更加完备,制度也更合乎标准。"

刘彻多次听人提起申公的名字,对他早就有所了解,知道他是《诗经》方面的专家,是儒学界的泰斗,很想认识他,听到赵绾和王臧提出这样的建议,当即满口应允下来,接着问道:"申公是儒学大家,能否肯屈就前来长安呢?"

王臧说:"皇上只要有诚心,申公一定肯来。所谓修身齐家治国平天下,儒家的思想就是进取有为,效力朝廷和国家,他怎么能不来呢?"

刘彻点头说:"这样就好。朕看应该按照最高礼仪规格迎接申公,以显示朝廷对他的看重,表达朕的殷切之意。赵绾、王臧,你们准备驷马安车和丰盛的礼品,一定要把申公请到长安来。"

驷马安车是一种高规格的待遇。当时,一般安车都只用一匹马驾乘,只有身份高贵,或者受到皇上特许的人才可以乘坐四匹马拉的车辆。刘彻下令,让赵绾、王臧准备用四匹马拉车迎接申公,这叫做驷马,他还特意叮嘱用蒲草包裹好安车的轮子,防止路途颠簸,让申公坐在车上安稳,另外还让他们带上玉璧和布帛等贵重礼物。他这样慎重细心,显示了对德高望重的申公的尊崇。

使者们出发了,他们千里迢迢来到鲁国,拜见了正在讲学的申公。申公的学生很多,眼下,皇上重用儒家人才,更多人投入到儒学中来,投到他的门下,以求学业有成,谋图辉煌前途。学生多了,申公也更加忙碌,八十多岁的他依然孜孜不倦,诲人不厌。

朝廷派来了驷马安车,立刻在当地引起轰动,申公府上的家人顿觉荣耀;他的学生看到了更加光明的前景;他的邻居们也流露出钦羡神色,许多富贵人家纷纷前来祝贺,并且把子弟交到申公手里,请他善加培养。八十多岁的申公内心无比喜悦,迎来送往身体有些吃不消了,他不无担忧地对使者说:"此地离长安千山万水,路途遥远,恐怕我年龄大了,难赴圣意。"

使者指着马车说:"皇上早就想到了,担心你路上吃苦,特地叮嘱我们用蒲草包裹车轮,保证你一路安稳。"他又将刘彻安排的礼物堆到申公眼前说:"这些礼物都是皇上亲自挑选的,皇上说了,礼轻情义重,请您看在他年少无知的份上,不要嫌弃礼物浅薄。如果您不满意这些礼物,到了长安可以自行选择。皇上为了寻求贤良、寻求治国安邦的大计,用了很多办法,如今朝廷上下一心向儒,您的学生赵绾和王臧位居高官,推举您去长安见驾,您可不要错过机会。"

申公笑呵呵地听着,他对于刘彻即位后的作为已经明了于心,内心里十分敬重这位少年皇帝,对他尊儒的做法也很高兴,他想了想说:"皇上年少就如此有为,我也不能倚老卖老,不听从旨意。好,我准备一下,咱们进京见驾。"

驷马安车

这样,八十多岁的申公在刘彻力邀之下,乘坐驷马安车,奔赴京师长安。刘彻得到消息,亲自迎出长安,准备迎接申公入京。此时,长安内外人尽皆知,朝廷和皇上尊儒重教,儒学已经有压倒其他一切学说的势头。

刘彻把申公迎进长安,迎进未央宫,隆重地安排与他首次对策。过高的礼遇让申公备受感动,同时,他也隐隐觉察到了背后暗藏的危险。他看到皇上如此年少,要推行的新政牵涉面极大,不免有些心虚。原来,修建明堂只是新政的一部分,而巡狩、改历法、易服饰各个方面的内容还有很多。申公毕竟年老了,经历广见识多了,他对于这些内容虽然赞成,却觉得过于激进,不免有些犹疑。

申公一句话

刘彻尊敬地询问申公如何治理天下,这位远道而来的老人却采取了较为冷淡的态度。在他看来,刘彻不过是个孩子,少不经事,而自己的两个学生也没有从政经验,他们鼓动皇上做出这么大举动,能否从一而终地做下去呢? 皇上一时高兴,决定做了;哪天要是烦了,又不想做下去了该怎么办? 而且朝政复杂,他也知道窦太皇太后和王太后的势力以及各诸侯国对于朝廷的影响,万一他们出来干涉,事情就复杂了。

也许是为了考验一下眼前的少年天子,也许是另有他想,深谙中庸之道的申公听了刘彻的问话,平静地回答说:"皇上,治理国家在于多做事,而不是多说话。任何事情说起来容易,做起来却非常难,这是我的一点看法。"他清楚窦太皇太后讨厌儒学,不止一次指责儒家弟子都是要嘴皮子的人,没有真正本领,也听说辕固生被扔进猪圈和卫绾罢相的事,他这样回答刘彻可以说万无一失。

刘彻洗耳恭听,静静品味申公这句话的含意,他恍然明白了,这是申公在提醒自己,推行新政并不是说得那么容易,要做好各种思想准备。他真诚地看着申公,希望他继续说下去。可是申公说完这句话就再也不说其他话了,只是默默地等候着。

赵绾、王臧见此,心里着急,恨不得上前替申公说话。可是申公沉默依然,什么话也没有说了。场面有些尴尬,毕竟刘彻费了很大力气,怀着极大希望请来了申公,怎么,就说这么一句话了事?

此情此景,一般人也许会生气动怒了,刘彻却很大度,他见申公不再说话,很宽容地说:"老人家远道而来,献上这么重要的建议,朕很感动。即刻传朕的旨意,封申公为太中大夫,负责明堂所有事宜。"

刘彻不但没有怪罪申公,还对他封官任职,委以重要工作,旁边的窦婴不解地问道："皇上，这个人无视您的问话，态度傲慢，他献上什么建议了？怎么能这么厚待他？"

刘彻看看窦婴，语气沉着地说："申公刚才不是说了吗？治理国家在于多做事，而不是多说话。朕以为这很重要，朕即位以来，已经听取了很多人才的言论、学说、主张，也该身体力行多做事了，丞相认为是这样吗？"

窦婴脸色一变，他觉得刘彻是在质问自己，不是吗？刘彻下诏求贤，兴办太学都是卫绾在位时做的，如今自己做了丞相，还没有一点政绩呢，难道刘彻在催促自己了？他心猿意马地想着，张口说道："皇上，臣认为应该继续削弱诸侯势力，加强朝廷统治。现在，皇亲贵戚、王侯豪强们势力依然强大，他们违法乱纪，扰乱朝纲，影响越来越大，臣以为，一应该让留住在京师的王侯们回到属地去，二应该打击违法犯罪的皇亲国戚，肃整法纪。"

这个提议非同小可，驱赶王侯，查办皇亲，动辄就会惊动京师安危，闹不好会牵涉到皇帝自身安全，谁敢轻易去做？在场诸人听了，无不流露出惊异神色。就连申公听了，也不由紧张地看一眼刘彻，看他如何应对窦婴的提议。

刘彻蹙眉想了想，继而展颜微笑，十分高兴地说："丞相的提议果真不错，好，就照你说的做。这两件大事交给你和田蚡，你们仔细去做，不得出现差错。"

当真是果断干脆，雷厉风行，少年天子一连串的举措震惊朝野，让儒生们兴奋狂喜的同时，不可避免地得罪了另外一部分人，他们就是新政的受害者——皇亲国戚和王侯豪强。最初，刘彻求贤良、访文学并没有引起他们恐慌，随着卫绾提出尊儒术、退百家，他们有所警觉，开始担心多年来追随的黄老思想落伍受排挤,不断进宫对窦太皇太后言说这些事情,窦太皇太后一怒之下罢免卫绾,任用窦婴和田蚡,认为他们一定不会跟着儒生们起哄,好好辅佐皇上。但事与愿违,这两个人不但没有遏止皇上尊儒重儒的势头,反而帮着皇上推行这些新政策,如今,他们的两项提议一旦落实,能不引起皇亲国戚和王侯豪强痛恨谩骂吗?

就在刘彻大刀阔斧推行各项新政策,意图创造辉煌盛世,引起朝野上下一片震惊的时候,又一件意想不到的事情发生了。

第三节　东越战事

刘彻主战

大汉的东南方向有两个小国,一个是闽越,一个是东瓯,它们是春秋战国时期越国的后裔,秦时被废为郡县,汉初接受汉廷封赐,重新受封为诸侯。闽越国王叫无诸,东瓯国王叫摇,他们都是越王勾践的后人。

七国之乱时,吴王刘濞曾经派人联合东越两国,希望他们一起参与谋反。闽越王无诸不接受刘濞的建议,不肯起兵,而东瓯王摇响应了谋反之事。后来,七国战败,刘濞逃到东瓯乞求躲避,一路追赶而来的窦婴打算一举攻打东瓯,消灭敌人残余势力。这时,梁王手下的内史韩安国献计说:"将军,东瓯国小力弱,他们不敢与朝廷为敌,先前投靠刘濞是因为惧怕吴国,现在吴国战败,刘濞逃到他们这里避难,他们再也不用害怕吴国和刘濞了。我想,过不了几日,他们就会把刘濞的人头献上来。"

果然,东瓯王见大军压境,知道无力反击,害怕遭受灭顶之灾,与心腹商量之后,果断地杀了刘濞,派人把刘濞的人头送到汉军营中,表示归顺汉廷的决心。窦婴非常高兴,撤回部队,把事情回复汉景帝。汉景帝觉得东瓯王既然杀了刘濞,愿意归顺朝廷,也就没有追究他投靠刘濞的过错,依然让他掌管东瓯之地。

刘濞虽然死了，他的儿子子驹却逃到了闽越。

子驹痛恨东瓯王杀害他的父亲，时常劝说闽越王攻打东瓯。两国之间本来就存在矛盾，在子驹的挑拨离间之下，矛盾渐深，竟至互不相容的地步。刘彻即位不久，两国之间终于爆发了战争。

战事迅速发展，很快，闽越派兵围困了东瓯，东瓯弹尽粮绝，陷入困境，他们只好一面要求停战议和，一面急忙派人到京师求救兵。使者来到京城，见到刘彻说了战事情况，请朝廷派兵解围。

这个消息让初登帝位的刘彻着实一惊，他急忙召集群臣商讨对策。此时，田蚡刚刚做了太尉，负责国家军事工作，是军界最大的官员。刘彻首先向他询问，哪知田蚡不咸不淡说了句："越人自相残杀，时常发生，这是正常的事情，这是他们自己的事情。臣以为不值得大汉朝廷发兵解围。臣听说从秦朝时起就把东越弃之不理了，我们也不用管他们的事情。"

这可倒好，他一句话把东越扔掉不管了，这不等于自动放弃国土和领地吗？刘彻听了，心里十分不满，一时间又不知道如何决断，脸色沉沉地望着殿下众臣。殿下静悄悄的，丞相窦婴也一言不发，也许他们觉得田蚡说得有理，东越地偏路远，与繁华的长安相隔数千里，两地风情人文相差甚远，管它有什么益处？还不如弃之不管呢。

刘彻闷闷地看了半天，不无讽刺意味地说："依照太尉的意思，以后就把东越当成他国异邦，不是大汉的一部分了？这样的话，国家四边的国土可以随便独立，大汉也就日渐萎缩，最后还不得蜗居长安?"

　　朝臣们听到这话,顿时警觉起来,一个个欲言又止,倒不知道该说什么好了。就在这时,一个人走出行列,向上施礼之后转身对着田蚡说:"人们最担心的事情是力量不能救助苦难,道德不能广泛推广。如果能够做到,为什么不去做呢?为什么自动放弃呢?嘿,秦朝连咸阳都放弃了,何况一个边远的越国!如今,小国因为遇到灾险危急向天子求救,天子不能伸张正义,救助他们,一旦他们安定下来,还能听从天子的命令吗?如此下去,天子又如何统治天下诸侯?"

　　一席话,再次引起朝臣议论,也让刘彻心情一爽,他看看殿下进言的人,正是中大夫庄助,下诏选贤才受到重用的儒生。田蚡脸色通红,着急地刚要申辩,却听刘彻说:"太尉刚才说的确实不足以考虑讨论。庄助,依你看该如何做呢?"

　　庄助说:"臣以为应该救助东瓯,抚平战事。"

　　刘彻点点头,略微沉思着说:"朕刚刚即位,不想用虎符调动国家大军,以免引起国人慌乱。朕看还是调集郡国部队救助东瓯,平复东越战事,你看如何?"

　　庄助再次施礼说:"皇上虑事周全,臣所不及。平复东越只需会稽一郡的兵力足够了,请皇上降旨,臣愿往东越一行。"

　　"好,"刘彻满意地说,"中大夫主动请战,为东越一事奔走。朕赐你使节,你全面负责这件事情。"庄助领命积极准备去了。

　　这件事再一次显示刘彻见识高远、大胆用人的性格。他没有听信太尉田蚡的话,也显示他善于独立思索的品性,他正在逐渐走向成熟。

　　东越虽然偏远,却是大汉的一部分,怎么能够置之不理呢?

田蚡在这件事上栽了跟头，一向以智谋著称的他显然不甘心，退朝后，他急匆匆赶往后宫，去见姐姐王娡，希望不要因为此事影响到自己的前途，不要给刘彻留下恶劣印象。

东瓯归附

王娡听田蚡述说了事情经过，皱着眉头说："你怎么搞的？是不是做了太尉就乐晕了头？！还是又被哪个爱妾迷晕了？"田蚡爱色，他家中妻妾成群，据说不下百人，个个美貌如花，都是数一数二的美人。

田蚡红着脸不敢回话，他依仗姐姐才一步步走到今天，怎么敢顶撞姐姐呢？王娡清楚，弟弟田蚡聪明过人，擅长权术，适合在官场上混，对于战事恐怕缺少经验和能力，所以今天才说出这样的话，惹得刘彻不满，怎么样才能帮助他恢复形象，保住以往的权势呢？沉思过后，王娡有了办法，她对田蚡说："话已经说出去了，不能收回。我看，皇上决心救助东瓯，管理东越事，你是太尉，也不能闲着，既然庄助负责此事，你就应该以太尉的身份参与进去，为他筹备军粮也好，制订策略也罢，都是可以的，这样，皇上那里也好交代。"

田蚡如梦初醒，慌不迭地说："太后说得对，我这就去筹备粮草，供应战事。"他辞别王娡，回府与谋士们积极密谋去了。最近，原梁王内史韩安国也投靠到他的门下，听说东越事情后对他说："闽越与东瓯相争，都是因为刘子驹从中挑拨导致的。刘子驹为报杀父之仇，不惜掀起两国战乱，是罪魁祸首，如果擒住刘子驹，东瓯之围立刻就会化解。"

"如何擒住刘子驹呢？"田蚡忙问。

　　韩安国说："臣愿意跟随庄助前往,亲自去闽越,见到闽越王,肯定能够说服他擒拿刘子驹。"

　　田蚡大喜,没过几天,他上奏刘彻推荐韩安国,并且捐献了自己府内的珍宝器物,作为资助庄助前去东越的军需开支。刘彻听了,当然很高兴,还夸奖他办事得力。

　　庄助带着韩安国来到了会稽,指派太守发兵解救东瓯。没有料到,太守拒不听从命令,以种种理由拒绝发兵。看来,当时的国家法令比较散漫,连一个太守都敢违抗君令,何况各路诸侯贵卿?社会制度不够完善,国家政权不够统一,这一切已经成为封建社会进步发展的障碍,可见刘彻力主新政的决策非常正确。

　　会稽太守拒不发兵,急坏了庄助,东瓯被困已经很久了,拖延下去必将造成很大损失,怎么办?韩安国说："大人不要着急,我们分两路行动,我去闽越拜见他们的国王,说服他退兵;你软硬兼施,逼迫太守出兵,实在不行,亮出天子使节,可以先斩后奏。"

　　庄助同意这个提议,他们分头行动。当庄助再次遭到拒绝时,不再犹豫,拔刀挥剑斩杀了一名反对自己的会稽司马,大声说："我奉天子的命令来调动你们,如果谁敢不听指挥,他就是下场。"他指着躺在血泊中的司马说。

　　这一来,谁还敢表示反对,很快,军队征集完毕,在庄助的指挥下朝着东瓯被围困的地方进发。

　　他们一路前行,快到目的地时,见一队队闽越官兵秩序井然地往回撤退,这是怎么回事?庄助正要派人打听,却远远看见韩安国单人匹马飞奔而来。他见了庄助,高兴地说："大人,臣说服了闽越王,他已经捉拿刘子驹,正在缓缓退兵。"

　　到底怎么回事？庄助好奇地望着韩安国，不知道他以什么策略说服了闽越王。原来，韩安国依然采取老办法，他对闽越王无诸说："大王，汉军不日就要来到了，你区区一国之力很难与他们对抗。我听说贵国与东瓯有仇恨，敢问这是国仇还是家恨？"

　　闽越王无诸年事已高，他思索着说："倒也没有什么深仇大恨，不过为了吴王子刘子驹而已，他想报杀父之仇，所以我就派兵帮助他。"

　　"呵呵，"韩安国声音朗朗地笑起来，"大王莫非说笑话吗？为了一个叛臣贼子竟要费这么大周折吗？刘子驹背叛朝廷，跟着他父亲做了不少错事，他父亲死了，他不知道悔改，这是不忠；他逃窜至此，为了一己之利挑拨两国关系，造成成百上千无辜百姓受害，这算不仁。大王帮助不忠不仁的人，必定引起世人反感，舆论攻击，这样，您又怎么领导本国臣民呢？国民不服，大军压境，您的处境很危险啊，我看这也算不上英明。"

　　闽越王听了，顿时傻了眼，他急忙问道："以将军之见，本王怎么做才能顺利结束这场灾难，不至于引发更大危机呢？"

　　韩安国见他听信了自己的话，不慌不忙地说："很简单，事情因刘子驹引起，皇上听说后，对他非常痛恨，对你很感失望，如果你杀了他，退兵回国，皇上一定满意你的表现，不会继续追查你的责任，你就可以放心做你的闽越王了。"

　　事已至此，闽越王只好点头答应杀刘子驹，罢兵回国。刘子驹步父亲后尘，作为战争的挑起者，最终成为战争的牺牲品，说起来也是咎由自取，落得个国破人亡。

　　东瓯之围就这样解决了，庄助急忙传令军队掉转回头，回会稽军营。这时，东瓯派来使者，感谢汉军相救之恩，并且提出新的打算。原来他们惧怕闽越国,担心汉军一退,闽越王再次率兵征讨,所以请求皇上允许他们搬离本地,搬到中原大地上居住。

东瓯国有四万多百姓,这样的大规模迁徙可不是小事,庄助急忙上奏折向刘彻奏明此事,希望皇上做出决断。

刘彻接到捷报,已经十分开心了,这次,又收到东瓯请求搬迁的奏折,他当即批复说:臣民归附,这是盛世祥兆,是值得纪念的事情,东瓯几万百姓渴望得到朝廷永久保护,过安宁日子,朕很高兴。江淮之地土地肥沃,物产丰富,就让他们搬迁到那里生活吧。

于是,东瓯四万百姓离开故土,搬到了江淮之间,过上了不再受骚扰的日子。这件事也显示了当时汉廷的强大,实属当之无愧的中央大国。东瓯既已搬迁,就不是王国封号,刘彻特地下旨封东瓯王为广武侯,让他继续管理东瓯臣民。

庄助和韩安国得胜回京,受到刘彻亲自接见,他听说了韩安国智退闽越兵马的事情后,称赞地说:"将军真是智勇双全啊。"田蚡不失时机讲述韩安国帮助窦婴除刘濞,以及帮助梁王脱险情的种种事情,极力向刘彻推荐他。其实,刘彻早就耳闻韩安国的贤德美名,这次得以见到他的真才实干,也有意提拔重用他,就任命他做了朝廷大司农。后来,韩安国地位不断提升,位至御史大夫,多次率军攻打匈奴,立下战功,是刘彻早期的重要大臣之一,这是后话,且按下不表。

东越战事,是刘彻即位之初的一件大事,它的胜利给予了刘彻很大信心,促使他继续积极推行各项新政,也为他以后抗击匈奴打下了基础。不论是从用人还是从战略战术上,刘彻有了一次真实的体会,就好像大赛之前的热身一样,他做好了各项准备工作,少年天子在实战中一步步走向成熟和成功。

第九章 太皇太后棒喝新政

　　查办皇亲国戚，驱逐在京王侯回归封地，两项措施触怒了权贵，他们纷纷跑到窦太皇太后那里哭诉告状。新政遭到窦太皇太后当头棒喝，刘彻的努力会不会付之东流呢？历来君主年幼容易受到后宫或者权臣操控，难道刘彻也要堕入这个政治怪圈中去吗？……

第一节　风波四起

触怒权贵

伴随着儒家人物在朝廷官员中占据的比例越来越大,他们提出的各项建议越来越受到少年天子的重视,全国上下尊儒重儒的局面越演越烈,汉廷内部出现了强烈的反响。此时的朝廷中还有许多健在的中兴老臣,他们都是黄老思想的忠实信徒,他们不希望儒生夺去他们在朝廷中的地位,他们不会心甘情愿退出历史舞台;也有不少不求上进、沉迷眼前荣华富贵的皇亲贵族,他们担心利益受损,不情愿受到查办、离开繁华的京师。所以,当他们看到儒生因得势而欣喜若狂时,看到皇上开始对他们采取措施时,他们感到格外沮丧,格外害怕。皇上不能依靠,他们只好踉踉跄跄跑进未央宫,跑向窦太皇太后,向这位黄老思想的总代表去诉苦,去乞求帮助。

其实,窦太皇太后始终关注着朝政,始终不放心刘彻,从一开始的下诏求贤,到后来的意欲修建明堂,以及最近窦婴提出的查办皇亲,撵走诸侯,安抚东越,她都一清二楚,了然于心。她罢免了卫绾,以为刘彻会有所收敛;她重用窦婴、田蚡,以为他们会控制这股尊儒的势头。可是事与愿违,事情不但没有到此打住,反而让她越来越难以容忍。

　　跑向未央宫告状的人不断增多,这些人里有诸侯王爷,有皇亲贵戚,也有中兴老臣,他们哭哭啼啼,诉说儒家人物把持了朝政,控制了少年天子刘彻,排斥黄老之说,国家面临危险。

　　一开始,窦太皇太后总是安慰他们说:"皇上热衷政事,这是好事,难道你们希望看到皇上不理朝政,做个昏庸的君主? 再说了,皇上年幼,很多事情需要亲自去做,去磨练才能成熟起来,他既然这么做了,如果我横加干涉,会产生不良影响。"

　　一些老臣说:"话虽然这么说,可您瞧瞧那帮儒生,已经把皇上搞迷糊了。"

　　"不可乱说!"窦太皇太后制止说,"皇上英明睿智,几个儒生就能把他搞迷糊了? 前番罢免卫绾他不是很痛快地答应了吗?这说明他没有糊涂,他不过利用儒生罢了。"

　　打发走了老臣,皇亲国戚进来说:"太皇太后可要为我们做主啊,皇上听信窦丞相和田蚡的主意,大肆检举贬谪我们,还要把我们赶出京城,这可怎么办?"

　　窦太皇太后虽然反对刘彻过分强硬的举措,却不愿正面打击刘彻,担心影响他在朝中的地位,想了半天才沉闷地说:"这也是你们一贯为非作歹的结果,你们安分守己地过日子,还能有今天的厄运吗?"

　　几个窦家子弟不满地说:"窦婴也太不像话了,专门拿我们窦家人开刀,他还是窦家人吗? 他还把太皇太后放在眼里吗?"四十年来,窦家依靠窦太皇太后的关系,形成了庞大的势力网络,他们恃宠怙势,仗势欺人,遭到检举和贬谪的人最多。他们许多人为了加强与皇室的联系,大多迎娶皇室的公主,因此封侯晋爵,身份贵重。公主们过惯了京城里的豪华优越生活,无论如何也不愿意离开京城，回到偏远的封地去，因此，哭哭闹闹，拒不接受新政，赖在京城不走，希望窦太皇太后出面为她们说情。

窦太皇太后听了窦家子弟的话，脸色一变，心里一阵翻滚，她对窦婴也琢磨不透了，他是自己极力推荐的人，他是窦家的人，为什么如此绝情，混到儒生堆里对诸窦展开凌厉攻势？难道要铲除窦氏在朝中的权势？这个窦婴真是不自量力，以为自己做了丞相就可以为所欲为！哼哼！内心的不满会逐渐膨胀，最后会渐渐失去控制，窦太皇太后竭力掩饰，企图不为这些事情影响，但事情还是发展到了她不得不出面的时刻。

直到有一天，许昌跌跌撞撞跑进窦太皇太后宫中，来不及施礼就气喘吁吁地说："不得了，赵绾他们打算修建明堂，占用皇亲贵戚土地，双方打起来了。"

窦太皇太后一惊，放下手中经书，忙问："皇上呢？知道这件事了吗？"

许昌说："皇上哪里管得了他们？前殿内一团乱糟糟，双方各不相让，谩骂攻击，实在是有失体统啊。"

修建明堂，一开始就遭到黄老一派人的抵制，他们不断地提出异议，牵制计划顺利进行。要不然，申公大老远来到京师，见了刘彻就只说了一句话？他看到斗争激烈，觉察出其中危险，不愿就此事受到牵连啊。如今，他作为明堂计划的总顾问，也是不多言不多语，只是默默观察时局变化。果真，计划实施遭到巨大阻力，几个月了，就连明堂地址都依然无法确定。

本来，明堂选择在长安城南，可是这里的土地都是皇亲贵戚的庄园，他们哪肯放弃利益供皇上修建明堂？赵绾等人上任不久，在朝中势力微薄，无法对抗皇亲贵戚，双方几经协商也毫无结果。权贵们骄横无礼,不把儒生出身的官员放在眼里,为了打击他们,刘彻采取窦婴查办贵戚、逐赶王侯的办法,想着以此一面威吓他们,一面削弱他们在京城的势力。权贵们不会束手就擒,他们一面进宫向太后诉苦告状,一面积极行动,决定与新政对抗到底,事情就这样越来越激化。

许昌的禀奏让窦太皇太后吃了一惊,她忙命身边的内监说:"去,传我的旨意,就说时间不早了,皇上也该退朝歇息了,我有事找他,让他回宫见我。"

不一会儿,刘彻来到祖母寝宫,他神情激动,脸上还挂着没有拭净的汗珠,见了祖母施礼问安说:"祖母召见孙子有什么吩咐?"

窦太皇太后脸色沉郁,停了片刻伸手握住刘彻的胳膊说:"孙子,来,坐到祖母身边。"刘彻忙挨着祖母坐下,心里一阵担忧,不知道发生了什么事情,祖母说话如此庄重严肃。窦太皇太后尽量用平静的语气问:"前殿内的大臣都走了吗?"

"刚刚离去。"刘彻回答。

"嗯,好,"窦太皇太后说,"听说他们吵架了,还是为了明堂的事吗?皇上,祖母早就说过,修建明堂太招摇了,几代先帝功绩赫赫都没有那样做,你即位才几天,忙着修建明堂接见诸侯,不适宜。至于历法、服饰、巡狩之事,祖母认为也太冒进了,而且扰民滋事,与我朝无为而治的国策不符合。还有关于检举皇亲国戚等事,祖母知道你一片真心治国,可是操之过急反而不利,也要暂缓行使,不要太莽撞,懂吗?"

刘彻静静听着,祖母已经几次旁敲侧击提醒自己,不要一意孤行做事,可是他怎么肯放弃已经开展起来的新政呢?他怎么肯轻易放弃自己的理想呢？想到这里，他回答说："祖母，各项新政策都是有用的，孙子一心强大国家，不采取措施怎么行呢？虽然现在有人有意见，时间久了，他们看到效果的时候就不再叫嚣了。"

见祖孙俩意见相左，窦太皇太后态度强硬起来，她沉着脸说："皇上，祖母年龄大了，经历了这么多政事，还从没看见像你这样做事的呢！祖母支持你，祖母爱护你，可是你也要尊重祖母，我说的话难道比不上儒生的喋喋不休吗？我见的儒生多了，他们比董仲舒有才能，比卫绾能干，比赵绾、王臧更是强一百倍，知道吗？他们谁也没有得到重用。为什么？还是那句话，儒生们夸夸其谈，除了要大话、玩弄笔墨、迷惑君主什么也不会干，你想，朝廷上要全是这样的官员，那成什么样子啦？你欣赏儒术，可以稍微接触一二，也可以任用几个儒生，可是你不能把儒术作为治国策略，你也不能把朝政委以儒生，明白了吗？"

刘彻很少顶撞祖母，听着她严厉的一席话，也不好当面反驳，过了一会儿才嗫嚅着说："孙子当然尊重祖母，听从祖母教诲，以后我会多加注意。"

总算听到刘彻服软的话，窦太皇太后立刻喜笑颜开，命令宫女们传旨摆宴，让刘彻与自己一同用膳。她特意派人喊来了皇后阿娇，让这对小夫妻陪伴身边，与孙子外孙女在一起，她心情格外舒畅，说了不少话。阿娇自从进宫，虽然做了皇后，却很少见到刘彻，对他不免产生怨言，今日同宴共席，话里话外没少抱怨的意思。窦太皇太后听在耳中，记在心上，点着头说："阿娇，皇上日理万机，政务繁忙，你是皇后可一定要体谅他。皇上，所谓国事家事，你不管多么忙碌，都不要忘记后宫，不要忘记皇后，这是人伦之本。”

经她一说，刘彻有些脸红地没有言语，阿娇却很骄傲地看看刘彻，似乎觉得自己占了上风，管住了这位年少的皇帝丈夫。由于她特殊的出身，在后宫中不仅地位稳固而且非常霸道，除了两位太后，她理所当然谁也不放在眼里，就是刘彻她也管得非常严格，要求他对自己言听计从，不让他接近其他任何女色。正是这种过分的苛求，两个人渐渐疏离，导致婚姻最终走向不幸，这是阿娇无论如何也没有想到的。

经过窦太皇太后多次干涉，刘彻推行的新政策受到很大阻力，而接下来发生的一件事情，让双方的冲突越来越尖锐，终致惹怒了这位当朝至尊，让她开始采取强硬措施阻挠新政。

长公主的哭诉

这件事情还得从长公主刘嫖说起，刘彻登基，她晋升为大长公主，加上皇上岳母的身份，比先前更加荣耀尊贵了，再有母亲窦太皇太后的宠爱，她成为炙手可热的人物，被称作“窦太主”，可见其多么风光。刘嫖的封地在馆陶，也称作馆陶公主，她的丈夫陈午是堂邑侯，他们多年来一直没有离开过长安，在长安府邸内生活。

长安城内有刘嫖的府邸田庄，还有无数前来巴结投靠她的人。刘嫖身份特殊，又是个闲不住的人，自从刘彻当上皇帝后，她势盖天下，为所欲为，一时间，呈现无人可及之势。刘嫖总是念念不忘自己帮助刘彻登储即位的功劳，经常向刘彻邀功请赏。

她的儿子名叫陈须，已经二十多岁了，是个不学无术、游手好闲的家伙，横行长安做了不少坏事。刘嫖不但不善加管教，反而百般娇宠，还要求刘彻封他为侯。刘彻敬重姑母刘嫖，对于她总是有求必应，尽量满足她，可是听到要封陈须为侯，却面露难色，他说："陈须年纪轻轻，既无功劳又无特长，如果封他为侯恐怕难服众望。"

刘嫖不在乎地说："陈须是皇后的弟弟，皇亲国戚，怎么不能封侯？这还不是你一句话的事，他人能管得了吗？"她被眼前的权势遮盖了双眼，看不见身后隐藏的危险，以为天下事情大可以按照自己的想象发展下去，比起她的母亲窦太皇太后来，她缺少了忍耐，也缺少了心智，这也许与她自幼生活无忧，地位尊崇，没有经历磨难有关。

刘彻为难地说："朕刚刚登基，就立刻封赏皇后的亲属，这样不合适。"

刘嫖生气地说："谁敢说不合适？大汉江山是我们刘家的，你是皇上了，还怕什么？！别担心，只要你答应了，你祖母也会支持你。"

刘嫖软硬兼施，意图让刘彻答应自己的要求，但刘彻虽然经常赏赐姑母金银珠宝、田宅土地，对于这件事态度却很坚决，说什么也不同意。刘嫖心有不甘，于是跑到后宫向母亲告状，希望她出面为自己说情。

正当刘嫖为儿子的事前后奔忙的时候，窦婴等人采取措施，开始查办皇亲国戚，逐赶久留京城的王侯们。这两项政策全都触及刘嫖的利益，按照规定，她早就该离开京师，到属地馆陶生活；而且，陈须作恶多端，在这次检举当中受到很多人举报，窦婴亲自出马审理他的案件，准备严格处罚他。

不但封侯无望，还要面临被抓受审的危险，陈须能甘心吗？

馆陶公主

他哭闹着要刘嫖为自己想办法。刘嫖对窦婴的两条政策非常不满,一开始为了配合刘彻巩固皇位,她假装答应离京,也帮着劝说驻京王侯们早日回到封地,这样,女婿刘彻的皇位就牢固了。可是,窦婴做事认真,提出让她带头离京,她就有些生气了,反问窦婴说:"我走了,谁来照顾太皇太后?"窦婴却不客气地说:"太皇太后深居后宫,自然有太后和皇上伺候,你是公主,应该回到封地去。"

刘嫖了解自己的这位表兄,恨恨地说:"你是窦家人吗?太皇太后几次提拔你难道你都忘了?你不仅赶走刘家人,还要追着把窦家人赶走,对你有什么好处?噢,我知道了,你把我们都赶走了,只剩下幼主和太皇太后,他们一老一小,你就可以随意控制他们了对不对?"

窦婴气得脸色发白,哆嗦着嘴唇说不出话来,逐赶王侯的事暂时搁浅了。

现在,陈须落到了窦婴手里,刘嫖知道后,心里非常着急,她想,窦婴自以为是,打着辅佐皇上的幌子消除异己,培养自己的势力,哼,他这点小聪明还能瞒过我? 前番他撺我回封地我没有听他的,现在他一定会拿陈须撒气。这可怎么办? 她一面派人打探消息,一面跑进未央宫向母亲告急,求她务必救救陈须。

窦太皇太后听说刘嫖来了,以为她又是为了儿子封侯的事呢,不以为然地说:“你也老大不小了,做事总是这么着急,须儿才几岁,你慌张什么? 等到皇上权力稳固了,朝政顺利了,他是当朝国舅,皇上还能不封他为侯吗?”

刘嫖着急地说:“母后,别说封侯了,恐怕须儿的性命难保了。”

“什么?”窦太皇太后大吃一惊,“怎么,须儿病了?”

“病了也倒好了,”刘嫖哭丧着脸说,“真要是病了,我也不来给您添麻烦了。母后,须儿落在了窦婴的手里,他说须儿违法乱纪,欺压良民,要将他关押审理。”

窦太皇太后脸色一变,沉默片刻后说:“须儿当真触犯国法了吗? 皇上即位后推行新政,也是为了稳固权势,要是须儿赶在这个当口,可真是倒霉了。”

刘嫖听母亲这么说,心里更急了,哇的一声哭出来,断断续续地说:“皇亲国戚的子孙们哪个没有点小过错? 须儿自幼胆小,您是知道的,他能做什么坏事? 您知道窦婴这个人,要不是您极力推荐他,他能做丞相吗? 现在,外边都在盛传,说他准备赶走京城里的权贵,这样他就权倾一时,无所顾忌了。母后,要是我们都走了,皇上年少,您年龄又大了,朝政还不是窦婴一人说了算? 您想想,他的用心多么险恶! 长此下去,恐怕他还有更大的野心,您忘了,当初,他是刘荣的老师,曾经反对彻儿登储,如今他这么做不可不防啊。”

　　这番话让窦太皇太后心里咯噔一跳,她历经数朝,颇有政见,知道权位争夺历来严酷微妙,变化多端,如果真像刘嫖说的,窦婴的所作所为可真是要提防啦。皇上年少,一味追求功绩,万一被他们利用了,他们孤儿寡母可就身陷困境了。想到这里,她当即让内监们去传刘彻,又对身边的刘嫖说:"你去看看阿娇吧,这些事情我会跟皇上说。"刘嫖说动了母亲,心里有了底,这才放心地起身去见女儿阿娇。

　　再说窦太皇太后,多日来连续不断有人前来向她告状,诉说新政是非,已经让她倍感头疼,今天,刘嫖分析窦婴的一席话,正说出了自己的隐忧,让她寻找到了突破口。其实,她对窦婴很了解,认为他不会有意图不轨的野心,可是,偏偏刘嫖一说,她就迫不及待地相信了,其中缘由恐怕她自己也难说得清楚。

　　窦婴到底是个什么样的人呢?

第二节　矛盾对立

一个叛逆的人——窦婴

　　前面已经多次提到魏其侯窦婴,他是窦太皇太后的亲侄子,也是窦氏家族里最出色的人物,他小时候,与汉景帝一起接受黄老思想教育,是窦太皇太后重点培养的人才之一。他性格豪爽,喜欢结交朋友,轻财重义,能文善武,进取有为,是个性情中人,长大后信奉儒术,排斥黄老思想,与姑母产生了摩擦。他们姑侄最大的一次冲突就是他反对汉景帝传位梁王,这次事件后,窦婴被迫辞去职务,连进宫请安的资格都被剥夺了。后来,七国之乱,窦太皇太后和汉景帝只好请他复出。窦婴不负众望,协同周亚夫一举平叛,立下战功,他因此被封为魏其侯,而且被拜为太子刘荣的老师,地位权势日渐强大,成为当朝屈指可数的人物,前来巴结奉迎他的人不计其数。

　　不想宫闱中风云变化莫测,栗夫人过于骄妒,害得儿子刘荣失去太子之位,长公主刘嫖与王娡又积极运筹,竟然让只有七岁的刘彻荣登储位,做了大汉皇太子。这件事深深刺激了窦婴,他虽然竭尽全力保护刘荣,最终也没有保住他的性命。刘荣死了,他再次愤而辞职,跑到长安城南的蓝田过起隐居生活。从这一点可见他性情耿直,难怪汉景帝说他喜怒形于色,不够持重。

多亏高遂前去劝说,窦婴才恍然明白自己的处境,回归汉廷继续任职。不过,从此后,他与汉景帝产生隔阂,不再像从前那样备受娇宠,追随他的人也对他渐渐疏远。

其中一个人的表现特别明显,他就是田蚡。田蚡善于钻营,一心向上爬,当窦婴身为大将军兼太子太傅时,他不过是一个小小郎官,他姐姐王娡也只是普通嫔妃,不能帮他多少忙。为了谋求个晋身之阶,田蚡投靠到窦婴门下,每天给他请安、伺候、奉食,殷勤备至,比亲儿子还要周到,人们都笑话田蚡低三下四,可他自己总觉得做得不够好,加倍殷勤。可是,刘彻登上储位、王娡晋封为皇后后,一切都变了,田蚡顿时高傲起来,再也不在窦婴面前卑躬屈膝了,随着刘彻登基,田蚡封侯晋爵,也就与窦婴平起平坐了。

窦婴眼见此情此景,却也无可奈何,恰在这时,刘彻重用儒生,遭到窦太皇太后反对,力主罢免了丞相卫绾。卫绾罢相,窦婴和田蚡成为新的丞相人选,窦婴虽然不如从前得势,却因为窦太皇太后的关系和自己在朝中的影响,极有可能拜相,他也始终没有把田蚡放在心上,认为他以前跟随自己,怎么可能与自己争夺相位呢?田蚡呢,极其聪明狡猾,他听从藉福的建议,亲自推举窦婴,这样,窦婴被拜为丞相,成为新的朝政负责人。藉福见自己的计策成功,窦婴势力复起,为了讨好窦婴,他前去对窦婴说:"侯爷嫉恶喜善,重情重义,所以人们都敬重您,许多好心人都愿意为您说好话,我劝说田蚡让贤,他才向皇上推举您啊。"

藉福一番表白,希望窦婴对他有所感激,哪里想到窦婴根本瞧不上他这样投机取巧的人,对他不理不睬。窦婴心想,我拜相是因为我的才能,我有做丞相的能力,难道就凭你一句话,就凭田蚡的推荐，皇上就相信你们？真是笑话。

　　藉福没有讨得好处，心情郁闷，他失望地说："世上也有不少恶人，如果恶人多了，侯爷这种性格也会受到危害。侯爷，要是您能放宽胸怀，不嫉恶如仇，让恶人也感觉您的恩德，不怨恨您的话，您肯定会永远受到宠幸。否则，必定要遭受大祸。"

　　窦婴正是得意的时候，哪里听得进去他这番话，很不耐烦地把他打发走了。后来的事实证明，窦婴恩怨分明，过于直爽的性格确实不适合做丞相。后来他很快被罢相，最终遭受了灭顶之灾。

　　窦婴做丞相，正是刘彻大力推行新政的时候，他作为儒术的信奉者，也积极投入到这场运动当中。为了促使新政顺利进行，他提议查办皇亲国戚，逐赶驻京王侯。这两项措施触动了权贵们的利益，引起了他们强烈的不满，贵族们纷纷跑向后宫，向窦太皇太后告状诉苦。尤其是窦家子弟，几十年来凭借窦太皇太后的关系享福作乐惯了，本以为窦婴做了丞相会更加巩固他们的权势，给他们带来更大的好处，哪成想这个自以为是的家伙不但不为家族谋利益，反而变着法子害自己人，这还了得！于是，谩骂攻击、冷嘲热讽、抵触反抗一股脑地抛向窦婴，抛向这位新丞相，他能不能镇压住这场风波，帮助刘彻推行新政，稳固自己的相位呢？

　　窦太皇太后本来就对窦婴有意见，提拔他也是为了巩固家族势力，可是他一意孤行，推翻黄老思想，明目张胆地采取儒术治国，推举儒生做官，越来越胆大妄为，竟然连刘嫖也要赶走，连刘嫖的儿子也要治罪。怎么办？长此以往，窦婴还把自己放在眼里吗？窦太皇太后越想越生气，她对窦家的这个叛逆子弟无法容忍了,决定对他采取措施。

窦婴作为窦家子弟,没有追随窦太皇太后信奉黄老之术,却一味迷恋儒术,大力推行新政,与窦太皇太后矛盾渐深。他不接受前两次辞职的教训,依然故我地做事,又要再一次尝到苦头了。

这天,窦太皇太后召见刘彻,对他说:"听说窦婴要把刘嫖赶出长安去,这可不行,多年了都是她服侍我,她走了,我怎么办?还有,陈须年幼,即使犯点错误也是正常的,不能让窦婴为难他。"

刘彻无语,他知道这是姑母刘嫖向祖母告状了,如果这两件事不执行,新政恐怕难以推行下去了。

窦太皇太后接着说:"皇上,窦婴做事轻率,刚刚上任就做出这么大动静,你可要提防他。唉,还是先帝英明,当初就看透了他的本质。"

刘彻说:"祖母不要过虑,魏其侯也是性情豪爽的人,他大胆做事,破除陈规旧习,这有什么不好的呢?要是他做事莽撞了,朕会提醒他。"

"哼,"窦太皇太后不屑地说,"我看他太自以为是了,你告诉他,我可以用他,也可以罢免他,让他小心做事,不要招惹是非了。皇上,新政诸事也要重新考虑,我早就说过,那帮子儒生除了说大话还能干什么?文不能治国,武不能安邦,只知道扰乱朝政,用他们有什么好处?汉朝建立七十年了,历代先帝们采取黄老思想治国,国家富裕,百姓安乐,这有什么不好?你非要听信儒生的话,还要以儒术治国,这不是自取其败吗?"

听着这通责备,刘彻默默不语,祖母已经多次对自己明敲暗击,反对自己采取的一连串政策,不过像今天这样声色俱厉还是第一次,看来她是真动怒了。刘彻快速地思索着,轻声说:"孙子听说三代不同法,社会进步需要变革,如果沉溺于过去怎么行呢?"

窦太皇太后听了,脸色一变,凛然说:"什么?你是说我老了吗?说我不合时宜了吗?你是在指责先帝们的错误吗?真是太不像话了!"

祖孙俩谈不到一块,场面顿时紧张起来。

刘彻看到祖母动怒,不再言语。他非常孝敬,从没有顶撞过祖母,历来都是听从祖母安排,朝政也都是向祖母禀报,如果惹怒祖母,他还真不知道该如何是好呢。

赵绾的建议

窦太皇太后出面干涉,新的政策无法推行。刘嫖不走,其他王侯就不会走;陈须不能严惩,其他皇亲国戚也无法严惩;两项措施无法进行,明堂也就成为一纸空谈,连个地址也久久不决。一帮子新提拔起来的儒生急等着建功立业,却无法施展抱负,心情可想而知。

每天,丞相窦婴府里又人满为患,他们大多是新上任的儒生官员,为了新政的事而来。这些人无法执行新政,一个个又焦又躁,忧心忡忡。赵绾和王臧作为新政的大力提倡者,儒生官员的代表人物,特别受人关注,也特别操心出力。这天,他们聚集在丞相府商量对策,赵绾说:"皇亲国戚屡屡对抗新政,既不接受查办也不离京回封地,时间久了,皇上恐怕也没有好办法了。"

窦婴脸上带着怒色说:"还不是背后有人撑腰他们才如此胆

大妄为?!"

　　田蚡富有心机,在这次新政运动中他一开始积极响应,推荐了不少儒家人才,有意扩展自己的势力,随着新政遭到窦太皇太后大力反对,他有些犹豫彷徨了。如今,刘彻三番五次受到窦太皇太后训斥,眼看新政无法推行,他不免产生消极心理,不过,他为人狡诈多虑,做事很有一套,不会轻易放弃任何利益。面对眼前微妙复杂的局势,他决定采取脚踩两只船的办法,所以,他一方面经常进宫给太后和太皇太后请安问好,诉说新政诸事都是窦婴他们干的,一面又积极上朝议事,为刘彻出谋划策,唯恐皇上嫌他不够尽心。这样一来,他左右逢源,比起窦婴和赵绾来都要吃香。今天,他也在窦婴府上议事,听窦婴和赵绾这么说,想了想说道:"丞相说得很对,依我看,他们没有什么能耐,要是无人给他们撑腰,还不乖乖听从安排。赵大人,你是御史大夫,负责监察监督工作,应该积极上奏弹劾阻碍新政的人。"

　　窦婴转脸看看他,意思是说,怎么,弹劾窦太皇太后吗?

　　赵绾也吃惊不小,嗫嚅着说:"太尉的意思是——"

　　话已经说出来了,田蚡不再避讳,他说:"皇上心意坚决,尊儒术,退百家;建太学,用儒生。这都是千古以来难遇的大事,我们身为三公,能不积极支持他吗? 如果这些措施应用得当,我们都是流芳百世的臣子,皇上也将成为古今少有的英武明君。现在遇到这么点困难我们就无计可施的话,怎么辅佐皇上成就大业? 皇上又怎么委托我们重任呢?"他倒是看得清楚想得明白,也有意辅佐外甥皇帝建功立业,所以才急巴巴说出这番道理,意图催促窦婴或者赵绾抓紧想办法,不要半途而废。

　　赵绾受到鼓舞,激动地说:"皇上重用儒生,儒家思想终于走上了政治舞台,这是皇上的英明,也是儒家的机会,我们不能眼看儒术再次受到侮辱,我们要积极行动。"

王臧等人也纷纷表示,应该趁热打铁,帮助皇上下决心推行新政,治理国家。这时刘彻采取的政策实际上是表儒里法,也就是用儒生,行德政;重法制,明国纪。儒家思想从产生到汉朝经历几百年历史,虽然强调入世参政,却没有真正地被单独用于治理国家,战国时期思想纷呈和秦朝初年的焚书之举,大大阻碍了儒术参与朝政的机会。刘彻在这种情况下听取董仲舒尊儒术的主张,并且大力提倡推广,所以赵绾说这是儒家的一个机会。

几经商讨,赵绾和王臧想出了办法,他们说:"既然丞相和太尉都认为后宫干涉朝政,才导致新政无法推行,我们就上奏皇上,请他以后不要把政策方案汇报东宫了。窦太皇太后年纪大了,肯定不适应现在的这些事情,而且身体要紧,还是让她颐养天年,安度晚年吧。"

窦婴素来与姑母意见相左,这次刘嫖事件让两人再起隔阂,他早就不满意太皇太后干政了,只是碍于双方关系不便出口,听赵绾一说,心情豁然开朗,高兴地说:"这个主意不错,不错。"

田蚡鼓动赵绾等人做出这样的决定,心里也很得意,满口说:"还是皇上提拔的人才有魄力,敢作敢为。好,赵大人你就放心去做吧,我和丞相一定全力支持你。"

赵绾本来打算他们一起上奏皇上言明此事,可是窦婴和田蚡却一致表示,他们都是皇亲,提出这样的事情反而不妥当,窦太皇太后听说了还以为是皇上的主意,对皇上不利,对新政也会不利,弄不好事与愿违,还要牵连诸人。赵绾是御史大夫,提议此事是职责所在,即便窦太皇太后知道了也不会怎么样。

　　既然如此，赵绾不再犹豫，他奋笔疾书，连夜起草奏折。第二天，上朝议事，他递上了这道有名的奏折，建议皇上以后国家大事不要向东宫报告，也就是不要听取窦太皇太后的意见，等于剥夺了窦太皇太后的权力。

　　这件事情一经公开，朝野上下顿时像开了锅一样沸腾。窦太皇太后身经四朝，见多识广，权位贵重，辅佐幼主，无人可及，说起来比皇上刘彻还要厉害，还要有权力，大汉江山实际掌控在她的手里，而赵绾不过是一个小小儒生，因为受到皇上赏识，刚刚做了几天御史大夫，竟然出言不逊攻击当朝至尊，是不是活得不耐烦了？

　　早有人把奏折的事报告了窦太皇太后，她一听，冷笑几声，说出了一番令人胆战心惊的话。接下来，不仅儒生们遭殃受迫害，就是窦婴、田蚡，甚至刘彻都难逃一劫。

第三节　太皇太后挫新政

新桓平第二

赵绾上奏折,建议刘彻摆脱后宫干涉,独自处理朝政,触怒了窦太皇太后。多日来窦太皇太后对儒生们非常不满,只是碍于刘彻不便与他们翻脸,这倒好,他们先下手为强,竟敢夺自己的权!她再也不用顾忌,立即派人喊来刘彻,冷笑着说:"赵绾是不是想做新桓平第二?"

新桓平是汉文帝时期的方士。所谓方士,指的是专门依靠鬼神之术骗取他人信任的人,他们谎称神仙或者能够结交神仙,懂得仙术,能助人长生不老等等。古人迷信,特别相信这些人和他们的法术,以求荣华富贵或者长生不老。帝王们生活优越,为了谋求长生,喜欢与方士们交往,也喜欢听取他们的意见。新桓平正是看透了这些才混入后宫,成为汉文帝的近臣。为了讨得汉文帝欢心,达到永葆富贵的目的,他想了一个自以为妙的计策。

新桓平不知道从哪里弄了一个玉杯,玲珑别致,非常好看,他偷偷地让工匠在杯子的内壁刻上了四个字:"人主延寿",然后把玉杯呈送给了汉文帝,十分诡秘地说:"臣多年研习法术,结交仙人,终于感动上天,这是臣在修习课业时仙人赠送给我的,他说皇上您福寿无疆,万年常青不老。"汉文帝正巧身体不适,听了这话当然心花怒放,高兴地赏赐了新桓平。此后,他更加宠信新桓平,新桓平步步高升,做到大夫的高位。

做了高官后,新桓平又趁热打铁,提出了两条建议,一是建议汉文帝改换年号,二是建议他进行祭祀天地的大礼。他还振振有辞地说:"改换年号,从头开始,皇上因此得以长生;祭祀天地,祈求上天护佑,同样可以求得平安康泰。"

汉文帝迷信新桓平,准备按照他的建议实施时,却遭到丞相张苍和廷尉张释之反对。张苍和张释之早就看不惯新桓平弄虚作假、欺上瞒下的作为了,他们暗地派人跟踪调查,发现新桓平毫无真才实学,不过地地道道一个骗子。更为可笑的是,他们追查出了在玉杯上刻字的工匠,工匠一五一十交代了新桓平让他刻字的经过。什么仙人赠杯,竟是新桓平欺蒙皇上的罪证!张苍和张释之向汉文帝禀明此事,并且把工匠带来对证。一问之下,真相大白,汉文帝如梦初醒,大呼上当,他仔细回想一下,连连后悔自己迷信鬼神之道,何等糊涂,痛恨方士欺诈逆行,他当即下旨革除新桓平的职务,把他交给张释之审理。

新桓平恶迹暴露,哪敢顽抗,他只好交代了犯罪经过。张释之秉公断法,判处他大逆不道的重罪,将他灭门三族。

新桓平事件爆发时,窦太皇太后正是汉文帝的皇后,十分清楚前后经过,她对于新桓平的欺诈行为也是满怀恨意,对于他的两项建议记忆犹新。如今,想到刘彻重用儒生,儒生们狂妄的想法与新桓平的提议何尝没有相似之处。在窦太皇太后看来,他们都在利用皇上大搞活动,达到建立功业,以求升官发财的目的。而皇上不过是中了他们的圈套,被他们牵着鼻子走。既然新桓平没有得逞,还能让刘彻重蹈汉文帝被骗的覆辙吗? 所以,她召见刘彻,冷冷地抛出"赵绾想做新桓平第二"这句话。意思很明确,一,她警告刘彻,赵绾心怀不轨,欺瞒皇上,与新桓平一般无二,皇上被骗了;二,她要求刘彻严惩赵绾,就像当年惩治新桓平一样,起码也要判他个大逆不道的罪行。

刘彻听了祖母的话,心里着实为难,他既不认同祖母的见解,又怎么忍心处置赵绾呢? 他低垂着头颅,不敢回话。窦太皇太后见刘彻不言语,心头气急,接着骂道:"你看看你用的这些人,赵绾、王臧,他们都是些什么东西? 且不说他们怎么撺掇你修明堂、搞新政,单说说他们的为人,搬弄是非,挑拨离间,目无尊长,不知孝道,要是先帝还在世的话,只这几条也够他们受的了! 这也罢了,他们竟然明目张胆诱惑你藐视孝道,真是匪夷所思! 我们汉家最重视孝道,这你也知道。你祖父以孝闻名天下,由此受到世人敬重,你父亲秉承孝道,也是以孝为先。这是我朝的制度和传统,怎么,你以为做了皇帝,胆子就大了,就无人管你了,你就可以做个不孝的子孙?! 哼,你这个不孝的东西,还要包庇赵绾他们吗?"

当时,人人讲求孝道,要是长辈骂自己不孝,那是非常严厉的事情。刘彻听祖母痛骂,吓得跪倒在地,慌忙说:"孙子哪里敢做不孝子孙。孙子继承祖业,为了有所作为才下诏求贤,以求江山永固,社稷常青。"

站在旁边的刘嫖担心母亲迁怒刘彻,对女婿不利,忙插嘴说:"皇上年少,都是窦婴和田蚡推崇儒术,说王臧、赵绾等人有才能,所以才用了他们。"

提到窦婴、田蚡,窦太皇太后更是怒不可遏,她打断刘嫖的话说:"别提这两人!他们辜负我的重托,做出这等悖逆之事,也不是东西!皇上,你要是我孙子,要想做个孝贤的子孙,就听我的话,立即把赵绾、王臧捉拿下狱,把窦婴、田蚡免职。"

刘彻呆呆地看着祖母,一时间不知怎么回话。刘嫖却很高兴,忙示意刘彻说:"皇上,太后说得有理,这些人张牙舞爪,也该受点惩罚了。对不对?"

丞相、太尉、御史大夫三公同时被罢免,这可是震惊朝野的大事,意味着朝局大动,也等于架空了即位不到两年的刘彻。他用的人才全部罢免,还有谁能辅佐他呢?

万石君一家

窦太皇太后大发雷霆之怒,要求刘彻罢免窦婴和田蚡,惩办赵绾和王臧,年少的刘彻面临即位以来最大的困境,他究竟何去何从呢?

皇帝年轻的心备受煎熬,他多么不想听从祖母的安排,多么想按照自己意愿行事,可是事情已经超出他的控制能力,他过于激进的行为惹怒了权贵,也触怒了老臣,目前的形势对他非常不利。怎么办?刘彻苦思冥想,感到了回天无力的无奈,他知道祖母势力强大,如果强硬对抗只会让事情更加糟糕,情急之下,他只能被迫答应祖母的要求。他侥幸地想,等到祖母气消了,再恢复窦婴、田蚡的职位,把赵绾、王臧放了。他毕竟年轻,没有充分体会到政治的险恶,对权力也缺少正确认识,不过这一次的失败和挫折,却也是他将来的成熟和成功所不可或缺的经历。

转眼间,汉廷经历了巨大变动,丞相、太尉罢免,御史大夫下狱,什么明堂历法、儒术新政,全都成了一团泡影。刘彻用驷马安车请来的儒学大家申公也遭到审问,刘彻极力保护他,言明他与新政无关,窦太皇太后也听说他见到刘彻,只说了一句话,表现并不积极热情,才勉强放过他。申公幸免于难,草草地收拾行李回老家了。

事情并没有就此结束,窦太皇太后罢免三公,立即开始组建新的朝廷负责人。她讨厌夸夸其谈的儒生,看重少说话多做事的人才,在她心目中,只有这样的人才称得上实干家,才会脚踏实地为朝廷效力,为皇上做事。这次,她亲自出面选拔丞相等人选,并且一再提醒刘彻说:"儒生们就会写文章,写得天花乱坠,读得感人肺腑,可是有什么用处? 我看他们没有能赶得上万石君一家子的。"

万石君何许人? 他就是河内人氏石奋。石奋十五岁时就追随汉高祖刘邦打天下,后来历经惠帝、吕后、文帝、景帝几朝,一直在朝廷做官任职。他为人忠厚朴实,做事谦虚恭谨,虽然没有受过什么教育,却安分守己,处事恰当,合乎情理,无人可比。他有四个儿子,也同他一样诚实可靠。到了汉景帝时,石奋和他的四个儿子都做了大官,每个人的俸禄都是两千石,全家加在一块共一万石,汉景帝欣赏他们父子的人品,送给他一个雅号叫"万石君"。

万石君石奋一家子成为当时忠诚朝廷、本分实在的典范。据说,石奋家教非常严格,他的子孙都是从低级官吏开始做起,没有人因为他而受到特殊提拔。石奋每次退朝回家,总是穿着官服接见子孙,以示互相敬重,不因为他们官职低轻视他们,而且他称呼子孙们的官衔,而不叫他们的名字。经过这种朴素教育,他的子孙从不以官位低而怠慢工作,做什么都兢兢业业,恪尽职责,很有成绩。一旦子孙中有人犯了过错,石奋的教育也非常奇特,他坐在饭桌旁一动不动,既不批评子孙,也不吃不喝。子孙们只好主动责备自己,由其他长辈脱去上衣,露出臂膀向他请罪,并且保证以后不再犯错误。石奋见此,才原谅他们开始进食。而子孙们到了加冕年龄,就算正式成人了,石奋只要看见成年的子孙,即便是平常日子,他也穿戴整齐,戴上官帽,一丝不苟地为他们树立榜样。

石奋的行为举止影响了子孙,他们一家因为孝顺、谨慎而闻名于属地和汉廷,受到世人尊崇,也受到皇室成员敬重。

窦太皇太后特别欣赏石奋一家为人老实、行事谨慎的作风,她多次向刘彻提起他们,也是希望刘彻以他们为标准选拔人才。朝廷高官尽除,窦太皇太后再次提及万石君一家子,打算让刘彻重用他们。刘彻会采纳祖母的意见吗?

这时,石奋早就告老还乡,他的大儿子石建都已是双鬓白发的老人,最小的儿子石庆也已值壮年。刘彻对于石奋不甚了解,对于石建却有自己的看法。汉景帝时,石建就是朝中地位不低的官员了,每当百官聚集一堂,讨论军国大事时,他都表现得非常迟钝,好像不善言辞,又好像不善与人争吵一样,其实他不过明哲保身,不轻易暴露自己的观点罢了。如果没有他人在场,他常常侃侃而谈,发表个人的主张,博得景帝夸奖。汉景帝认为他老实有主见,因此格外信任器重。石建担任朝中高官之后仍不忘孝道,他准时地每隔五天回家一次去给他的老父亲石奋请安。每次,他都是偷着将老父亲换下来的衣服拿去亲自洗干净,然后再交给仆人,让仆人交给父亲,这样做,是为了不让父亲知道是他自己洗的。

　　刘彻参与朝政后，注意到这个现象，曾经提醒父亲说："石建貌似忠厚，实则内含奸诈。他与人同朝称臣，却故意装出笨拙的样子，是对人不诚实；他为了讨好君主而人前人后表现不同，是对君主不忠。我看这样的人多了，对朝廷实在有弊无利。"

　　汉景帝听了，仔细琢磨着说："也有道理，不过他们一家子这样做惯了，恐怕也是旧习难改。"

　　刘彻分析得不无道理，万石君一家子如此谨小慎微做事，墨守成规，不求进取有为，肯定不利于朝廷发展，不适合社会需要。而且，他们以诚实自居，又不敢直面矛盾和问题，充其量只是听话的臣子，怎么算得上能臣贤才呢？

　　刘彻即位后，广纳良才，改革朝政，这一切都与万石君一家极其冲突，刘彻当然不会重用他们。如今，窦太皇太后罢免儒生，再次念及万石君一家，认为他们听话能干，是最好的朝臣人选。刘彻心里想，他们算什么能干，除了按部就班完成指令还能做什么？要这样的人管理国家还不是步步后退，最后能剩下什么？

　　刘彻这样想，自有他的理由，早在做太子时，他就关注过石建的做事风格，认为并不可取。刘彻登基后，一件事情让他对石建认识得更深刻了。有一次，石建批阅文件，发现属吏写的公文上的"马"字少了一点（古代"马"字写作"馬"），不禁大惊失色地说："马有一尾四足，少了一点等于少了一足，这可是死罪啊。"说着，连忙恭恭敬敬地添补上一点。

　　这件事传出后，人们都夸他认真细致，刘彻听了，却摇着头说："堂堂侍郎，为了区区一点大惊失色，虽说做事认真，也太过迂腐了。要是朝臣都像他一样，只知道拾遗补漏，哪里有精力处理别的事？国家还有什么前途？"

　　虽然刘彻清楚万石君一家的作为，对他们"一丝不苟"的精神多次提出异议，认为他们与激流勇进的社会浪潮不相符合，可是，在窦太皇太后怒斥新政，罢免了刘彻任用的高官，朝廷局势变得微妙莫测之际，刘彻为了缓和矛盾，救出赵绾等人，被迫同意祖母的意见，决定任用她提议的人。

第十章　新政失败，刘彻蛰伏

　　进步与顽固总是相生相伴、互为消长，少年刘彻奋发有为、建立强国伟业的梦想一再受挫，赵绾、王臧被迫自杀，窦太皇太后任用新的丞相和御史大夫操控政权。这时，淮南王刘安蠢蠢欲动，觊觎皇位，斗争一波未平一波又起。

　　刘彻在这次失败中是崛起还是沉沦呢？还有什么意想不到的事情等待着他呢？

第一节　新政完败

二臣自杀

由于窦太皇太后阻挠，刘彻推行的新政被迫中断，他提拔重用的朝臣也大多被革职查办。为了防止儒生继续影响朝政和皇上，窦太皇太后采取了严厉手段打击他们，罢免窦婴、田蚡，把儒生官员的首领人物赵绾、王臧下狱治罪。刘彻无奈地面对现实，接受祖母的安排，将朝廷官员换成推崇黄老思想的人物。继任的新丞相是许昌，他一直是黄老思想忠实的信徒；新御史大夫是庄青翟，也是窦太皇太后赏识的人物；新郎中令就是前面提到的石建。他们三人都不是儒家人物，多年来顺从窦太皇太后的指令，深受窦太皇太后信任器重。窦太皇太后还恢复汉景帝时制度，废除太尉一职，以此表示她将与刘彻新政走彻底不同的道路。这样一来，政权基本上操控在窦太皇太后的手中，刘彻成为了有名无实的少年天子。

政权过渡完毕，窦太皇太后并没有对儒生们彻底放心，这天，她召见刘彻，过问处置赵绾、王臧等人的情况。刘彻说："赵绾、王臧辅佐孙子搞新政，虽然行为过激，言辞鲁莽，做错了事，可是念他们还算忠心的分上，把他们打发回家算了吧。"他一心为两人开脱，希望能保全他们。

　　窦太皇太后一听,阴沉着脸说:"怎么,就这么便宜他们? 皇上,我已经派人调查他们了,说不定有让你震惊的事情发生。"

　　果然,不一会儿许昌进来禀奏说:"太皇太后、皇上,臣奉命审理赵绾、王臧一案,发现他们贪污行贿,多行不义,犯有不可饶恕的大罪。"

　　贪污行贿? 刘彻吃惊地瞪大了眼睛,他怎么相信自己重用的人才竟会做出这等劣事呢? 窦太皇太后却露出兴奋神色,连忙追问:"嗯,这两个哗众取宠的家伙竟然做出这等卑鄙事情,你快说说,到底怎么回事?"

　　许昌说:"他们本是默默无闻的儒生,既无功劳又无才能,凭什么做上高官? 臣经过彻查才知道,原来他们贿赂朝廷权贵,得以见到皇上,并以花言巧语骗得皇上信任,扰乱朝政,犯下罪过。"

　　窦太皇太后点着头说:"我说他们是新桓平第二,果然没有冤枉他们! 新桓平以假玉杯欺骗先帝,赵绾、王臧又以花言巧语蒙蔽皇上。哼,皇上,你都听见了吗? 这就是你选拔的人才! 他们合伙算计你,你还被蒙在鼓里呢,像这样的人应该判处极刑,以儆效尤。"

　　刘彻忙问许昌:"丞相,你说他们贿赂权贵,可有证据吗? 权贵指的又是什么人?"

　　许昌看看刘彻,欲言又止。

　　窦太皇太后不耐烦地说:"皇上,你还想包庇他们?! 丞相没有证据能乱说吗? 权贵能有谁? 还不是窦婴、田蚡之流,要不是他们你能接近儒生、采用儒术吗? 我看你越大越糊涂了,窦婴、田蚡罢黜官职、保留侯位已经够便宜他们了,怎么,你还想把他们再揪出来？"

　　真是话不投机半句多，刘彻自幼受到父慈母爱，祖母对他也百般疼护，要风有风要雨有雨，过着无忧无虑的生活。没有想到，即位不到两年，本打算建立功业，却遭到无情打击，一度支持他的祖母不但夺了他的权力，还越发看他不顺眼了。刘彻低头接受训斥，万般无奈地说："祖母，此事关系重大，孙子也想弄个明白，所以才这么问。听祖母教诲，孙子知道是怎么回事了。"

　　"知道了，就该实时做出决定。"窦太皇太后不依不饶地说，"赵绾他们欺君罔上，罪不可恕，丞相，你依照新桓平案件处理他们。"

　　新桓平被灭门三族，这可是极重的处罚，刘彻急忙求情说："祖母，这两件事情不能等同而论，新桓平欺君属实，赵绾他们不过贿赂权贵，证据还不确凿，不能判处极刑啊。"

　　窦太皇太后沉着脸说："你不要管了，丞相自会审理清楚，不会冤枉任何人。丞相，你放心大胆查案，要是牵连到窦婴、田蚡，也不要手软，懂吗？"

　　刘彻求情不成，反而激起窦太皇太后彻底打击儒生的决心，连窦婴和田蚡也不准备放过了。他这才明白政权斗争的残酷无情，心潮起伏，久久不平。当初争夺储位他还年幼，都是母亲和刘嫖施展手段的结果，他做了九年太平太子，文学武略都大有长进，却没有体会到权力斗争的惨烈和无情，如今一朝登基，年少的他终于有了切身体会。这件事，也加重了他巩固皇权、加强统治的信念，为他以后开创大一统的封建帝国提供了不可或缺的经验。

　　刘彻在祖母面前无计可施，又不忍心对赵绾等人施以极刑，他苦闷多时,决定去狱中探望赵绾、王臧。这天,他在韩嫣陪同下微服来到监狱,看见田蚡匆匆走在他们前面进了监狱。刘彻想了想,停在外面没有进去。

原来,田蚡听说窦太皇太后要查办他们,心中害怕,所以赶紧来到狱中,希望赵绾、王臧不要供出他来。他见了赵绾、王臧说:"太皇太后大怒,夺了皇上的权,还要对你们严厉追查。皇上为了保护你们已经与太皇太后闹翻了,恐怕皇位也难保了。"

赵绾、王臧听了大惊失色,他们说:"皇上有什么错?太皇太后不能这么做。"

田蚡叹气说:"谁敢劝说太皇太后?依我看,皇上这次在劫难逃,我也要倒霉了。"

"没有其他办法了吗?"赵绾焦急地问。

田蚡假装思索着说:"唉,许昌、石建都是有名的顽固派,他们好不容易抓住你我的过错,能轻易放过我们吗?他们非要置你我于死地,皇上却是个情义中人,非要保住你俩性命,你说说,这个矛盾不解决,他们怎么肯罢休?"

赵绾、王臧压根不知道许昌查办他们行贿之事,还以为田蚡说的句句是实呢,他们都是聪明人,顿时想通了田蚡话中深意。赵绾大义凛然地说:"侯爷不要说了,赵绾受皇上重用,本来想辅佐皇上建立功业,哪想到事与愿违,我对皇上厚爱无以为报,自知罪孽深重,怎么会连累皇上?"说着,他转身看看王臧,苦笑着说,"看来我们得早走一步了。只要我们不在了,皇上也就不用为此事犯难,太皇太后也就放过皇上,我们舍身救主,虽悲犹荣!"

王臧泣不成声,趴在地上哀嚎痛哭。田蚡冷眼旁观,逐渐放下心来，他想，只要他俩不在了，我也就没有危险了，皇上也不用为他们与太皇太后闹别扭了，真是一举多得。

田蚡劝说完赵绾、王臧，起身走出监狱回府。这边，刘彻一直暗中观察着，等田蚡一走，他转身进了监狱。狱中，赵绾、王臧死心已决，见到刘彻亲来探监，心情更加激动，他们诉说了一通感恩戴德的话，与刘彻挥泪作别。刘彻哪里知道田蚡提前来下的圈套，安慰他们说："你们一定要坚持住，时机成熟了，朕自会来救你们。"

刘彻前脚离开监狱，赵绾、王臧后边就自杀身亡了。消息传来，刘彻大感震惊，他会被这一连串的打击击垮吗？

一个危险的人物

赵绾、王臧自杀，意味着新政彻底失败，儒生们彻底远离了朝政。面对这一切，刘彻有些无法容忍了，他正值年少气盛，接受失败已经不易，还要接受祖母为他安排的诸位大臣，忍气吞声过日子，对于生性活跃、积极进取的他来说无异于形同监禁。刘彻苦闷焦躁，无法继续忍受下去了，当他听到赵绾、王臧自杀的消息时，他再也忍不住了，当即跑向窦太皇太后的宫中，与祖母争辩理论，指责她害死了赵绾和王臧。

窦太皇太后正与阿娇聊天，听到刘彻为赵绾和王臧的事指责自己，气得拍打着案几说："你这个不孝的东西，你父皇在世的时候也没敢这样对待我！你想怎么样？要我死了你才高兴吗？！"

阿娇忙劝说："祖母不要气坏了身体。皇上，人已经死了，你还跑来与祖母计较，这不是惹是生非吗？他们担心罪行暴露，所以自杀了，祖母仁慈，已经下旨不再追究这件事了，我看这已经便宜他们了，要是认真查办起来，他们的罪行恐怕还要严重得多。"

刘彻怒气冲冲地对着阿娇说："你不要多嘴了，朝政大事也是你懂的吗？"

阿娇也不示弱，讥讽地说："朝政？你懂朝政还能惹出这些麻烦？好端端的搞什么新政，我看送给你个皇上都做不好！"她受母亲刘嫖影响，念念不忘帮助刘彻登储即位的事，把这位表弟皇上管得非常严格，动不动就拿此说事，以显示自己的特殊和重要，暗地讽刺挖苦刘彻。每次，刘彻都是默默忍受，很少与她争吵。

可是，今天刘彻正在气头上，他见阿娇讽刺自己无能，多日的苦闷一下子爆发了，怒喝道："你胡说什么？朕即位是先帝的主意，与你何干？以后再提此事，朕就废黜你，你也不要做皇后了。"

阿娇哪里见过刘彻这样凶恶地对待自己过，先是一愣，继而又哭又叫，扑到窦太皇太后怀里断断续续地说："祖母——祖母，您可要为我做主，我做错什么了，他竟要废黜我。他可真是个负心人，当初还说什么盖所金屋子让我住，全都是骗人的鬼话……"

窦太皇太后一手搂住阿娇，一手指着刘彻说："你真不想让我活了吗？你看看，这后宫都变成什么了？这里是你们夫妻吵架的地方吗？你呀你，后宫尚且管理不好，怎么做个好皇帝！"

这里一通吵骂，很快传到太后王娡那里，她来不及细想，匆匆赶往窦太皇太后宫中。一家人聚齐了，王娡又是安慰阿娇，又是痛斥刘彻，忙碌半天才算平息了诸人的怒气。窦太皇太后冷冷地对她说："你看到了吗？阿娇进宫已经快两年了，到现在也没点动静，她总是说皇上对她冷淡，我还不信，今天听了皇上的话我才明白了，他还要恩将仇报呢。"她说的是阿娇迟迟没有身孕这件事。

王娡讪笑几下，蹲在窦太皇太后身边帮她捶着腿说："母后，彻儿年轻，说话难听您就教训他，可不能跟他真生气，气坏了身子可不得了。再怎么说，他也是您的孙子，您看着长大的，您再多费费心教导教导他，过几年长大懂事了，指不定多感激您呢。"她一边说着一边朝刘彻使眼色，暗示他认错请罪。

经过这通吵闹发泄，刘彻心里畅快了不少，他渐渐冷静下来，看着祖母、母亲和妻子这三个与自己息息相关的女人，思前想后，苦笑一声说道："先帝把家庭和江山交给了朕，朕却弄得一团糟糕，将来有何面目与先帝相见。"说完，他扬长而去。

谁能想到，刘彻这次大胆地与祖母、妻子争吵，并且不顾母亲暗示，倔强地离诸人而去，为自己埋下了一颗危险的种子。

这颗危险的种子来自何方呢？他就是淮南王刘安。刘安是前淮南王刘长的儿子，他父亲刘长是汉高祖刘邦最小的儿子，母亲早死，自幼跟随吕后长大。刘长生性娇纵，汉文帝登基时，他们兄弟八人就剩下他们两个了，因此他格外受到关注。汉文帝对这个幼弟关爱有加，有求必应。刘长日益娇纵，目无法纪，朝臣们对他都有意见，汉文帝不得不采取措施，让他离开封国到偏远的地方生活反省。刘长自小过着锦衣玉食的日子，不堪忍受路途艰辛，在路上拒绝进食，还没有到达目的地就死了。追随他的人就编了一首歌谣说："一尺布，尚可缝；一斗粟，尚可舂。兄

刘安像

弟二人不能相容。"汉文帝失去弟弟，非常难过，听到这首歌谣，心情更糟，当时刘长的儿子们年幼，只有七八岁，为了宽慰后人，他就把刘长的四个儿子全都封侯。

刘安自幼聪颖好学，博览群书，以文采见长，他还精通音律，擅长琴瑟，十七八岁时出落得文质彬彬，一表人才。汉文帝很喜欢他，就让他继承父业，做了淮南王。刘安沽名钓誉，在封地内广施恩惠，安抚百姓，结交各路人才，声名鹊起，人们都说他贤能。

刘安是个聪明人，也是个富有心机的人，他时时不忘父亲惨

死的事情，对汉文帝怀有怨恨之心。他自视甚高，常常纵观朝
局，分析诸多皇室子弟，觉得他们都不如自己，认为自己有问鼎
天下的能力，有了这种想法后，他更加努力地博取好名声，以求
达成心愿。为了达到目的，他读书之余，采纳谋士的建议，学习
秦朝的吕不韦，让手下人著书立传，写了不少文章，汇编成册，这
就是流传后世的《淮南子》。书籍流传天下，他声名更大，赞誉满
天，超过了皇室所有子弟，是人们心目中的贤王和皇室的希望。
刘安高兴地看着自己的成果，更急切地为皇位谋划着。他想，当
年汉文帝不过是普通诸侯王，在偏远的代地居住了十几年，以贤
德仁孝闻名天下，受到大臣们拥戴，所以登上天子位，我亲行仁
义，名满四海，为什么不能像他一样做皇帝呢？

　　七国之乱时，吴王刘濞曾经联系过他，他也有意参与造反，
可是他的丞相却用计阻止了他。丞相谎称带兵叛乱，实则带着
兵马抗击联军，确保城池安全。叛乱平定，汉景帝以淮南王坚守
封地，忠诚不二为由，对他奖赏封赐，更看重他了。

　　刘安因祸得福，内心非常得意，他背地里扩充兵力，制造兵
械，仍然没有忘记谋反夺位的计划。无奈七国之乱后，汉景帝削
弱诸侯势力，诸侯们也都安于现状，不敢轻举妄动了。刘安只好
暂且联络自己的几个弟弟，意图达到谋反夺位的目的。

　　刘安有个女儿，名叫刘陵，聪慧美丽，伶牙俐齿，是个才女。
刘彻登基后，刘安就让女儿进京，密切关注朝政变化。刘陵携带
金银珠宝进京，加上公主的身分，很快结交认识了京城权贵们，
成为世人争相交往巴结的贵人。刘陵以自己的聪明很快打进未
央宫，成为窦太皇太后身边的红人，她嘴巴极甜，左一声祖母，右
一声祖母，叫得比亲孙女还亲。窦太皇太后一直喜欢刘安，见他

调教的女儿也如此乖巧懂事,非常满意,经常对刘陵说:"你父亲很久没有进京了吧,你给他传个话,就说我想他了,让他勤来走动走动,都是一家人,不要疏远生分了。"随着刘彻新政失败,窦太皇太后收回权力,朝局经历巨大变动,刘陵觉得机会来了,她派人给父亲送信,说明朝政情况,让他早做定夺。

　　刘安时时关注着朝局,对于朝廷发生的一切心似明镜,他不无欣喜地想,朝政大动,人心不稳,刘彻和太皇太后产生隔阂,我可以利用这个机会有所作为了。他等待了十几年,终于盼来了今天,不知道他要采取什么办法达到目的呢?

第二节 危机又起

刘安进京

刘安打算进京探询消息，于是向手下众多谋士询问有什么好建议。谋士们投靠刘安，大多数为了各人谋求利益，获取地位钱财，他们知道刘安的心意，总是对他阿谀奉承，顺着他的意愿

刘安墓

说话。刘安因此对他们格外宠信，每当听人说自己有登基的可能，就对此人大加封赏；每当听人说天下太平，劝他不要有非分之想，他就非常生气。许多游士纷纷来到刘安门下，不管有无才能，都以谄谀刘安为能事，一时淮南国内各路人才云集，围拢在

刘安周围,他谋反之心也更滋壮了。

这些人里有一个例外,他就是伍被。伍被是淮南中尉,掌管当地兵权,他从七国之乱中得到教训,认为区区淮南,不足以与汉廷抗争,虽然参与刘安谋反策划,却不看好这件事,总是劝说刘安要从长计议。刘安虽然厌烦伍被,却深知谋反离不开他,因此只好接受他的建议。刘彻即位时,刘安以他年幼,总想着取而代之,伍被看出了他的心意,再次劝说道:"大王不要过于急躁,如今天下安定,我听说皇上虽然年少,却下诏选贤,雄心勃勃,采取诸多措施加强皇权,打击诸侯权贵势力,不可小觑。"

刘安不耐烦地说:"依你的意思,我只能蜗居一方了。"

左吴说:"大王不要着急,我看这正是机会。皇上如此搞下去,必定触怒权贵,引起诸侯不安,天下大乱,大王不是正可以趁机起事吗?"

刘安立即转怒为喜,兴奋地说:"对,对,不乱不治,真是上天助我啊。"

他抓紧培养兵士,置办军械,单等朝政一乱,就可以见机行事了。

果然,刘彻即位不到两年,因为新政的事遭到权贵和老臣们强烈不满,窦太皇太后出面干涉,祖孙矛盾不断升级,终于导致朝政大变。前次刘彻在后宫与祖母争吵,并且愤然离去,当然不会瞒过刘陵的耳目,她认为刘彻已经失去权力,失去人心,不过是个傀儡皇上,是夺取天下的时候了。刘安接到密报,联系到最近诸侯权贵们对刘彻的抗议以及朝臣们人心不安诸事,激动地认为可以起兵夺权了。他召集心腹臣属商议此事,伍被依然提出异议,他分析说:"以前,伍子胥曾经向吴王直谏,吴王不听从他的意见，伍子胥说：'臣看见麋鹿野兽出没姑苏台上了。'以此预言国家将要灭亡。如今大王一意孤行的话，臣也只好说：'臣看见王宫内荆棘丛生，露水打湿衣衫的情景了。'"

刘安又惊又怒，担心起兵不成反惹祸端，决定先行进京探个究竟。左吴进言说："大王进京，有一个人可以结交，他会帮你做很多事。"

"谁?"刘安忙问。

"武安侯田蚡。"左吴成竹在胸地说，"他是皇上的舅舅，很受皇上宠信，为人狡诈多智，善于钻营取巧，是个可以利用的人。"

刘安早就知道田蚡，刘陵也多次提起他，是刘陵在京城交往密切的人员之一。不过他是刘彻的舅舅，难道会背叛外甥投靠自己?

左吴看出刘安疑惑，接着说："田蚡与窦婴不同，他权欲心重，不肯放过任何机会，早年为了升官，不惜低三下四给窦婴做'干儿子'。听说皇上这次搞新政，他表面一套，背后一手，明里支持皇上，暗地里却巴结太皇太后和权贵们，还用计害死赵绾等人，是个不折不扣的权术之人。如今皇上失势，他也跟着倒霉，心里肯定不会善罢甘休，大王趁机结交他，他一定会感激涕零，帮着您出谋划策。"

刘安仔细一想，轻声笑道："你倒是看透了田蚡这个人，可惜皇上还蒙在鼓里，指望他辅佐呢。呵呵。"

刘安的太子叫刘迁，虽然只有十几岁，却与母亲一心支持父亲谋反，常常参与父亲密谋的会议，他听了左吴和父亲的话，也跟着笑起来。

接着，谋士们你一言我一语，为刘安设计进京的具体内容和

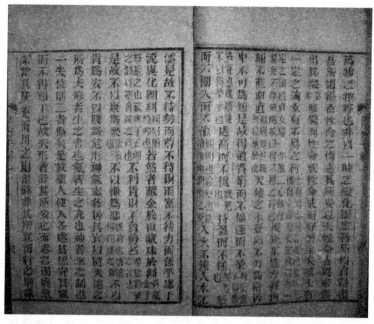

《淮南子》

步骤。会议后,刘安的王后荼向他献计说:"陵儿来信中多次提到太皇太后为皇后没有身孕一事着急,我琢磨着,要么刘彻和皇后感情不和,要么就是没有生育能力,你想,后宫嫔妃无数,皇后不行,其他人也不行吗?所以我大胆估计,恐怕刘彻有问题。"

刘安吃惊地看着王后说:"王后说的是件大事啊。皇上无后,朝政不安,诸侯纷立,天下必乱,这可是关系江山社稷的大事。如果真如王后估计,我更要充分准备了。"

王后说:"太皇太后常常夸你,要是皇上无后,你倒可以劝说她把储位传给你,这不省下起兵的麻烦,还能名正言顺地做皇上。"

刘安惊喜地抱住王后，激动地说："你可真是我的智囊。"是啊，如果像王后说的，刘安真像汉文帝一样以诸侯王的身份登基称帝，实现梦想，自己多年的努力也就没有白费，何乐而不为？

有了两手准备，刘安非常得意地携带《淮南子》一书和无数金银财宝上路了。

刘安进京的消息很快传遍京城，权贵王侯们纷纷回应，都想结交这位名贵，长安城内外无人不讨论淮南王。刘安金鞍银车奔赴长安，一路上，激情难抑，胸怀荡漾，他正值四十岁的黄金岁月，人生经历丰富，才学超人，声名赫赫，满怀野心，这一去，就要面对最重要的时机了，他究竟如何作为呢？

田蚡的阴谋

长安城中热心期待刘安的人很多，田蚡就是其中一个。他罢官之后，只保留侯爵之位，过着赋闲的日子。可是他是个闲不住的人，哪里能够忍受寂寞？眼见皇上失势，窦太皇太后对自己又不理不睬，怎么办？他思来想去，开始寻觅新的途径以求腾达。人心贪婪，他对于眼下富贵还感到不满足，联想当年他出身平民，不过依靠姐姐王娡才得以步步高升，封侯晋爵，位极人臣，刘彻遭受挫折之际，他不但不想办法积极帮助外甥，还自私地谋求个人前途，真是不可思议。

这次，田蚡把目光集中在刘陵身上。自从刘陵来到长安，大肆结交权臣和贵卿，早已与田蚡打成一气，两人互相利用吹捧，成为关系密切的朋友。当时，田蚡刚刚做了太尉，权位贵重，管理全国军队，刘陵为了讨好他，送给他许多财宝美女，有意拉拢他。田蚡来者不拒，接受贿赂，积极引荐刘陵，吹捧刘安。刘陵因此成为未央宫常客,受到两位太后的喜爱。刘安的名字响彻后宫,窦太皇太后总是得意地说:"刘安父亲去世得早,都是先帝养育他才成人,他有了今天的成绩,也是我们皇室的骄傲。"刘安是汉文帝的侄子,也就是她的侄子,他们的父亲刘长去世时,她是皇后,清楚其中因由,今日这么说,也是有意掩饰当年人们对刘长之死的异议。

令田蚡无奈的是,自己的官位不稳,窦太皇太后怒喝新政,不念他的好处,无情地罢免了他。在闲居的时日里,他依然经常与刘陵来往,谈古论今,写书作画,对刘安的《淮南子》怀有敬羡之意。刘陵了解田蚡,也清楚他在王娡和刘彻心目中的地位,别看田蚡一时失势,只要皇上和太后不倒,他总有重新出头的日子。为此,她没有表现出任何不一样,依旧像从前那样对待田蚡。田蚡倒是反过来巴结刘陵,希望她在窦太皇太后面前为自己美言,以求永葆富贵。

不久,田蚡听说刘安要进京,他开始积极准备谋划。为了显示敬重之意,田蚡迎出长安,在驿站灞上为刘安接风洗尘。刘安一路前来,正思量着如何结交田蚡呢,却见他早早地在长安城外迎接自己,心情喜悦。两人把酒言欢,大有相见恨晚之意。席间,田蚡向刘安索要《淮南子》,并且极尽奉承之词赞美,刘安听了,内心舒畅无比,他说:"太皇太后专门嘱托刘陵让我带的,要是她老人家喜欢,我也就心满意足了。"

田蚡忙说:"太皇太后总是念叨大王,您来了,她一定很开心,听说您著书立传,她还说这是皇室的荣耀。"

刘安笑眯眯的,过了片刻才说:"我十分想念太皇太后,要不是国内事务繁多,早就该来看她老人家了。"

　　两人各怀鬼胎，说着言不由衷的话，互相打探对方虚实。

　　灞上是长安城外最近的驿站，负责接待来往官吏、使者等。当时，交通通讯设施不完备，国家只能通过驿站传达各种信息，非常不便利。据说，刘安为了筹备谋反，快速传递消息，曾经在各地私设通讯关卡，成为独立的通讯网络系统，也是私人最早设立的一种通讯系统。可见他确实很有能力和实力，是刘彻政权潜藏的危机之一。

　　刘安和田蚡一边喝酒一边欣赏着灞上景色，说着无关痛痒的话。突然，田蚡笑了，似乎漫不经心地说："唉，太皇太后对我有意见，怨我撺掇皇上重用儒生，这回好了，我无官一身轻。大王这次进京，我一定好好奉陪，让您玩个痛快。"

　　刘安略一思索说："武安侯不要自暴自弃，天下谁不知道你的才能？皇上需要你辅佐，太皇太后年龄大了，到时候还不是皇上说了算。"

　　"呵呵，"田蚡摇着头说，"大王取笑了，我有何才能？像大王您才是真正的贤德之人，名闻天下，可惜偏居一方，不能施展抱负。"

　　刘安侧目而视，一时无法确定田蚡的真正意图，只好打着哈哈说："徒有虚名而已，哪敢在天子脚下枉谈贤德，当今皇上才是贤德的人。"

　　田蚡嘴角挂着笑意，凑到刘安跟前说："太皇太后比你我都了解皇上，她为什么痛下决心治理朝政？明摆着是对皇上不满。文景二帝孝贤天下，国富民强，太皇太后深知其中治国道理，能让皇上瞎搞吗？我们臣子受到拖累无所谓，只是汉家天下有难啊。"

　　刘安见话已至此，也不再避讳躲闪，问道："武安侯这话是什么意思？汉廷太平无恙，人才济济，怎么会有难呢？"

　　田蚡极其神秘地看一眼刘安，想了片刻似乎痛下决心说出了一些令刘安大惊失色的话。他说："皇上登基两年了，至今儿女全无，无子可立。您说这件事情严重吗？太严重了！太子不立，朝局不稳，这是人人皆知的道理。所以我说汉家有难。"

　　刘安联想王后所言，顿时吓呆了，皇上无子这件事非同一般，已经引起多人关注了。他目不转睛地盯着田蚡说："武安侯所虑确实值得深思。"

　　田蚡接着说："大王是高祖的嫡孙，贤德有名，亲行仁义，天下人都在传扬您的美名，依您的德才治理天下必定会超过三皇五帝。皇上一旦出现意外，太皇太后一定会立您为储，接管汉家江山，如此一来，危难自然解除，江山社稷将永葆太平。"

　　刘安听罢此言，心花怒放，他立即命人将携带的珍宝送给田蚡，与他密谈细聊起来。从此，两人关系密切，非同一般，田蚡成为刘安在京城最重要的内线人物。其实，田蚡是个两面派，做事总留有后手，他对于刘安当然也不例外。

第三节　刘彻的对策

王娡骂子

刘安结识了田蚡，大受鼓舞，满怀激动地进京见太皇太后。窦太皇太后听说刘安进京了，亲自召见他，接受他奉献的书籍和宝物，十分高兴。刘安殷勤备至地服侍在太皇太后身边，不亚于当年的梁王刘武，窦太皇太后不无感慨地说："可惜武儿早去了，你们俩自小都爱读书学习，结交名士贤人，先帝很喜欢你们。要是他活着，也有不小成绩了。"

刘安忙说："太皇太后，臣写《淮南子》曾经得到梁王支持，说起来，这本书也有梁王的功劳。"

"是吗？"窦太皇太后惊喜地抚摸着书本，似乎在亲抚自己的爱子，"梁王才学不低，手下名人才子也很多。"她沉吟一下，没有继续说下去。

刘安接着说："是啊，司马相如就曾经跟随过他，现在可是天下数一数二的才子了，辞赋非常有名。太皇太后，臣这次进京也要与他见见面。"

他二人聊天谈地，其乐融融，倒是格外惬意。刘安为了巴结窦太皇太后，请她为太子刘迁指婚。窦太皇太后笑呵呵地说："真快啊，你的太子都该成婚了。好，我一定为他选门合适的婚事。"

刘安称谢说："刘迁十五岁了，娶妻生子是大事，所谓不孝有三，无后为大，我这做父亲的也不敢大意。"

这句话触动窦太皇太后的心事，她脸色有些难看，沉默片刻然后说："是啊，也该早为他们打算了。对了，有件事情你要费费心，皇上娶亲两年了，还没有子女，我担心日后有变，你结交的人士广泛，有机会为他推荐推荐医家，看看有无良策。"

刘安心里一阵喜悦，看来刘陵和田蚡说得不错，太皇太后也为此事着急了。他立即说："太皇太后放心，臣一定尽心尽力去办，不让汉家出现危机。"

窦太皇太后喜爱刘安，当然瞒不过众人的眼睛，刘安在京城的日子也不闲着，广交权臣和贵卿，对他们施以恩惠，扩大自己的影响。丞相许昌等人都成为他的好友，不断为他说好话，进良言，加上田蚡为他四处宣传，刘安成为京城最受注目的人物。他似乎越来越明确地看到有朝一日登基临朝的情景了。

刘安进京，也受到刘彻关注，他自小就知道这位才学出众的皇叔，对他很敬佩。如今，刘安献书送宝，引起京城轰动，他也很高兴，以为这是皇室幸事，哪里料到人心叵测，刘安会有谋逆夺位的野心，舅舅田蚡会出卖自己。

刘彻经常召见刘安，询问淮南情况，探讨文学知识，两人关系融洽，很受人羡慕。刘安当然不会错过机会，在刘彻面前表现积极恰当，为自己谋求更高声誉和地位。在一些善于钻营的人看来，刘安争储的希望更加大了。

但世上没有不透风的墙。刘安四处活动、广结权贵，引起刘嫖注意。刘嫖听人们议论皇上没有子女，刘安有可能争夺皇位的消息，大吃一惊，她急忙赶往未央宫去见太后王娡，与她商量这件事。王娡听了，也是大惊失色，她急急地问："真有这样的事？这可如何是好？"

刘嫖说："刘安极力巴结太皇太后，一看就不怀好意，你忘了当年梁王的事吗？皇上年少，又得罪了太皇太后，大权被剥夺，这样下去终究不是个办法，得想想法子。"刘彻是她女婿，事关己身，她当然不会胳膊肘向外拐，想想看，刘安夺位，皇后阿娇又该如何处置？

王娡想想说："听说武安侯与刘安交往也很密切，怎么没听他提及此事呢？他如今无权无势，也不能帮上忙了。我这就召见彻儿，问问他到底怎么回事。"

刘彻很快来到太后宫中，听了刘嫖诉说的情况，哈哈一笑说："你们多虑了，刘安是个读书人，哪有这样的野心？"

"不要笑了，"王娡气愤地打断他的话，"你知道什么？长公主与我费尽心思助你登储即位，你不好好做皇上，偏偏和太皇太后对着干，这不是自寻死路吗？现在大权被夺，你还不知悔改，不向太皇太后认错，死了两个儒生就跑去大闹，还不与新任丞相等人合作，有你这样的皇帝吗？刘安进京来了，谁人不夸赞他贤德仁义，太皇太后也很喜欢他！告诉你，你这个皇帝就是太皇太后首肯才做上的，她可以立你，也可以废你，她可以随便找个人替代你，你明白吗？"

母亲的痛骂，让刘彻心里又惊又惧，自从与祖母吵架，他就没有去给祖母请过安，也没有去过皇后阿娇的宫中，对于朝政也是不理不睬，采取与祖母对抗的态度。特别是祖母提拔起来的几位高官，他连看都不看他们一眼，每次上朝，丞相许昌等人上

匈奴遗址

奏大事,他都轻蔑地讽刺挖苦他们,不听他们发言议事。这次刘安进京,他经常与刘安泡在一起,或出外游猎,或谈论文学,对于朝政和后宫渐渐疏远。年轻的他只图一时痛快,哪里想到背后暗藏的危机?

刘嫖在旁边也说:"皇上,不是我说你,阿娇进宫也两年了,她过得如何,我这个做母亲的心里清楚。即便她脾气不好,不也是皇后吗?而且太皇太后非常宠爱她,皇上,你们俩可不能心不齐,这会给他人机会的。"

刘彻垂手听她们训斥,心里乱糟糟的,他想,阿娇的事怎么也扯进来了?太皇太后真有立刘安的心思?刘安真有争位的野心?朕这个皇帝已经有名无实,难道他们还不死心吗?

韬晦之计

刘彻无精打采走出母亲宫中,心里杂七杂八地想着事情,突然出现的危机让他措手不及，思绪纷乱，一时难以平静下来。这时，韩嫣带着几个人走过来，他见刘彻神情恍惚，关切地问："皇上怎么了？哪里不舒服？"

刘彻摇摇头说："没什么。"

一名宫女匆匆走了过来，向刘彻施礼说："皇上，太皇太后召见您。"

刘彻眉头微蹙，思索着没有说话。韩嫣见此，提醒他说："皇上，听说边关派回了人员，太皇太后可能为此事召见您。"

自从南宫公主远嫁匈奴，几年来两国边境倒算平安，贸易不断，交往频繁，很多早年投奔匈奴的汉人纷纷回归。怎么边关突然派回人员来了呢？是不是又有什么问题？刘彻想着边境大事，立刻把后宫争斗抛置脑后，随着宫女向祖母宫中走去。

窦太皇太后正是为了边关的事召见刘彻，原来，匈奴单于名叫军臣，他对汉廷富贵十分贪恋，内心并没有放弃侵占大汉疆土和财物的打算。不久前，有一个生意人到匈奴做生意，单于贪图他的财货，让人把他抢了。这个人害怕被害，谎称可以把边关城镇马邑劝降投靠匈奴。单于相信了他的话，对马邑的繁华十分垂涎，让他回去做内线，自己带领十万铁骑攻入武州。由此两国边境再次出现战事，危机四伏。

刘彻见到来者，问明情况知道边境危险，十分气愤地说："两国和亲，匈奴居然违背誓约，太不像话了，朕即刻下令派兵支援边关。"

丞相许昌说："皇上不要着急，臣听说单于宠爱南宫公主，臣想只要我们派使者去见公主，让她劝说单于，并且送去大量粮食、丝绸、茶叶等财物，这场战争肯定会化险为夷。"

南宫公主远嫁后，以美貌和聪明得到单于宠幸，接连生了两个儿子，在匈奴的地位非同一般。而且听说，她的儿子就要被立为太子了。

窦太皇太后点着头说："丞相说得有理，和亲的目的就是平息战争。我听说南宫在匈奴生活不错，很有威望，这就对了，堂堂大汉公主理应如此。皇上，不要动不动就发兵交战，还是要多动脑子想办法。"

刘彻听着他们的话，眼前浮现出与姐姐生离死别的情景，心里一阵阵激愤。他多么想说：国家遭受欺凌，权臣将领无以为计，百万男儿壮士畏手畏脚，却要依靠一个弱女子，这真是让人耻笑！泱泱大国，无力保护子民，却把百姓们辛苦劳动所得奉送匈奴，真是令人气愤！可是，他硬生生地咽下这句话，表情默然地注视着地面，脑海里闪烁着刚刚太后对自己的痛骂，天哪，这两幅画面交替出现，让他觉得无法坚持下去了。

窦太皇太后听刘彻没有说话，追问一句："皇上，丞相已经说了，你就抓紧派人去匈奴吧，还有什么想法吗？"

刘彻定定心神，无可奈何地说："孙子这就去办，祖母尽管放心好了。孙子多谢祖母教训，没有别的想法。"说完这句话，他心里顿时平静下来，猛然间，他觉得自己成熟了，老练了，懂得如何与祖母周旋了。真不知道这是福是祸？刘彻咬着嘴角想。

窦太皇太后满意地说："好，丞相，皇上已经说了，你抓紧物色人选，准备财物去吧。"

接着，她又对刘彻教导一番，大意不过要求他遵循祖制，清净无为，向先帝们学习，不可惹是生非，听信谣言等等。

刘彻默默听着，再也没有提出异议。他总算看清了时局，认识到自己与祖母的力量悬殊，不会再做无谓抗争了。他想起历朝历代政权斗争中，韬光养晦也是一条重要计策。越王勾践卧薪尝胆能够重振江山，晋楚交战退避三舍取得胜利，这都是古人的经验，自己应该从中接受教训啊。要是一味与祖母作对，不但朝廷不稳，恐怕社稷也要遭殃，自己也有可能失去皇位，那样的话，所有的理想与抱负也就化为乌有了。想到这里，刘彻顿觉心情一变，恭敬地说：“祖母，孙子年幼，惹祖母生了不少气，现在想明白了，以后请祖母多多教诲。”

“这还差不多，”窦太皇太后眉开眼笑，“皇上，祖母为你整顿朝纲，你可要好好学学，不要再犯错误了。”

他们说着话，刘嫖走了进来，她不放心刘彻，担心他与太皇太后争吵，再生事端，赶过来查看，却见他们有说有笑，为之一喜，趁机对窦太皇太后说：“皇上年轻，做错事也属正常，以后还指望您多教育。对不对，皇上？”

刘彻微笑着说：“孙子自幼受祖母养育，才有今日荣耀，不敢有任何不敬之念。朝政复杂，孙子以后一定悉心向祖母学习。”

这番表白果真打动了窦太皇太后，她虽然没有放归权力，却不再与刘彻剑拔弩张地相对了。汉廷在她的治理下恢复先前制度，她基本上控制了朝政，刘彻也就过上另一种新的天子生活。

第十一章　新的天子岁月

　　失去权力，并不等于失去信心和勇气，刘彻为了避免与祖母冲突，开始游猎四方，结交豪杰，养精蓄锐。这次，匈奴入侵在他胸中再次燃烧起熊熊烈火，为此，他张贴皇榜寻求出使月氏国的人才，打算左右夹击匈奴，谁会完成这一重大而意义深远的历史使命呢？

第一节 张骞通西域

大胆的想法

刘彻从失败中渐渐醒悟,他无心于祖母控制下的朝政,却又不甘心无所事事、游手好闲地过日子。他怀有理想,是个积极进取的人,怎么能够忍受目前的困境呢?每天除了读书练剑,游猎骑射,他总在寻找新的事情去做,以求安慰自己,以求有新的成绩。

这天,韩嫣为他带来几个人,都是从匈奴回归的。他们骑马来到南山脚下,打猎围捕,玩得很尽兴。韩嫣望着一头猎获的野猪,笑着说:"今天可有一顿丰盛的美餐了。怎么样,比起匈奴地界来这里算得上天堂吧。"

几个人纷纷抢着说:"以前听人说大汉如何富有,我们回来后,算是见识到了。这些消息要是传回匈奴,肯定会有更多人投靠过来。"

刘彻特别关心匈奴的事,问他们:"匈奴兵强马壮,这些年从大汉抢去了不少财物,严重骚扰大汉边境,你们认为有什么办法可以击退他们吗?"他依然念念不忘击败匈奴,永葆边境安稳的决心。

几个人听了,不好意思地摇摇头,其中一个叫堂邑父的匈奴

马踏匈奴

人说道:"两国多次交战,大汉都是无功而返,所以才采用和亲政策。皇上的意思要抗击匈奴吗?"

"对,"刘彻拔箭远射,一只飞翔的雄鹰应声落地,他头也不回地打马跑向雄鹰,大声说,"朕一定要击退匈奴,确保大汉边境安稳,人民安居乐业。"

韩嫣知道刘彻的心思,招呼几个人跟随刘彻前行。堂邑父边走边说:"皇上箭术高超,不比游猎为生的匈奴人差啊。当年,我跟随大军攻打月氏国,就见他们的国王射落过飞鹰,当时我们都很敬佩他。"

月氏国? 刘彻回头问:"月氏国在什么地方? 他是匈奴的敌人吗?"

韩嫣抢着答道:"月氏国在匈奴的西北边,常常受到匈奴欺负,我在匈奴时,单于还经常派兵征讨它。"

堂邑父说:"后来,匈奴大败月氏国,把他们的国王杀了,单于命人剁下他的头当饮酒的器具，月氏人害怕了，扶老携幼向西北逃遁，至今不知流落何方。"

刘彻认真地听着、思索着，突然说："月氏国与匈奴有不共戴天之仇，要是我们联系他们，前后夹击，何愁匈奴不灭。"

韩嫣立即说："皇上英明，月氏国人单势薄，总想报仇却没有能力，要是我们联系他们，他们肯定会积极响应。"

堂邑父面带愁容，摇着头说："皇上，月氏国在遥远的地方，地址不明确，而且，要想与他们交往，必须穿过匈奴地界，危险重重，如何过得去？"

刘彻目光深沉，不容置疑地说："只要有决心，没有做不到的事。月氏国只要还在，就一定能够联系上，与其坐等时间流逝，不如主动出击。"

这件事情很快就奏报窦太皇太后，她想了想觉得与朝政关系不大，而且希望渺茫，不过是刘彻少年心性好奇，打算搞点小名堂罢了，就点头同意了。刘彻下诏寻求出使月氏国的人选，满朝文武大臣无一人应诏，把刘彻晾在朝堂。他们可能与窦太皇太后想法一致，认为这是刘彻的幻想与胡闹，一个无人去过无人知道底细的地方，怎么可能找到呢？路上还要穿过茫茫草地，穿过凶悍残暴的匈奴地界，怎么可能安全抵达呢？

无人回应，并没有熄灭刘彻胸中燃烧的火焰，他经过深思熟虑，认为这个想法虽然大胆，却完全有可能实现，于是他决定贴榜招贤，从全国范围内征求出使寻找月氏国的人。

他的决心和毅力终于有了回报，皇榜张贴出三天后，有人揭榜应诏，要赴远地寻找月氏国。刘彻高兴地接见揭榜的人，为他设宴送行，准备路途所需。他也许没有想到，由此中国开始了走向世界的历史,他也成为中国最早具有世界眼光的皇帝,这次出使成就了他个人的伟业,也成就了汉朝乃至整个中国的伟业。

天子送行

揭榜的人叫张骞,汉中人,他不过是一名郎官。所谓郎官,实际上是皇宫的侍卫人员,相当于今天的保卫干事,地位低,俸禄少。汉文帝时的廷尉张释之就曾经做过十年郎官,因为长久得不到提升,对他的哥哥说:"为了供应我做官,家里花了不少钱,我还是不做官了。"此官位不仅不能挣钱,反而还要往里贴钱,可见其地位之低。

张骞就做着一名这样的官员,他自小性格坚强,善交朋友,是个胸怀理想和抱负、梦想着建功立业的人。作为郎官,每天都做同样的事情,却很难有所成就,张骞渐渐厌倦了这份工作。无奈没有门路结交权贵,无法提拔,他只能默默地等待机遇。

刘彻搞新政的时候,张骞为之激动了一段时间,他看到很多儒生被召进朝廷,做上高官,参政议事,也跃跃欲试。可是还没等他行动,窦太皇太后一记棒喝,新政完了,皇上也失去权力,朝政又恢复昔日的沉朽平静,张骞只好死心塌地地继续做郎官,为一日三餐谋划。他是骑郎,负责皇宫人员的马匹出行等事宜,因此经常远远地见到刘彻,为这个少年天子豪迈大胆的举止吸引,常常暗自发出敬佩之意。有一次,刘彻外出游猎,亲自射中一头大熊,张骞听说后,跑去观看,见到形体硕大的大熊,不无感慨地说:"天子真是神人。"还有一次,刘彻听说河内发生火灾,烧了上千户人家,就派曾为太子洗马兼自己老师的汲黯去视察安抚,结果汲黯去了后回来说:"家里失火,烧了房子,没什么忧虑的。臣从河南走,看到那里水灾成祸,淹了上万户人家,百姓无以生存,自相残食。臣拿着皇上赏赐的使节可以调动地方

张骞像

官吏,就趁便打开河南仓库赈济灾民了。"刘彻不但没有怪罪他,反而夸奖他贤德。张骞听说这件事后,见到汲黯说:"皇上信任儒术,却依旧重用你这样信奉黄老学说的人,让你这样的怪人留在朝廷,皇上真是胸怀宽广。"汲黯性格倔强,不注重礼节,常常当面指责他人,直来直去,不给人留面子,喜欢的人就交往,不喜欢的人却一刻也不容忍,对于刘彻也屡屡直谏,毫不留情,所以世人都把他当成怪人。

张骞深深佩服刘彻的进取精神,认为他必将成为具有雄才大略的英主明君,对于他打算与月氏国交往的大胆想法非常钦佩,他满怀激情揭下皇榜,进宫见驾。

刘彻贴出榜文后,焦急地等待着消息,三天了,终于有人揭下皇榜,他非常高兴,立即召见张骞。刘彻上下打量张骞,只见他二十岁上下,身材健壮,精神抖擞,眉宇间流露出坚毅神色,一

双眼睛透露着正直的光芒。刘彻满意地点点头,问道:"张骞,此去路途艰险,前途未卜,你揭榜应诏,难道不怕吗?"

张骞施礼回答道:"臣敬佩皇上远大的目光,也痛恨匈奴屡屡骚扰我邦边境,能够为国家安定贡献力量,这是臣的心愿。不管路途多么险阻,臣必定不负圣意,不辱使命,一定想尽办法完成任务。"

"好!"刘彻激动地说,"朕佩服你的雄心壮志。月氏国位置不明,路上又要经过匈奴地界,充满了危险,你有什么要求和想法尽管提,朕一定全力满足支持你。"

张骞说:"臣奉命出使,路途遥远又陌生,臣想多带人马前行,以防万一,臣也想带着熟悉匈奴环境的人员,确保顺利通过匈奴地域。"

刘彻同意了,他说:"你只管放心挑选人才,只要你相中的都可以带走。"

张骞接着说:"皇上能够张榜选才,臣也要学习这种开明的做法,臣请皇上再次张榜,愿意跟随臣去的自然会主动应诏。"

于是,刘彻下令贴出第二道皇榜,把张骞将要出使月氏国的消息公布于众,希望有志之士踊跃报名。

张骞品性贤良,为人大度,虽然年龄不大,却有一定的名声,人们听说他奉命出使月氏国,得到皇上重用赏识,一时传为佳话。许多年轻人走出家门,走向应诏之路,打算跟随张骞探寻未知世界,建立伟大功业。刘彻看到众人响应,格外开心,把挑选人员的工作全权交给张骞,对他说:"你根据情况选拔人员。另外,朕为你推荐堂邑父,他是匈奴人,看看合不合适做你的向导。"

张骞对堂邑父格外看重，两人很快成为至交。他受命选拔人员，从众多应诏者中选出了一百人。接着，刘彻下令准备充足的车马财物，供张骞出使应用，并为他亲写国书，以赠使节，作为大汉使者的信物。

公元前 138 年，张骞带着一百人收拾齐备，准备踏上西去的道路。刘彻送出长安，到灞上为他们饯行。酒席宴上，刘彻亲自为张骞斟酒祝愿："你是大汉的使者，身负重命，望你不要忘记大汉的国土，百姓的期待，朕祝愿你一路平安，成功归来。"

张骞接过酒杯一饮而尽，眼含热泪说："臣此番远去，不管遇到什么艰难险阻，都不会背叛国家，不会忘记皇上的深情重托，不完成使命誓不归来！"

宴罢启程，刘彻弯身捏起一撮土，放进一个金色木匣里，交给张骞说："故土难别，你此去千里迢迢，见此如见朕，如见大汉国土臣民，望你一路保重。"张骞揣好木匣，挥泪而别，带着人打马向西而去，冲去茫茫未知的世界。刘彻骑马送行，送了一程又一程，不忍离去。

张骞通西域的伟大意义

谁曾想，君臣这次分别，一别就是十三年。张骞带着人穿过匈奴地界时，被他们扣留，在匈奴整整生活了十一年，可是张骞不忘刘彻嘱托和身负使命，始终没有变节投降，在堂邑父的帮助下逃离匈奴，一路西去，沿途经过大宛，终于寻找到了月氏国，开创了大汉与西域各国交往的历史。

西域指的是玉门关和阳关以西、葱岭以北、巴尔喀什湖以东以南、天山南北的今新疆地区，西汉初年，西域与汉朝中间隔着

匈奴,被匈奴控制,汉朝与他们几乎处于隔绝状态。当时,西域
分布着大小三十多个国家,有的国家几十万人,有的国家才几千
人。他们有的过着逐水草游牧的生活,有的依靠沙漠绿洲,种植
五谷过着定居的日子。这里物产丰富,例如,于阗国生产玉石,
天山以北的国家则以骏马闻名天下。

西域国出土画作

公元前 138 年,即位刚刚两年、不满十八岁的刘彻为了联合
月氏国夹击匈奴,派遣张骞出使西域。张骞奉命远行,被匈奴扣
留十一年后仍然不忘使命,几经周折通过大宛终于找到月氏国。
他本来以为月氏国在北方,在匈奴的日子里才得知月氏国迁往
西方了。他一路西行,首先来到大宛,大宛国王早就听说过大
汉,十分向往汉朝的繁荣强盛,表示愿意与汉朝交往。张骞以大
度的胸怀接纳了大宛国王的请求,留下信物,对他说:“我回去禀

报大汉天子,天子一定会送来数不尽的财物和珍宝,实现你的愿望。"大宛国王很高兴,他派人帮助张骞前往月氏国,继续完成使命。

月氏国原来在祁连山一带游牧,被匈奴击败后一路西迁,曾经发誓报仇。他们迁往阿姆河流域,那里气候适宜,物产丰美,生活安定下来,新继任的国王是原国王的王后,她脱离匈奴魔掌,觉得当下生活安逸,不愿意再与匈奴打仗。不过,当她听说大汉富饶繁华的盛景,也十分羡慕,表示愿与汉朝交往。张骞离开月氏国,陆续游历了其他几个西域国家,了解了西域的情况和西域人想与汉朝交往的愿望,辗转回国。没有想到,回归的路上,他们再次被匈奴抓住,又被关押一年多,等他们逃脱匈奴回到长安时,同去的一百人只剩下了张骞和堂邑父二人,这已经是公元前125年,距他们离开长安整整十三年!

十三年的艰辛没有磨灭他们的意志,没有动摇他们的决心,没有改变他们的爱国热忱,这份力量令无数后人敬仰赞叹,成为大汉民族的骄傲。此时,与匈奴的战事屡屡发生,虽然张骞没有说服月氏国,但是他的壮举足以让已经成熟地控制朝政的刘彻感动流泪。刘彻高度评价张骞出使西域的意义,提升他为太中大夫,让他负责西域事宜。

公元前119年,匈奴被汉朝击败,无法阻碍汉朝与西域各国的交往,通往西域的道路已经打通。刘彻再次派遣张骞出使西域。这次,张骞率领庞大的使团分头访问西域各国,西域各国通过张骞了解了汉朝,也纷纷派遣使者来到长安。他们见识到汉朝的繁荣与强盛,无不流露惊讶欣羡之意。刘彻礼貌地接见他们,并送给他们大量贵重礼品,让他们带回去交给各自的国王。

各国本来就有意结交汉朝,见到汉朝贵重的礼物,听说大汉天子的诚意,都高兴地前来归附。这次出使建立西汉与西域各国的友好关系,加强了经济文化交流,促进了西域的开发。

张骞通西域之后,中国的丝和丝织品,源源不断地从长安运出,经过河西走廊,今新疆地区,到达中亚、南亚和西亚,形成了著名的丝绸之路。

透过丝绸之路,中国的凿井、冶铁等技术传到西方;中亚的葡萄、黄瓜、胡萝卜、大蒜等农作物,罗马的毛织品、玻璃等手工艺品和杂技,以及印度的佛教传入中国。

敦煌画作　张骞通西域图

西汉开始了经营西域的活动,到了公元前 60 年,西汉设立西域都护,对西域进行政治、军事管理,保护商旅往来。这是新疆地区归属中央政权的开始。凿通西域,开辟丝绸之路,这一伟大的壮举影响了中国和世界。据说,在古代罗马,丝绸的价值相等于同样重量的黄金。罗马人以能穿上中国丝绸为荣。有一次,罗马西泽大帝(公元前 100～前 44 年)穿着一件华贵的中国丝袍到剧场看戏,引起全场轰动,被看做绝世豪华。

　　张骞通西域,让中国走向了世界,让世界认识了中国的强大,这震慑古今的举动来自一个少年天子大胆无畏的决策,不甘服输和勇于探知未来的精神。正是这一创举,让刘彻成为世界上最伟大的帝王之一。抚今追昔,谁不为少年天子刘彻所震撼,谁不为张骞所感动,大汉张扬的民族气节是后人永远的仰望。

第二节　游猎四方

喜欢打猎的皇帝

回到张骞第一次离开长安远赴西域的日子,刘彻打马远行送走张骞,依然驻马观望,直到张骞等人的身影消失在茫茫尘埃之中,直到随行的侍从几次请求他回宫,他才恋恋不舍地调转马头,心事重重地走回长安,走回未央宫。

张骞走了,刘彻的生活又恢复到昔日的状况,为了散心,为了避免与祖母发生冲突,为了稳住皇位,他开始了游猎四方的日子,这是他韬光养晦之计的一个方面。在人们眼中,那个进取有为、敢说敢做、胸怀天下、思想活跃的皇帝不见了,代之而起的是一个只知游猎玩乐、无心国家政事、毫无进取之心的傀儡天子。这一切的背后,将会隐藏着什么样的故事呢?

说起射猎,这是刘彻的强项。他自幼练习骑射,喜欢围捕射猎,多次在皇家园林内射杀野兽,身边的人都很佩服他。汉景帝时,儒生辕固生被窦太皇太后扔进野猪圈,他曾出面相救,后来,随着年龄增长,他的身体强健,武功高强,更把射杀野兽当成乐事。他个性好强,尤其喜欢挑战大型野兽,诸如狗熊、野猪等等。每次打猎,遇到大野兽,他都会奋勇上前,亲自搏杀。有一次,他带着几个人在南山打猎,天色渐晚,突然一头大野猪冲出来,野猪体形硕大,凶相毕露,吓得诸人连连后退。刘彻面不改色,拔箭射去,射中了野猪的耳朵,野猪狂怒了,嚎叫着向他扑去,刘彻急忙闪身避开,拔出宝剑与野猪厮杀。几个来回,刘彻沉着应战,瞅准机会一剑砍中野猪的脖子。顿时,野猪哀嚎一声,拼尽力气做最后一扑,刘彻再次闪开,与野猪巧妙周旋,终于,野猪血流太多,躺下去不动了。侍从们这才赶过来,七手八脚捆住野猪,把它拖到马车上。刘彻经常不顾危险搏杀野兽,引起汉景帝担心,他叮嘱说:"你是太子,做这种事太危险了,以后要注意安全。"

刘彻却说:"与野兽搏击,锻炼敏捷的身手和反应能力,这点危险不算什么。"

此后,他依然常常外出打猎,每次遇到大野兽还是亲自上阵,乐此不疲。时间久了,汉景帝见他身体更加健壮,胆量也比以前增大,就很少管他。刘彻由此聚集了一帮热爱打猎的朋友,他们一有时间就外出行猎,呼啸山林,倒也豪迈壮观。

自从做了皇帝,刘彻一心忙于新政,没有时间外出,对于行猎生疏了一段时间。现在，刘彻失去权力，成了有名无实的天子，他有足够的时间行猎了，于是，行猎的队伍再次组织起来，一群血气方刚的少年聚集在刘彻身边，外出打猎，忘乎所以。

刘彻日日游猎，很少关心皇后阿娇，这引起她不满，她就到窦太皇太后那里告状，对她说："皇上天天出去打猎，这哪像个天子？而且他喜欢搏击野兽，这也很危险。我劝他他也不听，祖母，你管管他吧。"

窦太皇太后表情淡漠地说："皇上总是让人操心，好了，你把他叫来，我说说他。"

刘彻被召进祖母宫中，窦太皇太后冷着脸对他说："你还跟小时候一样不让人省心，听我的话，即便不能做个好皇帝，也要做个普通皇帝，派张骞去寻找什么月氏国，还要游猎四方，这都是你应该做的事吗？"

刘彻抱定主意不与祖母争吵，所以默默听着并不反驳。窦太皇太后其实清楚他游猎的目的，也觉得这样一来朝政更加稳当，乐得如此，不过碍于皇后阿娇哭诉，近日又听到大臣们对此颇有异议，担心刘彻做出过分举止才轻微地提醒他一下。她看刘彻不言语，也不愿深究，又说了三言两语就把他打发走了。

要是以前，刘彻不会在意祖母批评，可是现在他虑事全面了，为了防止祖母干涉，防止大臣们发现，又不耽误游猎，他想出个新主意。他微服易装，扮成贵公子，假称是平阳侯。平阳侯是他姐夫曹寿的封号，曹寿娶了平阳公主，所以赐封平阳侯。他又命打猎的一伙人等候在宫门外，与他们约好时间，每天天未亮，他们就骑马驾车奔上游猎的道路了。

一开始，刘彻等人不过在长安近郊打猎，他们在终南山打鹿逐兔,行猎游玩,随心所欲,悠闲快哉,似乎忘却尘世烦恼,过着神仙一般的日子。就在这时,一件事情发生了,刘彻的游猎日子能否继续进行下去呢?

游猎风波

一天,刘彻带着众人在终南山麓飞奔射猎,只见野兔四处逃奔,飞鸟慌乱啼叫,鹿走狐跳,马追人喊,真是一派热闹景象。一行人马越追越欢,哪里顾得上良田与荒野,顿时,一大片庄稼被踩毁,又一大片庄稼被践踏。早起的农民来到田间,看到辛辛苦苦种植的庄稼被毁,心疼非常,高声叫骂。刘彻打马跑在最前面,眼看就要追上猎物了,掏出弓箭正要远射,忽然听到有人大声叫骂,他慌忙勒住马匹收起弓箭观望。细看之下,他心惊肉跳,怎么,这么多庄稼被马匹和猎物践踏了?

农民们围上来,扯住他们就要理论。韩嫣呵斥他们说:"不就是几棵庄稼吗?有什么了不起的,我们跟随平阳侯狩猎,你们不要惹是生非。"

农民们不依不饶,叫喊着:"平阳侯就能践踏庄稼吗?这也太强词夺理了。这是天子脚下,难道没有王法了?"

刘彻急忙打马过来,对农民们说:"平阳侯也不能践踏庄稼,你们说得对。来人,看看糟蹋了多少土地,给他们补贴。"

几个侍从留下来交涉此事,刘彻带着其他人继续追赶猎物去了。这次,刘彻要求他们行进小心,不能践踏任何一点良田。他没有想到,留下交涉的侍从们没有满足农民要求,双方调解不成,再次大打出手,并且将战火引到了他身上。

原来,侍从们瞧不起农民,没有按照刘彻吩咐办事,私自扣留补贴农民的钱财。农民们不满意，双方争吵不休。后来，有人到县衙门告状，请县官派人管理此事。此地关系到两个县——户县和杜县，两地县官听说有人游猎此地，还践踏百姓土地，心想，天子脚下，什么人如此胆大妄为？皇上多次下令注重农事，我们也不能不管。他们立即派人前去围捕刘彻他们。

兵丁来到田间，农民们也操起耕作用具，很快将刘彻等人围困起来。刘彻惊讶地看着眼前情景，心里叫苦不迭。韩嫣担心刘彻受伤，走出来说："我要见县长说话。"

兵丁嘿嘿笑着说："县长正在衙门等着你呢，走吧。"说着，把刘彻一行押往县衙。堂堂天子，被押至县衙受审，这也是千古奇谈了。刘彻叮嘱手下人不要轻举妄动，到了县衙门说清楚，也就罢了。

可是，两地县长根本不听他们解释，见韩嫣拿出天子专用弓箭，冷笑着说："你们先冒充平阳侯，接着又说是天子，说谎都不会，真是够笨的。就你们冒充之罪，足可以判个大逆不道了。"

刘彻见他们不信，想了想指着随行宝马说："这是朕的御用马匹，马鞍器具都是专用的，这回你们该信了吧。"

两县长面面相觑，不知道该不该相信，他们嘀咕道："看他的东西都是皇上专用的，难道真是天子？""不对呀，他要是天子，还能听你我审问？对你我如此客气？再说他身边侍从都是身手不凡的人，还能乖乖被俘来到县衙门？""可是看他气宇不凡，满身贵气，应该不是平凡之辈。"

他们左右为难，可急坏了韩嫣等人，生怕夜长梦多，横生事故对刘彻不利，他断喝一声："你两个有眼无珠的家伙，是不是活得不耐烦了？"

　　两县长对视一眼,想到此地离长安不远,听说皇上喜好打猎,极有可能真是皇上。看他手下人个个不同寻常,还是不要招惹是非了,即便不是皇上,不过糟蹋几片庄稼地,让县里补贴百姓就算了,还是放走他吧。于是两人慌忙跪倒,对刘彻磕头说:"小人们有眼无珠,还望皇上大仁大德不要计较。"

　　刘彻笑着说:"计较什么,本来就是朕做错了。你们秉公做事,爱护百姓,朕看应该奖励你们。"

　　什么?两县长似乎接到天上掉下个大馅饼,惊喜得合不拢嘴。他们抓捕皇上,皇上还夸奖他们,哪有这样的好事?他们一个劲磕头不止。

　　刘彻笑笑,让人留下补贴百姓的钱财,带着人马离去了。这个故事本该到此结束,可是刘彻因此清醒,他不愿意看到因为自己的爱好给百姓带来麻烦,又想出了一个新办法。

第三节　遇险情与巧用人

风波再起

在长安周围射猎范围狭窄,很容易损害到百姓的田地,也不能尽兴。刘彻少年豪情,兴之所致,决定涉足远方,射猎游玩,如此既可以满足打猎的情趣,又不至于危害百姓,何乐而不为!

随即,刘彻带着人马开始了游猎四方的日子。他们行程越来越远,渐渐离开长安几十里甚至几百里,最北到陕西泾阳县,最西到陕西兴平县黄山宫,最南到陕西周至县的长杨宫,最东到陕西西安东南的宜春宫。有时为了追寻猎物,他们还能突破这个范围,到更远的地方去。如此算来,刘彻的行踪广阔,游历很多,从这件事上也可以看出他豪放勇敢、眼光远大的个性。也许正是这种放怀于四野的豪情,锻炼了他无畏的精神和宽广的胸怀。

在这种忘情于山野的游猎岁月里,一件意想不到的事情发生了。有一次,他们一路追逐猎物,不知不觉天黑了,竟然闯到柏谷县境内。这时,刘彻看手下人都累了,而且此地远离长安,

就让他们找旅店住下,准备第二天再赶回长安。柏谷县离长安
三四百里,谁能想到皇帝夜晚来投宿。

随从们按照刘彻旨意去寻找客店,他们都是皇帝近侍,平日
里连文武大臣见了都礼让三分,哪里把一个小小柏谷县放在眼
里。可是他们想错了,更做错了,他们指手画脚的行为很快为他
们带来了麻烦。众人趾高气扬地走进一家客店,吆喝店老板前
来伺候。一名随从还大声喊道:"快点,快点,准备饭菜茶水和干
净床铺。"

店老板没好气地说:"等一等。"

原来,店老板是个血性之人,最见不得有人嚣张傲慢,看这
伙年轻人身带刀剑,举止狂野,错把他们当成强盗了。

随从说:"等什么,先端上茶水来。"

店老板冲他们怒吼道:"茶水早就没了,尿倒有。"

随从大怒,上前就要与店主厮打。这时,刘彻随后走进客
店,连忙制止随从,不让他无理取闹。店老板找个台阶赶紧溜到
后面,他对这伙年轻人始终不放心,一面嘱托妻子暂时照应他
们,一面偷偷召集了镇上的一帮年轻人,准备暗地捉拿刘彻
他们。

店老板的妻子是个聪明人,她察言观色,对丈夫说:"我看这
些人带刀拿剑,不是些平凡人,尤其那个领头的,你看他虽然穿
着朴素,却有一股凛然不可侵犯的贵重之气。依我看,这群人根
本不是强盗,倒像是贵族子弟,你不要乱来。"

店老板不耐烦地说:"妇道人家有什么见识,贵族子弟能跑
到我们这个偏僻小地方来? 我仗义行事,有什么不对? 既然他
们落到我的手里,我就不会让他们继续危害一方了。"

　　老板娘说不过丈夫,想了想说:"这样吧,我看他们人多势众,又携带兵器,恐怕不好对付。你还是先等等,半夜时分,他们都睡着时再动手会有更大把握。"

　　店老板觉得有理,就同意了妻子的意见。老板娘十分殷勤地为他烧菜烫酒,并劝他多饮几杯,壮壮胆气。店老板是嗜酒之人,喝着喝着就管不住自己,在妻子的劝说下很快喝得烂醉。妻子生怕他酒醒了再闹事,就拿绳子把店主捆起来。然后,她劝走丈夫召集的镇上青年,来到前厅,为刘彻等人准备丰盛的饭菜。而刘彻他们为了防止事态恶化,一直耐心地待在客房里,好几次,随从们都想冲出去找店主理论,都被刘彻制止了,他说:"我们深夜投宿,要懂得店家规矩,不能惹是生非。你也该明白,要不是你们过于招摇,能惹出这场风波吗?"随从们垂头丧气,不敢应声,可是皇上都忍受了这样屈辱,他们还能怎么办?

　　现在,老板娘大事化小,小事化无,她出来说明事情前后始末,刘彻他们这才放心大胆地吃饭喝茶,心情为之一爽。第二天,刘彻一觉醒来,辞别老板娘,带人回长安了。回到长安,他立即命人召见店老板夫妇入朝。店老板夫妇吃惊不小,自己平民百姓,怎么皇上突然召见?他们怀着忐忑的心来到长安,走进浩浩未央宫,见到天子刘彻,顿时吓得腿都软了,扑通跪倒在地磕头不止,话都说不出来。刘彻笑吟吟地看着他们,说出一番令他们更为惊讶的话。不知道刘彻到底如何对待店老板夫妇,是惩罚还是奖赏?

巧用人才

　　刘彻看着店老板夫妇,微笑着说:"你们还认识朕吗?前几天到你家客店投宿,朕可是记忆犹新。"

老板娘结结巴巴地说:"皇……皇上,我们做错了,做……做错了,您大人不计小人过,饶了我们吧。"

店老板跪在地上,一声不吭。

刘彻依然笑微微地说道:"谁说要惩罚你们啦? 朕召你们进京,是为了奖励你们。"

奖励? 店老板夫妇更加吃惊了,不明白皇上到底是什么意思。

刘彻说:"老板娘随机应变,护驾有功,朕赏赐你黄金千斤。"

老板娘听了,张大着嘴巴,半天才回过神来。当时,中产人家一年的收入大约黄金百斤,一千斤黄金等于十年的收入,这一下,老板娘可发财了,她激动地磕着头说:"皇上,民妇救皇上是应该的,皇上赏赐民妇,真是让民妇羞愧啊。"

"不用客气了,"刘彻说,"这是你应该得到的。"他看看店老板接着说:"店老板,你有什么说法吗?"

店老板见刘彻赏赐妻子,又是喜悦又是惊惧,心想,救皇上有赏,密谋害皇上岂不是罪加一等? 听到刘彻问话,他战战兢兢地说:"我——我以为你们是强盗呢。"

老板娘赶紧瞪一眼丈夫,怪他不会说话,替他说:"我丈夫平日里结交豪侠,喜欢做些行侠仗义的事,那天多喝了几杯,就不知道天高地厚了,皇上您可要原谅他啊。"

刘彻故意试探老板,听他憨直地说出心里话,不但没有生气,反而认为他性格耿直,为人豪爽,不欺软怕硬,是条好汉,十分高兴地说:"店老板警惕性高,不畏强梁,是个人才。这样吧,开店委屈了你,不适合发挥你的特长,你就进宫做朕的护卫官如何？"

汉武帝立无字碑

这可出乎人们意料，赏赐老板娘也就罢了，还要对预谋害己的人封官重用，真是前所未闻！许多人不理解刘彻的举动，有人甚至劝他说："店老板曾经顶撞过您，还联合他人打算对您下手，这样的人留在身边太危险了。"

刘彻呵呵一笑："店老板对付的是强盗，哪里是朕啊，朕难道连这点道理也不明白吗？他敢于伸张正义，说明他是个正直善良的人，这样的人留在朕的身边有什么危险？"

这件事情不大，却充分显示了刘彻用人方面独特的眼光和能力。正是他大胆用人、广纳贤才，才造就了大汉盛世的辉煌和伟大，也为大汉乃至中国贡献了无数人才。人才济济是当时社会重要现象，诸如前面提到的东方朔、司马相如等等，还有写出不朽著作《史记》的司马迁，抗击匈奴的卫青、霍去病等等，可谓数不胜数。这些有名的人物创造了历史，同样，像店老板夫妇这样的小人物，他们也是历史的见证。

刘彻封赏完店老板夫妇，回顾这段时间的游猎生活，有些怅然若失。他激情四溢、豪情万丈，却又理智冷静，善于认清自己，这些特点集中在一个人的身上，集中在一个天子的身上，是多么矛盾，多么难以调和。但是，刘彻达到了完美的和谐，他张扬的个性和理智的头脑并存，他感情丰沛又善加控制，这一切决定了他人生的丰富多彩,决定了他事业的辉煌,决定了大汉民族历史的某些特色,不得不令人深思畅想。

再说刘彻,游猎生活中的点点滴滴涌上心间,特别是两次风波,看似无谓,实际上深深印刻在他的脑海里。一次践踏了百姓庄稼被捉,一次被误认为强盗差点被害,不能再这样下去了,刘彻提醒自己,游猎固然不是坏事,总是骚扰百姓也不是办法。身为天子,政权被他人控制,还不能畅快地去做自己爱好的事,也够郁闷的。他暂时放弃了游猎计划,生活变得更加无味和苦闷,为了排遣心中愁闷,他开始经常到姐姐平阳公主府上饮酒。这时,有人为他提出了修建上林苑的计划,他听了,立即拍手叫好,派人着手实施,由此一大串关于上林苑的故事又被引出来了。

　　上林苑究竟是干什么用的呢？刘彻为什么修建上林苑呢？难道仅仅为了游猎取乐吗？丰姿绝代的上林苑开创皇家苑林先河，其间奇花异草，山川秀美，珍禽猛兽，数不胜数，刘彻徜徉其中，是沉醉享受还是有其他目的呢？

第一节　扩建上林苑

关于上林苑的计划

刘彻无事可做,经常到大姐平阳公主府上饮酒。平阳公主从小就疼爱刘彻,对他关心备至,刘彻也很尊敬她。平阳公主的丈夫就是前面提到的曹寿。这天,刘彻来到姐姐府上,谈起游猎的事情,跟随的大臣吾丘寿王献计说:"皇上因为关心农事放弃游猎,臣倒有个主意,既能保证皇上游猎兴致,又不会再次发生骚扰百姓的事。"

刘彻酒性正浓,忙问:"什么主意,快说。"

吾丘寿王说:"皇上可以扩建皇家苑林。您看,阿城以南,周至以东,宜春以西这个范围之内本来就是秦王朝的皇家苑林,这里川原秀丽,河流纵横,风景优美,是打猎的好处所。战火焚毁了苑林,把这些地方修建改造成为规模宏大的苑林,直通终南山,皇上不就可以在其间跃马奔驰,无所顾忌了吗?"

刘彻眼前一亮,高兴地说:"好主意。朕想起司马相如的《子虚赋》来了,里面介绍了一个规模宏伟、气势壮阔、美不胜收的苑林景致,叫做上林苑。听说秦王朝的皇家苑林也叫上林苑,我大汉国富民强,盛世佳境,不比赋中国家差,更比秦王朝强盛,也应该建立这么一个苑林,就把这个苑林取名上林苑。"他年轻好强,性情外露,对于这样的事情当然拍手称快。

　　当即,他命吾丘寿王全面负责上林苑扩建事宜。为了保证农民利益,刘彻要求他说:"不管计划如何实施,都不能让百姓受到损失。"吾丘寿王献计得逞,心里得意洋洋,他开始了丈量土地,规劝百姓迁徙等工作。他邀功心切,做了部分工作后就上奏刘彻说:"臣已经测量了土地,有些百姓需要迁移,他们听说皇上修建苑林,都很高兴地答应搬走了。"

　　刘彻说:"将把他们迁往何地呢?是不是比现在的土地还要肥沃?"

　　吾丘寿王说:"苑林占据杜县和户县的土地,这两地村民可以迁到长安辖区,臣已经测量了长安辖区土地,比他们原来土地还要多。"他报喜不报忧,长安辖区土地虽然多,却都是荒田,哪里比得上他们原来土地肥沃?

　　接着,吾丘寿王全面分析修建苑林的可行性,说得刘彻一个劲点头答应。他投其所好巴结皇上,想着一旦建成苑林,自己就会成为有功之人。再说,庞大的苑林工程本身就很伟大,像梁王的兔园,就是闻名遐迩的美景盛观,令无数人心驰神往。

其实,对于上林苑,刘彻心里另有打算,如果说他一开始为吾丘寿王的计划吸引,是因为游猎玩乐,接下来,他经过仔细思索,依然决定扩建上林苑,则怀着不为人知的秘密。

刘彻忘形游猎,不顾朝政以来,窦太皇太后与他关系渐趋缓和,诸侯权贵们也不再有不满表示,刘安几次派人打探,都说刘彻已经失去权力和信心,国家政权随时可以落入自己手中,不用急着密谋叛乱了。刘彻心里非常清楚,自己韬晦之计已经取得效果,大家都把他当成无所作为的人了。这样最好,刘彻暗暗想,自己主动示弱,祖母不会那么强烈地与自己作对了,暂时来看,皇位是没有什么危险了。这里边关系非常复杂,既要麻痹祖母,让她看到自己听话顺从;又要麻痹刘安等诸侯,让他们以为皇上贪玩幼稚,不足为虑。可以说,刘彻游猎一方面出于个人爱好,另一方面更是为将来大计考虑。如今,他听到吾丘寿王扩建上林苑的计划,痛快地答应下来,也有这两方面的原因。他思虑过,自己整日外出游猎,疏于朝政,那么将来一旦发生政变,自己将何以应付? 必须有所准备,可是准备又不能公开化,不能让祖母等人知道,怎么办? 吾丘寿王建议扩建上林苑,开辟一片广阔的天地专门供刘彻享用,在他看来,这为他的苦闷寻求到解脱的良方。不是吗? 修建一片属于自己的天地,可以摆脱祖母干涉,摆脱朝臣监视,可以按照自己的意愿培养人才,为将来夺回政权做准备。

刘彻一刻也没有停止思索,内心时时为夺回政权挣扎着。他已经深刻认识到权力争夺的残酷和微妙,他怀有远大志向,岂肯将权力拱手送人? 如果说他登储即位受到多人帮助,那么将来有一天,自己这位天子能否顺利夺回权力、真正掌控朝局呢?

吾丘寿王扩建上林苑的计划一下子打动了他,让他不仅眼前一亮,心底也燃起熊熊光芒。一座上林苑,掩藏着朝臣的打算,掩藏着刘彻的目的,这个上林苑计划很快就被正式采纳推行了。

为了掩饰真正的目的,刘彻下旨大张旗鼓扩建苑林,并让吾丘寿王想尽所想将上林苑建设得超级豪华高级,他不无认真地说:"我堂堂大汉,比起司马相如笔下的国度更要富有强盛,一定要比那个上林苑还要华丽奢侈。"司马相如笔下描述的苑林称"君未睹夫巨丽也,独不闻天子之上林苑乎?左苍梧,右西极,丹水更其南,紫渊径其北;终始霸产,出入泾渭……"详细描写了苑林的气派高贵、奢靡无度,是一篇劝谏帝王节俭从善的名赋,曾经得到刘彻高度评价,如今,刘彻却违背当初意愿,硬生生地把赋中苑林当作效仿追寻的对象,令人百思不得其解。

他这些反常的举动引起许多朝臣不满,反对刘彻的朝臣借机提出异议,再次对刘彻展开攻势。还有他提拔起来的部分低级官吏,他们没有受到政权更替影响,依然做着朝廷小官,眼睁睁看着皇上越来越离谱,越来越不务正业,谁不焦急?对于扩建上林苑,他们提出了不同看法。面对多方压力,刘彻能否建成上林苑实现自己的打算呢?这些提出反对意见的人都有谁?他们提出什么理由反对扩建上林苑?刘彻又是如何对待的呢?

东方朔直谏升官

朝臣反对,刘彻一概不予理睬,依然故我地扑在扩建上林苑的事业上,津津有味,不厌其烦,好像他不再是皇帝,而是修建苑林的工作人员。他每天早起晚睡,查看地形走向,商讨用料器具,其乐无穷尽,自在又逍遥。对于朝政,他已经完全放手了,除了上林苑,在他心目中似乎只留下了空白。

有一个人看不下去了,他就是东方朔,这个以滑稽著称,以讲笑话闻名的人自从在刘彻身边当官,就深受刘彻喜欢。他言谈幽默,知识广博,不但能逗刘彻开心,还能为他解疑答难,解决不少难题。有一次,皇宫御苑里忽然钻出一头奇怪的动物,人们赶紧报告了刘彻,刘彻带着一群人来观看,可是谁也不认识这头怪物,不知道它的名字和来历。刘彻想起东方朔见多识广,就咨询他。东方朔一眼认出了动物,却故弄玄虚地提出条件:"皇上,臣知道这是什么动物,但是您要赏赐臣美酒佳肴,臣才告诉您真相。"刘彻了解他,当即笑着满足他的要求。东方朔酒足饭饱,又想出个新点子,他眯着眼睛说:"皇上,臣羡慕他人拥有广阔的田地苑林,这才叫富足的生活,您也赏赐臣点土地和花园,臣才告诉您答案。"刘彻并不介意,哈哈大笑着同意了东方朔的请求,他知道这头动物一定很有来历,要不然东方朔不会以此提出这么多要求。果然,东方朔得到满足,指着动物说:"它名叫驺牙,是一种罕见的动物。臣听说驺牙出现,远方必有来归附的人,它是提前来通知的。"刘彻听了,若有所悟地点点头,过了不久,东越战事爆发,东瓯国主动提出向内地搬迁。刘彻记着东方朔的话,见果有人归附,非常高兴,赏赐了他许多钱财,对他更加赏识。

东汉砖画 上林苑

还有一次,刘彻将猎获的野猪分赏众臣。正值夏日炎炎,猪肉放在朝堂上很长时间了,却不见分肉的官员。东方朔拔出佩剑割下一块肉,对大家说:"大热天,肉容易腐烂,坏掉了可惜,大家快动手割肉拿回去吧。"刘彻听说这件事后,故意责难他擅作主张,看他如何应答。东方朔诙谐地说:"朔来,朔来,受赐不等诏书下来,何其无礼!挥剑割肉,何其勇敢!割得不多,何其廉洁!带回家交给妻妾,让她们秉受皇恩,何其仁爱!"刘彻听了,被他机智灵活的话语逗乐了,指着他说:"你可真是聪明,朕让你批评自己,你倒好,这不是反倒表扬自己吗?"说完,又赏赐他一石酒,一百斤肉,让他拿回家去。

东方朔嘻嘻哈哈惯了,很少一本正经说话做事,可是这次面对上林苑,面对忘形山野不顾政事的刘彻,他却第一次认真起来,他不能眼看着刘彻如此沉迷下去,他要唤醒皇上。他准备了充足的资料和理论来见刘彻,对他说了一番大道理。

　　来到君主面前,东方朔慷慨陈辞:"皇上,您千万不能扩建上林苑。终南山是关中的天险屏障,位置险要。汉王朝兴起,为什么抛开邻近都城洛阳,迁居到泾渭之南的长安?就因为这里是天下富庶之地,地理位置重要,秦王朝利用这里的便利条件,向西吞并西戎蛮夷,向东吞并六国诸侯,建立了统一大业。皇上,且不说终南山对于战事的重要性,单说说它自身的价值。终南山出产金银玉石,供给工匠们手工业生产的原材料,让他们赖以生存;山脚附近的土地,盛产稻米五谷、白薯杂粮,到处生长着瓜果树木;就是不大的水塘里,也生活着各种游鱼虾蟹。说起这些物产,都是穷苦百姓维持温饱、远离饥寒的巨大财富,当地人把这块地方看作最好的土地,每亩价格高达黄金一斤。臣有三条理由认为不可扩建上林苑。一,如果皇上把终南山和附近的土地全部规划到上林苑内,那么断绝了百姓林产渔业的受益,他们被迫离开肥沃的土地,生活肯定陷入困苦之中,而且减少了国家的赋税收入。二,毁坏良田,拆掉房屋,变成遍地是荆棘、荒草和林木的苑林,必将吸引更多野兽至此。野兽肆无忌惮地活动,践踏人家祖先的坟墓。人们见此,谁不思念故土,悲泣被驱逐的命运,从而怨恨皇上?三,上林苑规模宏大,工程浩繁,光是在四周砌墙就要浪费无数人力物力。况且这里地形复杂,遍布乱石和沟壑,没有车马行走的大道,运送货物都很危险,勉强垒墙也有随时倾覆的危险。"

　　听完东方朔这通长篇大论,刘彻沉默许久,他心里激烈地起伏着,要说东方朔说的一点没错,他提出的三条意见也很正确,尤其侵占民地,造成百姓反感让刘彻备感痛心。这番话出自东方朔之口,让他倍觉严重。怎么办?放弃扩建上林苑,继续漫无目的地过日子,眼睁睁看着政权变动等着被动挨打?不用说,刘彻的地位已经非常微妙,他敢于抗争就会与祖母产生更深刻的矛盾,祖母不会长久容忍他。汉景帝的儿子很多,随便找个人都可以取代刘彻,还有刘安等诸侯虎视眈眈,不会轻易放弃争位的打算,皇位一不小心就有失掉的危险。要是不顾这些现实,义无反顾地扩建上林苑呢?一,麻痹诸位政敌,让他们放松对自己的关注;二,养精蓄锐,等待时机夺回政权。

刘彻反复思索着,东方朔见他不说话,以为他无动于衷,加重语气说:"历代帝王都有毁灭国土的教训,远的有殷纣王,他在后宫设置集市,命宫女侍卫们穿梭往来玩做买卖的游戏,结果各封国以为他玩物丧志都背叛了他。还有楚灵王,他盖章华台,豪华绝代,结果楚国民心离散。近的有秦王朝,秦皇大兴土木修筑阿房宫,意欲建造天下最伟大的建筑,造成天下大乱。臣东方朔斗胆乱说,皇上,希望您体察臣的一片赤胆忠心。"

刘彻站起身来,一把扶起东方朔说:"你忠心耿耿,朕早就明白。你说得非常对,扩建上林苑确实有许多不妥当的地方,你能大胆直谏,朕终于看到你德才兼备的能力,好,朕晋封你为太中大夫,赏赐黄金百斤。"

东方朔花钱如流水,刘彻经常赏赐他钱财以资助他,可是每次他都把钱花得一干二净,这也是他被称作"狂人"的一个原因。他见刘彻不但接受他的建议,还提升自己的官职,欣喜交加,当即叩头谢恩。

刘彻对他封赏完毕,板下面孔说:"虽然你说得都对,可是我依然要扩建上林苑,这次,你作为太中大夫参与此事,记住,你的任务是保证百姓安全搬迁,尽量减少他们的损失。"

东方朔听了,当场傻愣,他自以为聪明,总能一眼看穿他人心事,现在却不明白刘彻为什么会做出自相矛盾的决定和事情,真让他丈二和尚摸不着头脑了。

第二节　上林苑生活

开皇家苑林先河

刘彻明知道扩建上林苑的害处，却不听任何劝阻，义无反顾地大肆扩建。他封赏完东方朔，立即召见吾丘寿王，问讯他工程进展情况，并要求立即动工实施。吾丘寿王领命而去，寻访秦王朝上林苑旧址，庞大宏伟的上林苑开始扩建了。

东方朔莫名其妙地看着眼前的事实，百思不得其解。这天，他随刘彻来到上林苑施工现场，观看工程进展情况。新的上林苑在旧址上扩建，省去不少麻烦，工程进展很快，刘彻对吾丘寿王说："不要太麻烦，尽量保持自然景观。"

东方朔半含嘲讽地说："人工建造，自然景观，何其矛盾！"他对刘彻扩建上林苑仍然含有怨言。

刘彻看他一眼，笑着说："东方朔，朕要建造一座宏伟苑林，彰显大汉威仪，有什么矛盾？大汉富有四方，强大无比，已经不是开国之初了，你说说，普通百姓富裕了还要添置家具，国家富裕了为什么不能有所表示？"

东方朔被问住了，转转眼珠说："臣愚昧，帝王之家，富有天下，还用表示什么？不过是贪图享乐的说词罢了。"他倒是毫不客气。

刘彻并不生气，平静地说："朕也该享受一下了。先帝们浴血奋战创立帝国，艰苦奋斗发展强大，为了什么？还不是为了让后人过上舒服安稳日子。现在天下太平，国富民强，朕还有什么不满的？没有了，朕要做个无忧无虑、快快乐乐的天子。"

东方朔更迷糊了，在他心目中，刘彻十六岁即位就能下诏求贤，任用良才，推行新政，是个不折不扣的进取天子，怎么，政权变动打击得他失去信心了？还是他顺从了旧势力，放弃了原来的自己？抑或改变了策略来寻求新的治国之道？

扩建上林苑不仅让东方朔迷惑，也迷惑了许多人，包括窦太皇太后和刘安等人。虽然朝臣们屡屡为上林苑事件向窦太皇太后提出异议，但她没有阻止刘彻，相反，她觉得刘彻扩建苑林，有助于朝政安稳，减少与自己的摩擦，有好处。刘安等诸侯王呢，见刘彻纵情于山野，无心朝政，再也没有人对他们采取打击削弱的策略了，能不高兴吗？特别是刘安，他怀有争位之心，本来还想采取武力呢，现在看到刘彻如此不堪，所作所为简直可用昏庸二字形容，那么以贤德著称的自己不是可以顺利夺位了吗？

不管众人心思如何，上林苑按部就班地扩建着，在刘彻大力督导下，很快就竣工了。这是一座怎样的苑林？从自然山川来看，南有巍峨挺拔的终南山，山峰高耸，岩石奇异，林茂竹密，景色十分壮观。陵峻沟深，变化万千，高大的诸如白鹿原、少陵原、神禾原、乐游原、龙首原等，姿态各异，纷呈万端。北边泾渭二河从西北流向东南，波涛翻滚，像银蛇一样蜿蜒耀目，环绕着长安和上林苑一带，其他众多河流也是竞相奔流，壮美秀丽。

据史料记载，上林苑东起鼎湖宫（在今蓝田县焦岱镇）、昆吾（在今蓝田东北），南到御宿川（在今河川一带）及终南山北麓，西

南到长杨宫、五柞宫(在今周至县),向北跨过渭河,绕黄山宫(在今兴平市马嵬镇),沿渭河之滨向东。苑林周围以土城墙围绕,长约二十多公里,四周开有十二道高阔的苑门。其范围大致包括今天的蓝田、长安、户县、周至、兴平五个县(市)和西安、咸阳两个市区,总面积约为二千五百至三千平方公里。这样大的面积在历代皇家园林中堪称第一,无与伦比。

上林苑不仅规模宏伟,自然景致引人入胜,而且宫室众多,建筑壮丽辉煌。据《关中记》载,上林苑中有三十六苑、十二宫、三十五观。三十六苑中有供游憩的宜春苑,供御人止宿的御宿苑,为太子设置招宾客的思贤苑、博望苑等。十二宫包括建章宫、承光宫、望远宫、蒲陶宫等。三十五观包括白鹿观、象观、鹿观及射熊馆、博望馆等。这些宫和观用途各异,如演奏音乐和唱曲的宣曲宫;观看赛狗、赛马和观赏鱼鸟的犬台宫、走狗观、走马观、鱼鸟观;饲养和观赏大象、白鹿的观象观、白鹿观;引种西域葡萄的葡萄宫和养南方奇花异木如菖蒲、山姜、桂、龙眼、荔枝、槟榔、橄榄、柑橘之类的扶荔宫;角抵表演场所平乐观;养蚕的茧观;还有储元宫、阳禄观、阳德观、鼎郊观、三爵观等。苑中种植了大量名贵果树,奇花异草,品种繁多,不可胜数。据说各地进献的树种多达 2000 余种,梨树有紫梨、青梨、芳梨、大谷梨、金叶梨、耐寒的瀚海梨、东海的东王梨等十几个品种;枣树有玉门枣、赤心枣、昆仑山西王母枣等;各种桃、李、杏、梅更是五花八门,琳琅满目;还有南方的荔枝、柑橘等等。真可谓汇集天下异品,呈现盛世气象。上林苑还养育珍禽异兽,老虎、黑熊、麋鹿、野猪、狐狸、兔子等百兽杂聚,飞鹰、山雉、仙鹤、天鹅多种禽鸟群栖,一派富贵高雅景观。据《汉书·旧仪》载:"苑中养百兽,天子春秋射猎苑中,取兽无数。其中离宫七十所,容千骑万乘。"

上林苑自然景物优美,又有华美的宫室组群分布其中,是包罗多种多样生活内容的园林总体,是秦汉时期建筑宫苑的典型代表。另外,上林苑开启苑中建湖的先例,修建了诸多湖泊,见于记载的有昆明池、镐池、祀池、麋池、牛首池、蒯池、积草池、东陂池、当路池、大一池、郎池等。苑中最大宫殿建章宫北就是太液池。据《史记·孝武本纪》载:"其北治大池,渐台高二十余丈,名曰太液池,中有蓬莱、方丈、瀛洲、壶梁象海中神山,龟鱼之属。"太液池是一个面积开阔的人工湖,池中筑有三神山,因此著称天下。三神山源于神仙传说,据此建造了浮于大海般悠悠烟水之上的三座石山,水光山色,相映成趣,各种水生植物遍布岸边,平沙上禽鸟成群结队,怡然自得,趣味盎然,开后世自然山水宫苑的先河。这种"一池三山"的布局对后世园林影响深远,并成为创作池山的一种模式。《三辅故事》载:"太液池北岸有石鱼,长二丈,广五尺,西岸有龟二枚,各长六尺。"《西京杂记》中记述了太液池畔植物和禽鸟的情况:"太液池边皆是雕胡(茭白之结实者)、紫择(葭芦)、绿节(茭白)之类……其间凫雏雁子,布满充积,又多紫龟绿鳖。池边多平沙,沙上鹈鹕、鹧鸪、鹙青、鸿猊,动辄成群。"

上林苑美哉壮哉,令人仰叹感喟,无怪乎文人墨客争相为它赋文传颂,其中司马相如的《上林赋》、扬雄的《羽猎赋》、班固的《西都赋》和张衡的《西京赋》都是流传千载的名篇佳作。班固在《西都赋》中描述道:"于是天子乃登属玉之馆,厉长杨之榭,览山川之体势,观三军之杀获,原野萧条,目极四裔,禽相镇厌,兽相枕藉。然后收禽会众,论功赐胙,陈轻骑以行炰,腾酒车而斟酌。割鲜野食,举燧命爵。飨赐毕,劳逸齐,大辂鸣鸾,容与徘徊,集乎豫章之宇,临乎昆明之池。左牵牛而右织女,似云汉之无涯,茂树荫蔚,芳草被堤,兰茝发色,晔晔猗猗,若摛锦布绣,烛耀乎其陂。鸟则玄鹤白鹭,黄鹄鹍鸥,鸧鸹鸨鶂,凫鹥鸿雁,朝发河海,夕宿江汉,沉浮往来,云集雾散。于是后宫乘辌辂,登龙舟,张凤盖,建华旗,祛翡帷,镜清流,靡微风,澹淡浮。櫂女讴,鼓吹震,声激越,响厉天,鸟群翔,鱼窥渊。招白鹇,下双鹄,揄文竿,出比目。抚鸿冲,御矰缴,方舟并骛,俯仰极乐。遂乃风举云摇,浮游普览,前乘秦岭,后越九嵕,东薄河华,西涉岐雍,宫馆所历,百有余区,行所朝夕,储不改供。礼上下而接山川,究休祐之所用,采游童之欢谣,第从臣之嘉颂。于斯之时,都都相望,邑邑相属,国借十世之基,家承百年之业,士食旧德之名氏,农服先畴之畎亩,商修族世之所鬻,工用高曾之规矩,粲乎隐隐,各得其所。"

这就是上林苑,年轻的刘彻从此在这个属于自己的苑林里驰骋、休憩、游猎,研读和创作文学作品,培养武士人才,养精蓄锐,开始了又一种崭新刺激而暗藏玄机的天子生活。

羽林郎的故事

提起羽林郎,许多人都会记起唐朝诗人王维的《少年行》,其中一首写道:"出身仕汉羽林郎,初随骠骑战渔阳。孰知不向边庭苦,纵死犹闻侠骨香。"描述一位出身羽林郎的少年将军苦战沙场、虽死犹荣的故事。

羽林郎,正是刘彻在上林苑生活期间培养的人才。上林苑建成后,他几乎日夜居留在上林苑,白天游猎玩乐,夜晚住宿休息,表面上悠哉游哉,实际上,他并没有忘记当初建苑的目的,聚集了许多少年俊杰之才。这些人多是名门望族子弟,不过十五六岁年纪,团结在刘彻周围,形成一股不可低估的势力。这群少年都懂骑射,喜爱游猎,刘彻心里很高兴,开始按照兵法培养他们,并且设立建章骑营,组成了一支骑兵部队。班固在《西都赋》中写的"天子览山川之体势,观三军之杀获"正是描述刘彻组建部队的场景。《汉书·旧仪》中写"容千骑万乘",正是描述此部队规模之大。

经过刘彻精心培养,这群少年士气高涨,骑射之术大进,成为一支作战勇猛、忠实可靠的人马。后来,刘彻见人员众多,武功大进,大为喜悦,取"疾如羽,多如林"之意为他们改名为羽林。羽林们都是年轻人,又是皇上近侍,很快就成为勇敢、洒脱、时尚和进取的代名词,成为长安城一道崭新耀眼的风景。这群少年成人后大多参加征伐匈奴的战事,英勇善战,杀敌立功,他们豪情万丈,不畏死亡,以效忠国家朝廷为荣耀,受"纵死犹闻侠骨香"的理想所感召,许多人抛头颅,洒热血,身死战场,击退了匈奴顽寇。刘彻为了抚慰这些亡灵,曾经把他们的子孙召集起来,加以照顾训练,号称羽林孤儿,可见刘彻对于自己在上林苑培养的这群人多么看重。汉宣帝时,改中郎将和骑都尉统领羽林,自此,羽林因为统领为中郎将的缘故而被后世称作羽林郎。这就是羽林郎的来历。

东方朔偷桃图

羽林郎们日日陪伴皇上身边,当然成为非常受人关注的人物,加上他们年少风流,更是潇洒傲然,不可一世。刘彻为了掩饰自己的目的,一方面暗地培养羽林郎们的武功,另一方面,依然与他们放浪形骸,纵情苑林,似乎不知朝夕,只图快乐。有些羽林郎游猎之余,经常走进酒店饮酒作乐,举止傲慢无礼。人们知道他们是皇上近侍,谁也不敢得罪他们,一时间,羽林郎放荡不羁的行为也在街头巷尾传开。

一次,刘彻和羽林郎们乔装改扮在酒店饮酒,他们喝多了,嬉笑怒骂,无所顾忌。恰巧这件事被丞相许昌的家人看见了,回去报告许昌,许昌又赶紧进宫禀报窦太皇太后。窦太皇太后听了,生气地说:"皇上越来越不像话了,扩建上林苑耗资巨大,难道是让他来挥霍的？我倒要派人去上林苑看看，他到底在那里干些什么？"

她派人去探查，结果那人回来报告说，皇上在上林苑游猎玩乐，结交少年儿郎，有时候读书赋词，遍交天下名士，其他的就没有什么了。窦太皇太后点点头，她想，皇上年轻，这样也好，慢慢的心性平和了，更有利于他将来掌握政权，恐怕他知道以前的过错，不会冒冒失失搞什么新政了。不过，他日夜与少年混在一处，不务正业，哪像个皇帝。恰在这时，胶东王入京，他是汉景帝与王娡的妹妹所生的儿子，仪表不俗，举止大方，也是少年俊才。胶东王听说上林苑景致非凡，赶去游玩。刘彻见到弟弟，格外高兴，带着他游猎上林苑，并设宴款待他，席间，羽林郎总令韩嫣作陪，态度傲慢，并不把胶东王放在眼里。胶东王由此生气，回宫对窦太皇太后告状说："皇上的侍臣都这么无礼，我还不如放弃封地回来做皇上的侍臣呢。"

窦太皇太后气愤地说："我早就知道韩嫣这个人，除了撺掇皇上游乐，没有别的本领，现在，他竟敢蔑视诸侯，真是不得了啊。"为了给胶东王出气，她下旨捉拿韩嫣。

韩嫣被捉，刘彻急忙回宫求情。窦太皇太后借机训斥他说："韩嫣是什么人，值得天子求情？告诉你吧，韩嫣多行不义，告他的人可多了。"

刘彻说："韩嫣服侍孙子多年，没有功劳也有苦劳，望祖母饶他不死。"

"什么苦劳？"窦太皇太后轻蔑地说，"四处游猎还是随意出入宫闱？他既无文采又不懂治国道理，皇上接近他没什么好处！你不要求情了，我会派人审查他的罪行，一定按罪处置，不会冤枉他。"

刘彻苦求无效,只好狠心离去。不久,韩嫣果被赐死。

韩嫣之死,深深触动刘彻。他更深地将自己隐藏起来,隐藏在上林苑,这一时期的生活更多变成了读书做赋,而不是游猎玩乐。

刘彻在上林苑的生活继续被朝臣议论指责,东方朔却有了新的看法,他当初极力反对建苑,现在对此事一言不发。有人讽刺他说:"东方朔,你以贤人自居,直谏皇上,皇上不听你的,反而狂放无度地挥霍浪费,你怎么不直谏了,是不是太中大夫一职就把你收买了? 还是你怕丢了官?"

东方朔笑眯眯地,他已经看透了刘彻放纵上林苑的目的,也清楚他培养羽林郎的目的,可是他又不甘心被人奚落,立即回敬道:"古代贤人喜欢隐居山林,我东方朔脸皮厚,就暂时隐居在朝廷吧。"他以此暗指皇上之举也是隐藏锋芒、养精蓄锐之意。

他人没有听出他话中深意,以为他又说笑话自我解嘲呢,都哈哈大笑。这句话也是"小隐隐于林,大隐隐于朝"这一说法的来历。

上林苑与羽林郎的故事还有很多,后世对这个充满浪漫刺激又辉煌华丽的苑林无限向往,对豪情英勇、洒脱不羁的羽林郎们也各有看法。北周的庾信这样描写他们:"结客少年场,春风满路香。歌撩李都尉,果掷潘河阳。折花遥劝酒,就水更移床。今年喜夫婿,新拜羽林郎。定知刘碧玉,偷嫁汝南王。"唐朝的王昌龄更是写了他们勇赴战场,义气豪发的一面,诗中说:"西陵侠年少,送客过长亭。青槐夹两路,白马如流星。闻道羽书急,单于寇井陉。气高轻赴难,谁顾燕山铭。走马还相寻,西楼下夕阴。结交期一剑，留意赠千金。高阁歌声远，重关柳色深。夜阑须尽醉，莫负百年心。"另一名诗人张籍详尽抒写他们如何得幸如何立功的经过，诗这样写道："少年从出猎长杨，禁中新拜羽林郎。独到辇前射双虎，君王手赐黄金铛。日日斗鸡都市里，赢得宝刀重刻字。百里报仇夜出城，平明还在倡楼醉。遥闻虏到平陵下，不待诏书行上马。斩得名王献桂宫，封侯起第一日中。不为六郡良家子，百战始取边城功。"追读这些古诗佳作，令人畅想翩翩，"十八羽林郎，戎衣事汉王"。这是一群什么样的少年，这是一个什么样的朝代，不管他们立下战功，留下美名，还是放浪不羁，留下骂名，这都是一群鲜活的少年，一群激情澎湃、热血衷肠的大汉民族之子，历史在他们手中留下崭新一页，不禁让人抚卷吟哦：今有羽林郎，踏歌上林苑。轻裘依白马，峨冠飞霞光。目含银汉水，身坠日月珰。抚琴春色动，剑舞起苍茫。羽林郎，羽林郎，浮云片片，浣纱女子水袖绵绵清波荡。桃之夭夭，腮红怎比秋霜染，杏花灼灼，半点尘俗涌沧浪，草长寸心，寸寸柔丝绕衷肠。弃我青锋戟，遣我千里驹，随风蝶影动，雨落燕双栖。当垆把酒三江醉，似有无数心曲逐浪高。羽林郎，羽林郎，宝马香车，载我万种风情归故乡。

在上林苑的日子里，刘彻培养了一批忠实卫士，一支强悍部队，为他顺利全面掌控政权提供了必需的保障，也为日后抗击匈奴提供了许多优秀将领和兵士。后来，刘彻受此事影响，于公元前119年驱逐匈奴，巩固北方边境后，他又派司马相如等人出使西南夷邦，一面寻找通西域的快捷方式，一面开疆拓土。

第三节　敬神与方士

回到刘彻放纵上林苑的岁月,这时,还有一件事情是他喜欢做的,那就是敬奉鬼神。他为鬼神之事所迷,源于外祖母平原君臧儿。他小时候听外祖母讲过神君的故事,神君是长陵女子,不幸儿子夭折,神君悲哀至死。她死后,魂魄附在宛若的身上,宛若就为她立祠,并且祝拜她。世人听说神君魂魄显灵,纷纷去祭拜她,求她保佑平安。果真,去祭拜的人有的治好了病,有的免去灾祸,从此,神君的名声更响了。臧儿年轻时,为了谋求显达,曾经多次前往神君祠祭拜,后来,她的儿女们都显贵了,她更加迷信神君。因此,她念念不忘神君的事,对刘彻等人多次提及。刘彻即位称帝后,臧儿崇拜神君的故事传得更广,更多人去祭拜神君。

当时人们非常崇信鬼神方术,刘彻也不例外,他亲自去祭拜神君,祈求国泰民安。结果,他听到神君说话,非常惊喜,就把神君请到上林苑,为她设置专门馆舍敬奉。

刘彻敬神,许多懂得鬼神方术的人纷至沓来,希望为皇上效力。有一个人叫李少君,擅长祠灶、谷道之事,自称能使人长生,使物不老。武安侯田蚡把他招至家中,设宴招待他。席间,有一位九十多岁的老人,少君见了他,竟然说与他的祖父是朋友,并且详细述说曾经一起游猎的地方。老人幼时跟随祖父去过这些地方，今天听少君这么说，果然一般无二，满座皆惊。田蚡立即把他引荐给刘彻。刘彻见到李少君，哪里相信传言所说，拿出一件铜器考问他。李少君毫不迟疑地回答："这是齐桓公十年的时候，摆放在柏寝台上的铜器。"刘彻命人查阅数据，果然，这是齐桓公的器具。诸人顿时惊骇异常，都把李少君当成神仙。

刘彻记得汉文帝时新桓平的故事，对李少君也不十分信任。不过，这时他为了掩饰自己练兵之心，也就随着众人推崇李少君。随后，还有很多懂得鬼神方术

汉武台

的人进宫侍驾，这些人虽然宣扬迷信，迷惑世人，但他们作为道家的神教系统分支，其存在也有一定意义。例如，他们建议刘彻采取新的纪元方法，放弃以往用一二三的方法，避免造成混淆，为统计时间提供了更准确的帮助。刘彻接受这个建议，采取一元为六年的方法，第一元称为建元，表示开始，第二元称为元光，因为这年出现长星，第三元称为元狩，因为有猎获角兽，依此类推。后来，刘彻还采取过四年一元的方法。不管怎么说，从此，历代帝王都以这种方法来纪年，这也是一种创举。还有，封禅、祭天诸事也渐成规模，并为后世效法。祠灶、祭神也成为民间信奉模仿的活动，成为一种文化传承。另外，方士们著书立说，宣讲鬼神和法术故事，也使小说这种文学体裁得以发展。小说起

源于何时难以考究,不过,在当时确实已经存在并被方士们使用了。

所以说,刘彻的丰功伟绩不仅表现在文治武功上,还在于他为汉民族创立了许多可以效法的模式,成为两千多年经久不衰的文化因子,为中华民族的文明发展,打下了坚实的基础。

而且,刘彻并非一味听信方士之人的话,他与栾大的故事就是一个例子。栾大自称是神仙的使者,受到刘彻重用,后来,刘彻派他往东海蓬莱寻找神仙,结果他跑到泰山脚下蹓跶一圈,回来欺骗刘彻。刘彻识破他的奸计,将他斩首示众。

刘彻是个真性情的人,他信奉鬼神而不避讳,发现欺诈当即指出改正,试问古今帝王有几人能够做到? 试问古往今来的天下苍生,谁不为鬼神所心动、所敬畏?

刘彻信奉鬼神一事,虽然引来无数批评,清朝人吴裕垂却有独特看法,他论略说:"武帝雄才大略,非不深知征伐之劳民也,盖欲复三代之境土。削平四夷,尽去后患,而量力度德,慨然有舍我其谁之想。于是承累朝之培养,既庶且富,相时而动,战以为守,攻以为御,匈奴远道,日以削弱。至于宣、元、成、哀,单于称臣,稽玄而朝,两汉之生灵,并受其福,庙号'世宗',宜哉!

"武帝生平,虽不无过举,而凡所作用,有迥出人意表者。始尚文学以收士心,继尚武功以开边城,而犹以为未足牢笼一世。于是用鸡卜于越祠,收金人于休屠,得神马于渥洼,取天马于大宛,以及白麟赤雀,芝房宝鼎之瑞,皆假神道以设教也。

"至于泛舟海上,其意有五,而求仙不与焉。盖舳舻千里,往来海岛,楼船戈船,教习水战,扬帆而北,慑屦朝鲜,一也。扬帆而南,威振闽越,二也。朝鲜降,则匈奴之左臂自断,三也。闽越

汉武帝祭天处

平,则南越之东陲自定,四也。且西域既通,南收滇国,北报乌孙,扩地数千里,而东则限于巨壑,欲跨海外而有之,不求蓬莱,将焉取之辽东使方士求仙,一犹西使博望凿空之意耳。既肆其西封,又欲肆其东封,五也。惟方士不能得其要领如博望,故屡事尊宠,而不授以将相之权,又屡假不验以诛之。人谓武帝为方士所欺,而不知方士亦为武帝所欺也!"

　　他列举了五条作为刘彻派人到东海寻仙的理由,他认为,刘彻名为寻仙,实则为了巩固国家,安抚四夷,确保江山稳固。刘彻是个好奇心强,喜欢探究未知的人,张骞能通西域,为什么他人不能东渡大海,贯通东方呢?

　　翦伯赞曾经风趣地描述汉武帝:"说到汉武帝,会令人想到他是生长得怎样一副严肃的面孔? 实际上,汉武帝是一位较活泼、较天真、重感情的人物。他除了喜欢穷兵黩武以外,还喜欢游历,喜欢音乐,喜欢文学,喜欢神仙。汉武帝,是军队最英明的统帅,又是海上最经常的游客,皇家乐队最初的创立人,文学家最亲切的朋友,方士们最忠实的信使,特别是他的夫人最好的丈夫。他绝不是除了好战以外,一无所知的一个莽汉。"

由此来看,鬼神和方士让人们更全面了解了汉武帝刘彻,让这个人物有血有肉、感情充沛,对他充满敬佩的同时,也倍觉亲切。

第十三章 少年天子的爱情

　　说起感情，刘彻的爱情故事不得不提，他迎娶了助他登上储位的阿娇，并且册立她为皇后，不幸的是，这段充满政治色彩的婚姻并不美满。刘彻年轻气盛，豪情万丈，他会甘心如此生活下去吗？他能否遇到自己的心上人？权位面前，他敢于为了爱情一搏吗？

第一节 初识卫子夫

又一个长公主

刘彻少年豪情，放纵上林苑，经常去他大姐平阳公主家里做客。说起平阳公主，随着刘彻登基即位，她已经是当之无愧的长公主。比起他们的姑母刘嫖，这位长公主的地位和作用也不容忽视。她对于刘彻来说，不亚于刘嫖之于汉景帝，他们姐弟四人，两人嫁到了匈奴，剩下刘彻和平阳公主，所以两个人感情格外深厚。

说起刘彻的姐姐，还有一人需要提及，这人就是王娡进宫前生的女儿金俗。想当年，王娡抛女别夫入宫侍奉汉景帝，撇下的幼女正是金俗。金俗在父亲的抚养下长大成人，并在当地长陵结婚生子，过着平淡普通的日子。她当然不敢对人言说自己的身世和母亲是谁，这可是危及性命的大事。

后来，刘彻纵情上林苑，得以远离皇宫，广泛接触百姓生活，偶尔间，他听韩嫣说起母亲进宫前还有一女儿，就生活在附近的长陵。他当即惊呼："你怎么不早告诉朕！"他命人去金俗家探视，果然，金俗正是王娡的大女儿。刘彻很高兴，决定亲自去迎接金俗进宫。天子出行，跸道旄旗，舆车良驹，威武不必细说，壮观令人叹服。这样的队伍浩浩荡荡离开皇宫，直奔长陵小市。

　　来到长陵,刘彻急于见到姐姐金俗,乘车直入里门,直到金俗门前。他派骑营围住金俗家,唯恐有人借机生事。然后,他下马车,步行入内,亲自去见金俗。可是,他寻找半天却不见姐姐金俗的影子。刘彻忙大声呼喊,以求金俗听见。

　　金俗哪里去了?原来,她们一家哪里见过天子威仪,听说天子盛装威严地临门,还以为他来翻旧账,追究自己的过错呢。什么过错?自己是太后的女儿,却不是刘室后裔,这是太后不贞的活证据呀,要是皇上追究起来,为了维护皇室尊严还不得杀人灭口,除去金俗。金俗害怕被害,所以急忙躲藏到里间屋子的床底下去了。

　　刘彻找不到姐姐,哪肯罢休,他审问家人,家人说出真相。他听了,心里着急,忙来到里间,弯腰扶出金俗,流着眼泪说:"大姐,你怎么藏在这里!"金俗跪倒就要磕头,刘彻制止说:"大姐,我们是一家人,你不用这么大礼。"说完,与她手拉手走出家门,与她同乘一车赶回皇宫。

　　把金俗接到长乐宫,刘彻即刻带她跑去见母亲王娡。王娡看他气喘吁吁的样子,不解地问:"皇上怎么这么累?你干什么去了?"

　　刘彻兴奋地说:"今天去长陵见到大姐,把她接回来了。所以急着告诉母后。"

　　王娡大惊:"什么?她在哪里?"

　　刘彻指着金俗说:"这就是大姐。"

　　王娡细细打量眼前女子,不觉放声大哭。金俗见状也扑倒在地抽泣不止。刘彻陪着母亲、姐姐哭泣多时,劝说道:"今日团圆,值得庆贺。朕已经命人布置酒宴,请母后和姐姐边吃边慢慢细聊。"

刘彻帮母亲寻回离别多年的女儿，可见他多么注重感情！多么勇敢果断！他抛开世俗传统观念，不以金俗的身世慢待她，封她为修成君，赏赐她黄金千万，奴婢三百，田地百顷，住宅一座，对她的子女也善加对待，与皇亲国戚基本一致。

刘彻就是这样重情重义地对待姐姐们，所以他的姐姐们也特别看重他、喜欢他。平阳公主身为长公主，对他的关心爱护更是面面俱到。

平阳公主不是等闲之辈，她受姑母刘嫖帮助刘彻登储即位，从而嫁女为后，荣宠有加这件事影响，也想着操纵刘彻的后宫之事。刘彻成婚后，一直没有生儿育女，成为皇室焦虑关注的问题，平阳公主见此情景，积极寻觅各地美女，对她们培养教导，打算把这些人送给弟弟刘彻。

无奈，皇后阿娇忌妒心强，凭借着窦太皇太后和母亲的护佑，对刘彻管得很严，除了自己，不让他接触其他任何女性。浩浩未央宫，佳丽三千，刘彻身为天子，却无法接近她们。所以，他做了两年天子后，只有皇后一人，没有晋封任何夫人或者其他嫔妃。

本来，阿娇独霸后宫，加上娘家势力，她如果稍微聪明或者能够认清形势，不以骄贵自居，做个贤良皇后的话，她满可以永享后宫荣华。但是，她一味对刘彻指手画脚，横加无礼，让事情越变越糟糕。她不忘自己家帮助刘彻登上帝位这件事，并以此胁迫刘彻，让他听从自己的话。如果刘彻是个平庸懦弱的人，她也许会成功，可是，刘彻少年天子，豪情四方，勇于进取，岂肯听命于人？更不要说受婚姻羁绊了。因此他与阿娇矛盾渐深，并且最终离她越来越远,这段金屋藏娇诞生的婚姻就要走上穷途末路了。

阿娇看不清后宫暗藏的诡秘杀机,不满刘彻对自己的冷淡,整日无事生非,连窦太皇太后对她也有看法了,就在这时,平阳公主却忙着为刘彻私选美女,暗蓄势力。看起来,新的后宫争宠风波蓄势待发。

天子恋歌女

终于,刘彻被阿娇的骄横激怒了,他日夜停留上林苑,正是摆脱阿娇的开始。有一天,他从上林苑去平阳公主家做客,在这里,他遇到了一个对他至关重要的人物。

刘彻在平阳公主府上饮酒,席间,平阳公主问:"皇上,我最近新购置了一个乐班,她们弹奏吟唱都很出色,要不要她们为您表演?"

刘彻精通音律,喜欢音乐,尤其无心朝政,放纵上林苑以来,除了游猎读书,他还结交了各个方面的艺术人才,向他们求教学习,对于音乐的欣赏能力大为提高。后来,刘彻创办乐府,任用李延年等有名的乐人,对中国的音乐文化也是一大贡献。

他听平阳公主推荐乐班,点头说:"好,民间隐藏着许多优秀艺术人才,大姐你是不是也要做伯乐?"

平阳公主笑着说:"我哪有那个本事,不过凑趣取乐罢了。"她的真正用心却是为皇上选择美女,谋求更高权势。她传下话去,不一会儿,一队乐人袅袅婷婷走上前来。

刘彻看了一眼,低头饮酒。乐人们都是平阳公主花钱买的奴才,大多演奏平日里喜庆热闹的曲子。几曲终了,刘彻笑笑没说什么。他觉得这些曲子平淡无奇，没什么奇异精妙之处。

卫子夫像

最后，一个体态轻盈、面容秀丽的年轻女子走到前面，她手拿玉笛，轻轻吹奏，只听曲声凄婉悠扬，比他人别有一番韵味。听着听着，刘彻入迷了，很久以来，他没有听见这样催人心魄、动人肝肠的曲子了，真是让人心怀激荡。

平阳公主见刘彻喜欢这首曲子，非常高兴，当即喊过吹曲子的女子说："少儿，皇上喜欢你吹奏的曲子，你快拜谢皇恩。"

少儿就是卫子夫，她的母亲是平阳公主家奴，人称卫媪。卫媪生育了四男两女，长男卫长君，次子卫青，三子卫步，四子卫广，长女卫孺，次女卫子夫。

卫子夫轻盈下拜，刘彻仔细观望这位女子，不禁被她清丽绝伦的气质深深打动，心里剧烈地跳动着问："你学笛子多久了？这首曲子是不是《思乡怨》？"

卫子夫偷眼打量刘彻，见他年轻英俊，儒雅有礼，少女之心怦怦跳动，脸色绯红地回答："妾是公主家奴，因为公主错爱，让妾跟随乐班学习曲子，才学了几个月。妾吹奏的正是《思乡怨》，听说垓下之战时，丞相张良向高祖献计，以四面楚歌击败不可一世的楚霸王。后来，张良根据当时情景谱了一首曲子，就是这首

《思乡怨》。"

刘彻目不转睛地听她述说那段战火纷飞的岁月,娓娓道来,句句明晰动听,更为她吸引,接着说:"姑娘说得很好,难得你不仅会吹奏,还能讲述曲子的来历,可见是个聪明有心的人。"

听到夸奖,卫子夫脸色更红润了,眼波闪烁,风情无限,低低说道:"皇上过奖了,妾不过家奴出身,哪里配得上聪明二字。"

刘彻看着她羞红的脸颊,可爱的神情,心里涌动着说不清的激情,脱口而出:"姑娘不必谦虚,古往今来,出身寒苦而有志天下的人很多,朕选用人才就不以出身而论。"

平阳公主察言观色,见他们谈得投机,说得彼此动心,暗暗高兴,她决定为他们添把火。于是,她转过脸对卫子夫说:"少儿,你还不感激皇上对你知遇之恩吗?你不是会唱歌吗?为皇上清唱几曲吧。"

卫子夫点头答应,突然大胆地转向刘彻问:"皇上,不知道您喜欢哪些歌谣?"

刘彻与卫子夫目光相对,顿觉身上一阵震颤,他慌忙说:"《诗经》篇篇节奏分明,读之令人抒怀感喟,朕喜欢这些诗歌。"说到这里,他停下不说了,他突然想起,卫子夫家奴出身,恐怕没有机会接触《诗经》,跟她谈论这些岂不是让她自卑?他有些后悔地看着卫子夫。

哪里想到,卫子夫虽然出身低贱,却是个有心人,她出入平阳公主府上,有机会接触书本和文化,对于《诗经》并不陌生,听刘彻说喜欢《诗经》,当即吟唱"邶风"里的《静女》篇章"静女其姝,俟我于城隅。爱而不见,搔首踟蹰。静女其娈,贻我彤管。彤管有炜,说怿女美……"歌声美妙悦耳,引人遐想。刘彻听着,无法自拔,让卫子夫继续唱下去。

卫子夫特别激动,不停地唱着,似乎在宣泄胸中无法表达的情怀,她唱着"卫风"里的《木瓜》:"投我以木瓜,报之以琼琚。匪报也,永以为好也。投我以木桃,报之以琼瑶。匪报也,永以为好也。投我以木李,报之以琼玖。匪报也,永以为好也。"

接着,卫子夫又唱了几首歌曲,首首婉转悠扬,动人心魄。刘彻已经忘却周围一切,在他眼里只有卫子夫的身影,在他耳朵里只有卫子夫的歌声,他被这个出身寒贱却气质矜持独立、知书达礼、温柔大方的女子迷住了。而卫子夫早就被刘彻举止非凡、谈吐文雅所吸引,也是芳心暗许。两人不同寻常的表现被平阳公主看在眼里,内心止不住的喜悦。看来,这场宴席就要实现她的想法了。

酒宴结束,刘彻去尚衣轩休憩,这是平阳公主专门为他准备的寝室。刘彻前脚离开,平阳公主后面催促卫子夫前去侍驾。卫子夫来到尚衣轩,这里十分清幽,她与刘彻单独见面,两颗年轻驿动的心再也无法控制,他们互诉衷肠,表达彼此的爱慕之情。由此,一段令人传颂的爱情故事诞生了。卫子夫以灰姑娘得幸天子,真是一步登天;刘彻贵为天子,却为一名低贱的歌女付出爱情,他追求自由、追求爱情的精神令人喟然失色。两人真情相爱,让多少人为之瞠目结舌。

刘彻得遇卫子夫,内心狂喜不已,他少年情怀,能不渴望爱情吗?爱情让刘彻意气风发,精神倍增,他不顾一切决定把卫子夫带回皇宫。

卫子夫坐到刘彻的马车上,无限留恋地回望平阳公主府邸,此时此刻,她心里百感交集,得遇天子,是平阳公主的安排,得遇爱情,却是自己追求和梦寐以求的,她能不爱眼前的刘彻吗? 她已经失去方寸,被这个年轻豪情的天子深深打动了。不管前方是幸是祸,为了爱情,她都要勇敢地闯一闯。

平阳公主送出府邸,她拍打着卫子夫的后背,开着玩笑说:"少儿,你进宫后不管遇到什么事,一定好好吃饭,多多保重。记住,富贵了可不要忘记我这个媒人。"在她看来,后宫佳丽无数,卫子夫不过普通女子,进宫后很难得到皇上长久宠爱,所以叮嘱她保重等事。

谁也没有想到,这场看似平常的天子歌女之恋没有坠入常理,草草结束。卫子夫进入皇宫,竟然步步高升,最后母仪天下,成为大汉皇后。

第二节　后宫风波

阿娇大闹后宫

卫子夫进宫了，这件事立刻传到皇后阿娇耳中，她勃然大怒，当即跑到刘彻宫内质问。刘彻知道她的为人，对她不理不睬。阿娇在刘彻那里得不到说法，并不死心，急匆匆赶往窦太皇太后宫中告状。窦太皇太后听了她的话，不紧不慢地说："这有什么大惊小怪的，皇上宠幸嫔妃是正常的事，以后你不要总是管得皇上那么严，这样对你没有好处。"她是过来人，做了二十多年皇后，深知后宫争宠之事，早就觉得阿娇太过骄恣，而且阿娇久不生育，她岂能让阿娇独占后宫呢？

阿娇气愤地说："宠幸嫔妃也就罢了，您看看皇上领进宫的是个什么人？是歌女，是奴仆，是个低贱的人！"

"不要吵！"窦太皇太后制止她说："什么低贱，只要皇上喜欢她就不低贱！"她自己就是宫女出身，因为汉文帝宠幸才做上皇后，阿娇这么说，当然让她不快。

阿娇一肚子气没处撒，立刻派人去请母亲刘嫖。刘嫖进宫见母亲窦太皇太后，向她诉说此事。为了引起母亲重视，她哭诉着说："阿娇与皇上青梅竹马，两人感情深厚，您还记得皇上小时候说过的话吗？他们得以结为夫妇，也是先帝点头同意的。阿娇进宫后,皇上不忘旧情,晋封她为皇后,这说明皇上还是喜爱阿娇的。皇上年轻气盛,拈花惹草也是情理之中的,不过后宫佳丽三千,他不去宠幸,招引不知底细的女子,似乎有辱我大汉威仪啊。"

她毕竟老辣,专拣能够打动母亲的话说。窦太皇太后听了,点着头说:"嗯,你说得还在情理之内,也罢,皇上既然把人领进来了,也不能随便赶出去,我劝劝皇上,让他不要过分宠幸那个歌女也就是了。"

刘嫖高兴地谢过母亲,又转身去长乐宫见太后王娡,她不客气地对王娡说:"如果没有我支持,皇上可是坐不上皇位的,这一点你比谁都清楚。怎么,现在做了皇上,翅膀硬了,不想认旧账了? 阿娇哪里不好,她做错什么了? 皇上整日里游猎四方,不知道体贴阿娇,你难道不管管他吗?"

王娡遭到质问,还不知道因为何事呢,急忙问:"怎么,两人又吵架了?"

"吵架倒好了!"刘嫖恼怒地说,"皇上去平阳公主府上,突然领回个歌女,宝贝似的宠着呢。阿娇去问了一下,皇上反而骂阿娇不懂事。"

王娡脑袋里嗡地响了一下,天哪,皇上游猎纵情,不理政事,已经有人觊觎皇位了,怎么,他还敢得罪皇后和太皇太后,这样下去,皇位能够牢固吗? 她来不及细想,即刻赶往刘彻宫中责问他。

此时,刘彻正与卫子夫在皇宫花园赏景谈心,两人情意浓浓,难舍难分。突然,王娡带着人怒气冲冲走过来,指着卫子夫说:"你是什么人? 敢与皇上如此亲昵无礼。"

刘彻刚要起身解释,却见王娡一边制止他,一边命令道:"来人,把这个女子带走,等候处置。"

卫子夫大惊失色,急忙往刘彻身后躲藏。刘彻脸色大变,申辩说:"母后,她是朕的嫔妃,不可以随便带走。"

"嫔妃?"王娡冷笑着说,"我是太后,有权力处置你的嫔妃。我看她不适合服侍你身边,就让她做个普通宫女吧。"

刘彻哪肯听命,不愿交出卫子夫。王娡沉重地说:"皇上,前番大长公主和我对你说的话你都忘了吗? 皇位不稳,什么事都要小心,你难道又把这些事置之脑后了? 还是有意毁灭母亲十几年来的苦心经营?"

一番话说得刘彻低头不语,聪明的卫子夫从王娡的话中听出端倪,主动站出来说:"妾身份低贱,做普通宫女也就心满意足了,请皇上让我跟随太后去吧。"

刘彻看着卫子夫,心底涌动着万千情愫。王娡这才打量一下卫子夫,见她眉清目秀,气质素雅,想想她说的话,不由对她另眼看待,说道:"你跟随我到长乐宫做事,以后有机会了,自然能够见到皇上。"

事已至此,刘彻只好答应母亲,让她带走了卫子夫。卫子夫回首相望,泪眼凄凄,这回,她才明白临出门时,平阳公主对她的交代。后宫深似海,一朝失势,几时得以见君颜?

刘彻悄悄叮嘱卫子夫:"一定要坚强,不管遇到什么事,都要多保重。朕会想办法接你回来的。"

这对小恋人被无情地分开了,他们能不能团聚重叙旧欢呢?

卫子夫受宠

　　刘彻不会忘记卫子夫,不会忘记初恋情人,他日思夜想盼望着再次见到心上人。这天,他派人去长乐宫打探,回报说太后安排卫子夫做了清扫宫女,负责后宫园林卫生工作。他听说卫子夫无恙,暂时放下心来。

　　赶走了卫子夫,阿娇内心得意洋洋,她秘密派人跟踪卫子夫,听说太后安排她留在长乐宫,担心皇上旧情复燃,再去与她约会,她决定一不做二不休,给她来个下马威,叫她死了想念皇上的心。决心已定,她带着宫女太监一群人趾高气扬地来到长乐宫,对卫子夫又是辱骂又是殴打。可怜卫子夫,一个弱女子,哪里经得住这般折腾,身心俱伤,欲哭无泪。她在绝望中期盼着刘彻,铭记分手时他说的话,苦苦煎熬着。

　　很快,刘彻听说卫子夫被欺负的事,他义愤填膺,不顾一切冲到长乐宫,要求见卫子夫。王娡岂肯让他们轻易见面,对刘彻教训一通,打发他走了。这可如何是好?刘彻焦躁难耐,他必须尽快想办法救出卫子夫,要不然,阿娇很有可能再次欺负她。

　　想来想去,刘彻决定大胆救人,把卫子夫带到上林苑内生活。他命令手下羽林郎们乔装进宫,秘密救走了卫子夫。

　　这样,卫子夫被秘密安排到上林苑建章宫,与刘彻形影不离,感情日浓,过着幸福的日子。世上没有不透风的墙,况且阿娇时时派人盯防刘彻,这件事很快就被她了解得一清二楚。她气得咬牙切齿,向两位太后诉说此事,要求她们主持公道。

　　本来,卫子夫无故失踪,王娡已经猜到刘彻所为,不过她心疼儿子,也就睁一只眼闭一只眼没有深究。阿娇发现了,并且向她告状,她还能不管吗?窦太皇太后听了,对刘彻的作为颇不认同,冷冷地说:"贵为天子,后宫嫔妃无数,还要跑到外面纳垢藏污,真是太不像话了!"

阿娇得到她们支持,更加理直气壮了,当即派人去捉拿卫子夫。卫子夫会不会再次遭到驱逐的厄运呢?

命运被刘彻和卫子夫勇敢追求爱情的精神感动,向他们伸出了幸运之手。原来,卫子夫受宠不久,就怀上了身孕。这可是个天大喜讯,刘彻因为没有子女受人议论,连皇位也由此受到威胁,现在好了,卫子夫怀孕给那些怀有二心的人一记重击,刘彻能不兴奋雀跃吗?正当他想着如何把这件事告诉两位太后时,阿娇派人来捉拿卫子夫。

刘彻严厉地申斥来人,并且亲自带着卫子夫回宫见太后。阿娇见他们目中无人地回到皇宫,气得差点晕过去。刘彻对两位太后说:"卫子夫怀有朕的骨血,是有功之人,请祖母和母亲善待她。"

窦太皇太后和王娡听了,喜上眉梢,立即转变先前态度,拉着卫子夫的手问长问短,亲切关怀。她们期盼皇上生子,比谁都要焦急,为此事不知费了多少心思,没有想到,卫子夫受宠不久就怀孕了,这不是皇室最大的喜讯和安慰吗?

他们满心欢喜地谈论此事,哪里想到阿娇的恼怒和仇恨。卫子夫怀孕受宠刺激了她,她不能眼看事情就这么发展下去,她要努力挽回刘彻的心,她要努力保住自己的皇后位子。愤怒使人丧失理智,何况阿娇也不够聪明。失去窦太皇太后支持,她唯一可以依靠的就是母亲了。刘嫖不能再去求母亲,把怒气撒到平阳公主身上,跑到她府上大哭大闹。两位长公主见面了,刘嫖指着平阳公主嚷道:"你瞧你做的好事啊,引狼入室,这不是要害了阿娇吗？当初皇上要不是我帮忙,他能做上皇帝吗？你们这叫做忘恩负义！知道吗？"她也许没有想到,平阳公主所为无非是向她学习罢了。

平阳公主为了卫子夫的事正暗自得意,但如今可不能显露出来,只好赔着笑脸说:"皇上宠幸卫子夫,无非她怀有身孕。你想想,皇后进宫好久了,一点动静也没有,皇上能不着急吗？依我看,你不要吵了,赶紧想办法让皇后怀上身孕吧,只要生下龙子,皇上还不照样宠幸皇后。"

刘嫖想了想,觉得没有其他好办法,只好起身回府积极请医抓药去了。为了让女儿怀孕,她请遍了各地名医,花费九千斤黄金(指黄铜),结果,竹篮打水一场空,阿娇一直没有如愿。《史记·外戚》上记载说:"陈皇后求子,与医钱九千万,然竟无子。"可以看出刘嫖的富有和她急于为女儿求子的决心。

刘嫖气急败坏,又无法报复正在受宠的卫子夫,竟然想出了一个怪招,报复卫子夫的家人。她派人绑架了卫子夫的弟弟卫青,打算折磨死他。卫青当时不过是平阳公主的马夫,被刘嫖绑架,能有活路吗？

幸好,卫青性情宽和,为人大方,结交了许多朋友。其中一个叫公孙敖的,非常仗义,身手不凡,他带着几名壮士潜进刘嫖府邸,把卫青救了出来。

卫子夫听说弟弟遇险的事后,担心他再次遇害,急忙找刘彻商量办法。刘彻召见卫青,封他为建章宫卫士,专门负责卫子夫安全。卫子夫姐弟朝夕相伴,生活在远离未央宫的上林苑内,暂时脱离了后宫争宠带来的危险。

第三节 卫子夫霸天下

巫蛊案件与千金买赋

事情并没有就此结束,新的风波正在悄悄酝酿着。阿娇无法扳倒卫子夫,始终不甘心,她经常哭闹着寻死觅活,企图挽回刘彻的心。刘彻对她这种做法越发讨厌,两人关系形同虚无。这种关系断断续续维持了几年,后来,卫子夫接连生了三个女儿,被封为夫人,她的家人皆受宠,兄弟们入朝做官,姐姐也嫁给太仆公孙贺,据说,刘彻曾经一日三次赏赐她,累积黄金(指黄铜)千斤。

再后来,窦太皇太后去世,阿娇失去最大靠山,在失望之余她采取了极端措施,终于走上了自取灭亡的道路。

阿娇无法容忍刘彻的无情和卫子夫的得宠,秘密派人寻访懂得巫术的人,希望能够藉助神灵的力量挽回刘彻的心。所谓"巫蛊"就是利用人们的迷信心理,将象征真人的木制偶人埋到地下,透过巫师祈求神鬼,帮助施行巫蛊者加害所要憎恶诅咒的人。她在众多巫师中选择了女巫楚服,楚服善懂人心,很快成为阿娇的心腹密友,她不但为阿娇举行巫祭之礼,帮她诅咒卫子夫,还装扮成男子与阿娇同吃共寝,过起了假夫妻生活。

事情很快传扬开,刘彻派人调查,查清了阿娇巫蛊事实,非常生气,下诏:"皇后失序,惑于巫祝,不可以承天命。其上玺绶,罢退居长门宫。"剥夺了她的皇后之位,把她贬到长门冷宫,她家人也受到牵连,失去恩宠。

阿娇做了十年皇后,如今凄冷地独居长门宫是何等心酸。有一天,她母亲刘嫖前来探望她,母女俩抱头痛哭。刘嫖自知无力回天,安慰女儿一番准备离去,阿娇突然说:"皇上喜爱辞赋,以前听他说司马相如是辞赋大家,皇上很喜欢他的文章。母亲,司马相如就在朝中做官,你派人去找他,让他把我的遭遇写成辞赋交给皇上,也许皇上能受到感动而来看望我,也许我有可能重新做皇后。"

刘嫖依照她说的去做,果然找到了司马相如,刘嫖虽然失势,家中依然富有,而且她继承了母亲窦太皇太后的所有财产,是个名副其实的富婆。她见到司马相如,说了自己的打算,并且奉上千斤黄金说:"先生,只要你的辞赋能够打动皇上,别说千金了,再多钱财我也拿得出手。"

司马相如了解事情始末,同意刘嫖的请求,连夜挥毫做赋,写成了流传千古的名篇《长门赋》,赋中写道:"夫何一佳人兮,步逍遥以自虞。魂逾佚而不反兮,形枯槁而独居。言我朝往而暮来兮,饮食乐而忘人。心慊移而不省故兮,交得意而相亲。……众鸡鸣而愁予兮,起视月之精光。观众星之行列兮,毕昴出于东方。望中庭之蔼蔼兮,若季秋之降霜。夜曼曼其若岁兮,怀郁郁其不可再更。澹偃蹇而待曙兮,荒亭亭而复明。妾人窃自悲兮,究年岁而不敢忘。"语言华美,情辞动人,据说,刘彻看到这篇辞赋后深为感动,虽然没有重新宠幸阿娇,却对她没有深加追究,她在长门宫渡过了平静的一生。

以辞赋劝谏皇上，这是千古少有的事情，以千金购买文章，也成为千古佳话，这就是"千金买赋"典故的由来。

阿娇从荣宠一步步走向失败，而卫子夫却从贫贱一步步走向成功。这两个女人，同为刘彻的妻子，为什么会有如此大的差距？是命运捉弄还是自身原因？不言而喻，阿娇失败有历史原因，更多却是她自己的过错；卫子夫成功有偶然的因素，但也是她自身性格所决定的。

卫氏崛起

卫子夫受宠而不娇贵，她常常告诫家人要小心行事，不要过于招摇。在整个后宫争宠风波中，她始终没有诋毁阿娇，只是被动挨打。随着她生下女儿，地位尊崇，她的家人也都受到封赏，但他们一直都抱着谨小慎微的态度，不与任何人结怨。

刘彻特别看重卫青。卫青与卫子夫同母异父，他的父亲名叫郑季，是平阳侯家里做事的县吏，与卫媪私通，生下了卫青。卫青渐渐长大，他母亲把他送到了父亲家中。郑季的妻子非常看不起卫青这个私生子，把他当作奴隶使唤，整天让他放羊牧草，郑季的其他儿子也鄙视欺负卫青，不把他当作兄弟看待。卫青在这种环境下艰难度日，有一天，他跟随他人到甘泉宫，路上一个人为他相面说："别看你现在穷困，将来定会富贵，贵及封侯。"卫青苦笑着说："我不过一个奴才，不受打骂就不错了，哪里敢奢求封侯？"

事情总是这样变化莫测，卫青连想都不敢想的事情发生了。卫子夫进宫受宠，卫氏受到宠幸，他从父亲家里赶回来，做了平阳公主的马夫，接着，他因祸得福，被召进宫做了侍卫。卫青富

卫青像

有机智,聪明好学,在上林苑的日子里,他学习兵法武功,锻炼了一身本领,很快就崭露头角,成为羽林们中的佼佼者。刘彻宠幸卫氏,见卫青积极有为,是个可塑之才,非常高兴,就重点培养他。

随着卫子夫步步高升,卫氏一门成为新贵。阿娇被废后,卫子夫荣登皇后宝座,生的儿子刘据被立为太子。这时的长安城,流传着一首歌谣,唱道:"生男无喜,生女无忧,独不见卫子夫霸天下。"

卫青在刘彻的培养下逐渐成长为一名优秀的将领,时间到了公元前129年,年轻的他被任命为车骑将军,迎击兴兵南下的匈奴。从此,卫青开始了与匈奴作战的戎马生涯。在这次战事中,刘彻一共派出了四路人马,其中,只有卫青的部队直捣龙城,斩敌七百人,取得胜利。其他三路则有的失败,有的无功而返,刘彻见只有卫青凯旋而归,大为喜悦,晋封他为关内侯。卫青封侯拜将,在北击匈奴的大业中崭露头角。

接着,刘彻为了安定北方,多次派兵抗击匈奴,卫青屡屡获胜,立下赫赫战功。公元前127年的时候,匈奴集结大量兵力进攻渔阳、上谷等地,刘彻避实击虚,派卫青率大军进攻匈奴占据良久的河套地区。这是大汉对匈奴第一次大规模战役。卫青不辱皇命,英勇善战,机智指挥,取得了完胜,完全控制了河套地区。后来，卫青还多次击退匈奴，最终打垮了匈奴主力，基本稳定了北部边境，成就了伟大功业。刘彻多次对他进行封赏，连他尚在襁褓中的三个儿子也被封为侯爷。卫氏一门五侯，成为当时最显赫的家族，这一切都源自卫子夫进宫受宠，源自刘彻善于鉴人识人。如果刘彻没有大胆爱怜卫子夫，没有大胆起用卫青，大汉王朝将会失去一名优秀将领。

更为引人喟叹的故事还在后面，当年引荐卫子夫入宫的平阳公主丈夫病亡，寡居家中。这时，刘彻为了安抚姐姐，下令在朝中列侯中为她选择夫君。有人提议卫青合适。平阳公主笑着说："他是我家家奴，曾经做过我的马夫，怎么可以做我的丈夫呢？"

此人说："大将军今非昔比，姐姐是皇后，他封侯拜将，贵不可及，怎么配不上公主您呢？"

刘彻听说此事后，笑着劝说姐姐："朕娶了卫青的姐姐，他为什么不能娶我的姐姐呢？这件事情很有缘分。只要你愿意，朕即刻为你们完婚。"

平阳公主当然喜欢大将军卫青了，听了刘彻的话，她排除尊卑观念，嫁给了卫青。两家人亲上加亲，成为美谈。

卫氏贵幸，并非只因为卫子夫受宠，由此可见刘彻对待亲人和人才不同的态度，这也是他英明之处。刘彻勇敢追寻爱情，也追寻到了杀敌卫国的优秀人才，他的爱情和事业走向成功，是他个人努力所得。

刘彻不会停止追求的脚步,他终于等来了重掌朝政的机会,公元前135年,窦太皇太后去世了,二十一岁的刘彻是不是可以放开手脚大干一场了?这一次转机对他的一生会产生怎样的影响呢?他一生又做出了哪些对历史发展起着重大作用的贡献呢?

第一节　窦氏衰败与巩固皇权

　　刘彻追求爱情的同时，也在为夺回政权积极做准备。公元前135年五月，七十多岁的窦太皇太后永远地闭上了双眼，与世长辞。已经二十一岁的刘彻不再是莽撞少年，他一面哀恸祖母逝世，一面妥善处理祖母后事，在他看来，祖母尽管反对新政，一度压制自己，但是这一切都是政见不同所致，是顽固保守与进步有为之间的斗争，祖母爱护自己，维护皇室，为大汉江山操心，这些都是值得自己尊敬的。现在，她去世了，把政权顺利交到了刘彻手中，追前思后，刘彻心中感慨万千，正是这一场为时五年的政权之争，让他彻底走向成熟，为他以后的事业打下了不可或缺的基础。

　　刘彻终于可以放开手脚大干一场了，他首先罢免了两个信奉黄老学说、由窦太皇太后旨意安排的丞相许昌和御史大夫庄青翟，任用田蚡为丞相，韩安国为御史大夫，由此，政权基本回归到刘彻手中。

　　窦氏凭借着窦太皇太后的关系，势力强大，当初就是他们为了保住富贵荣宠，一味对抗新政，拒不回到封地，拒不接受应受的惩罚。窦太皇太后一去，靠山倒了，他们还能有什么作为呢？魏其侯窦婴已经年过半百，精力大不如当年，刘彻没有再次起用窦婴，也是他清楚窦婴的为人，同父亲汉景帝一样认为他没有做丞相的能力。况且，窦氏多年来仗势欺人，得罪了不少人，窦太皇太后活着时，无人敢指责他们，现在，谁还怕他们？刘彻不断接到状告窦氏诸人的奏疏，刘彻一一区别对待，尽量安抚他们。经过这番折腾，窦氏势力在汉廷中败落了。

刘彻有意摆脱窦氏对朝政的影响，起用了年富力强的田蚡。田蚡做上了丞相，有了参预国家大事的权力。当时诸侯王和高官都已白发苍苍，只有田蚡正值壮年，他精力充沛，善于权变，加上皇上舅舅的特殊身份，一开始，很受刘彻赏识。田蚡十分得意，每次上朝奏事，都是他一个人喋喋不休地说个没完没了，一说大半天，刘彻耐心地听他禀奏，把他当成国家栋梁，对他的每个建议都仔细研究，认真采纳。这样一来，趋炎附势的人见风使舵，纷纷投靠到田蚡门下。田蚡来者不拒，大肆扩张势力，收受贿赂，人人都知道他是个大贪官。田蚡还把手下人推荐给刘彻，朝中官职被这些人占去一大半，据说,连田蚡的仆人都可以在朝中做官。时间久了,刘彻发现这个现象,对田蚡开始采取防备措施。一次,田蚡又拿出一大串人物名单,直接要求刘彻委派他们官职。刘彻生气地说:"丞相上任以来,推荐了多少人才,到底有完没完?你是不是也为朕考虑考虑,朕也想安排几个人。"田蚡听了,顿时气焰矮了半截,不敢言语,灰溜溜走了。

很明显,朝廷不是田蚡一个人的,他如此霸道谁也不会容忍他。田蚡本该有所醒悟,可他财迷心窍,把刘彻当成小儿看待,没过几天,又进宫提出无礼要求了。他对刘彻说:"臣府邸窄小,人口众多,臣想申请块地方扩建住宅。"

刘彻纳闷地想,自从田蚡做丞相以来,贪婪无度,受赏无数,他的住宅宽大豪华,田庄也都是肥沃土地。听说他为了布置家宅,派人去各地购置物品,这些人来往频繁,络绎不绝。各地诸侯王和官吏们进京总是先去他家中行贿,金银珠宝、美女犬马数不胜数,可算是天下首富了,怎么还嫌府邸窄小了?难道是他妻妾太多,家里住不下了?他对于田蚡还是非常了解的。田蚡喜爱女色,听大臣们议论,他正式迎娶的妻子就有一百多人。想到这里,刘彻不愿为此事与他闹矛盾,就允许说:"好,你扩建吧,看中了哪块地盘?"

田蚡毫不客气地说:"臣看武库靠近皇宫,位置极佳,请皇上允许臣在那里修建住宅。"武库是盛放兵械的仓库,作用重大,他竟然要改造成自己住宅,真是昏了头。

果然,刘彻雷霆震怒,满面怒容地说:"你干脆占据武库算了,这样不是更方便吗?"他讽刺田蚡不知收敛,步步进逼,占据武库谋反算了。田蚡听出刘彻话中之意,吓得说不出话来。

　　田蚡欲望强，没有从刘彻那里捞到便宜，转而打起窦婴的主意。他看上了窦婴的田庄，派人传话让窦婴把田庄让给自己。窦婴听了他的要求，气得破口大骂，拒不让出田庄。

　　由此，双方矛盾渐深，田蚡自恃贵重，开始有意打击窦婴，处处为难他。窦婴的好友灌夫看不下去了，也着手搜集田蚡的罪状，打算与他对抗。灌夫搜集出了田蚡与刘安当年的密谋，以此要挟田蚡。田蚡大惊，加紧陷害窦婴的步伐。双方互不相容，一触即发。终于，这场党争发展到了极限，在田蚡的又一次婚宴上，彼此撕破脸皮，对骂起来。这就是有名的"灌夫骂座"的故事。

　　田蚡凭借手中权力和姐姐王娡帮助，除掉了窦婴，造成朝廷震惊，刘彻目睹党争的残酷，联想相位权势强大的弊端，下决心削弱相权，剥夺田蚡权力。经过多年努力，他采取中朝预政加强中央集权，开设中、外朝，形成两个官僚系统：一个是由大将军、尚书等组成的中朝，又称内朝或内廷，是决策机关；一个是以丞相为首的外朝，是政务机关。这样丞相的权力大大削弱，保证皇权稳固、中央决策顺利实施。

　　削弱相权，是他加强皇权走出的第一步，后来，他采取大臣主父偃建议，在诸侯国施行"推恩令"。所谓推恩令，指的是诸侯王除将王位传给嫡长子外，还可推"私恩"，把王国封地分给其他子弟，建立许多侯国。这样，诸侯王势力大为减弱，侯国却对皇帝感恩戴德。诸侯再也不会对中央政权产生威胁，皇权大为巩固。

第二节　开疆拓土

刘彻对内加强皇权,巩固统治,对外抗击侵略,开疆拓土,成就彪炳千古的伟业壮举。他重新掌控朝政不久,下令训练军队,积极备战,起用新人,大胆抗敌,取得了对抗匈奴的全面胜利。

很久以来匈奴一直活跃在北方,对汉人威胁很大。秦朝末年,中原大乱,匈奴乘机再次崛起,屡屡滋扰北境。冒顿单于征服大漠南北,统一蒙古草原,南下重新占领河套地区。汉王朝建立后,高祖曾经亲率大军征讨匈奴,结果被围困平城白登山,他听从陈平之计通过单于阏氏才侥幸脱离危险。高祖采取"和亲"政策修好匈奴,并且送去大量粮食、丝绸等,以求边境安稳。汉文帝也曾经亲征匈奴,由于北方环境恶劣,匈奴人作战风格奇特，汉人无法与之周旋，无功而返，其后，汉朝被迫与之继续和亲。和亲政策，一方面促进了两国之间的交往，另一方面也纵容了匈奴人，他们垂涎汉朝的富贵繁荣，不顾两国签订的和约，经常在边境地带烧杀抢掠，骚扰百姓，抢夺财产，给边境人民带来无穷苦难。

刘彻从少年时代就决心抗击匈奴，保卫边境，他派张骞通西域，积极了解匈奴情况，上林苑训练兵马，都为后来抗击匈奴做了充分准备。经过多年准备，公元前 129 年，匈奴单于率军威胁边关，刘彻力排众议，大胆派出四路兵马阻击匈奴。四路兵马分别由李广、卫青、公孙敖、公孙贺带领，他们有的是久经沙场的老将，有的是首次出战的年轻人，远赴战场，开始了与匈奴抗战的历史。结果，在三路兵马失利的情况下，第一次出征作战的卫青大获全胜，杀敌数百人，成为这次战役的功臣。刘彻力主作战取得胜利，大受鼓舞，从此，汉朝走出被匈奴骚扰的阴影，开始了全面反击战争。

多年战事不断，汉朝涌现出无数抗击匈奴的将领，除卫青外，霍去病也是有名的大将。他少年得志，受到刘彻亲自栽培，十八岁时主动请缨，跟随舅舅卫青出征匈奴。他率领八百骁骑深入草原，独闯敌营，杀敌立功，被封为冠军侯。公元前 119 年，刘彻经过充分准备之后，派遣卫青和霍去病深入漠北，兵分两路夹击匈奴。他亲自制订战略方针，卫青和霍去病按照刘彻旨意，各领五万骑兵，分东西两路向漠北进军。这次战役，意义重大，他们歼灭匈奴主力，将汉朝疆域往北推进到贝加尔湖一带，基本解除了匈奴对边郡的威胁。时人更是第一次发出"明犯强汉者，虽远必诛"的豪言壮语，为后人抗击外侵树立了榜样。

北拒匈奴，打通了通往西域各国的道路，刘彻以开放的眼光对待西域各国，两次派张骞通西域，加强与他们交流，从而扩大汉朝的西部疆域。

刘彻拒匈奴、通西域的同时，还积极建设西南边陲，多次派人出使西南各国，加强与他们的交流。西南都是小国家，因为道路闭塞，他们以前不知道汉朝，更无法想象汉朝的强大，见到汉使后，夜郎国王、滇王等都提出同一个问题："汉朝与我国哪个疆土更大？"汉使大为好笑，区区夜郎国、滇国还没有汉朝一个郡大呢。这些国王大为惊骇，派人跟随汉使回到长安观看，结果，汉朝的强大和繁荣让他们大开眼界。西南各国听到使者回报的情况，纷纷归顺汉廷，汉朝西南边境也逐渐向外扩展。

东越、南越各国也先后成为汉朝郡属，珠江流域首次进入汉朝统治范围。由此，汉朝疆土南到闽粤琼崖，北至漠北，东达朝鲜半岛，西跨于阗阿尔泰地区，勾勒了日后两千年间中华帝国的基本轮廓。

第三节　尊儒术，大一统

　　加强皇权，开疆拓土，刘彻成为英武大帝，他采取儒术治理国家，摸索出一条完整的治国制度。

　　在儒术治国的决策下，刘彻置五经博士。在文景时期，儒学共立了《诗》、《书》、《春秋》三经博士。公元前 136 年，汉武帝正式设置"五经"博士，增加《易》、《礼》二经。此后，他兴办太学，由政府面向广大国民办教育，太学完全用儒家五经为课程，教师聘请儒学博士担任。办学事宜全由丞相公孙弘主持。太学的设置首开了我国历史上"学而优则仕"的正规途径，适应了国家培养官吏的需要，所以发展很快，武帝时，太学的五经博士弟子五十人，西汉末年则达到一万人。

　　刘彻广开仕途，制订了崭新的选择官吏办法，采取察举、课试两种方法选拔人才，维护西汉王朝庞大的官僚体系。察举，就是先行考察，再推举做官的意思。刘彻下令郡国每年从儒生中推举孝、廉各一名，孝廉指的是孝子和廉吏。他们通过推举可以直接进入中央担任官职。除了孝廉外，还有贤良文学、茂才、明法等多个考察科目。课试由丞相公孙弘提出，他建议博士弟子受学一年，经过"射策课试"，就可以担任文学官职，继而根据个人政绩再行提拔。博士弟子本来就是经过推选进入太学的优秀儒生,他们系统地学习儒家经典,进朝做官,对保证"尊儒术"的推行起了有力作用。

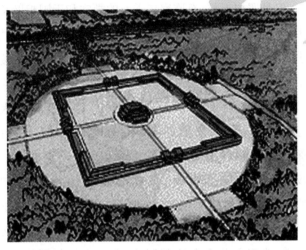

太学复原图

　　课试制度成为后来科举制度的雏形,成为各朝选拔人才的基本方法。

　　太学培养了无数人才,汉武帝刘彻推广办学经验,"令天下郡国皆立学校官"。这是古代国家兴办教育的开始,难怪乎有人说,古代帝王中,办教育热情之高,成绩之大,汉武帝当数第一人。他的一连串兴教举措,在中国和世界教育发展史上,皆属划时代的大事,具有深远的影响。

　　为了保证庞大的国家体系正常运转,汉武帝刘彻除了采取前面提到的中朝预政外,对地方官吏、司法还进行了一连串改革。当时,奢侈成风,吏治腐败,征敛不止,司法制度废弛,社会危机暗暗涌动。刘彻建立刺史制度,考察郡国治政,加强对地方行政的控制。朝廷将全国划分为 13 个州郡,每州设刺史一人,负责监察所属郡国。刺史由朝廷直接派遣,俸禄六百石,属于低级官员,但是职权很重,有监察二千石的郡守和王国相以及地方豪强劣绅的权力。刺史受御史大夫所属的御史中丞直接领导,在人事上不受他人管理,查明地方官吏的不法事实后,直接上报御史中丞,请求上级处理。后来,刘彻建立并完善了强大的监察系统,监察系统包括御史中丞、司隶校尉、丞相司直,这三大监察系统互相监督,大大加强了皇帝对中央百官和地方官吏的控制,从而保证了中央集权的政治体制。

汉武帝刘彻稳固国家政权,重视农业生产,为此他还制订颁布新的历法,公元前 104 年,大汉改订礼制和历法,其主要内容是:改用“太初”历,“以正月为岁首,色上黄。”“太初”的意义是宇宙的开端,武帝以此命名这部历法,象征太初年间的“改元更化”。

这些制度变革充分表现了汉武帝提倡儒术的具体结果,通过这些措施,儒家思想渗透到政治、法律、教育以及社会生活各个领域中去,以完善其政治体制,以巩固其社会统治。

在农业方面,他还采取许多切实有用的措施。诸如,兴修水利,大力发展灌溉事业,由他指挥修筑的水利工程有漕渠、六辅渠、白渠、成国渠、洛水渠、龙首渠等,促进了农业生产。他还设置田官,移民屯垦,发展屯田制度。另外,为了抑制豪强,稳定编户,他下令将郡国豪杰及资产在三百万以上者,通通迁徙茂陵。从经济上打击大搞土地兼并的新兴暴发户,达到“强干弱枝”的目的,从而扶持小农的经济地位,稳定在籍编户之民的人口数,这一点,对保证汉廷赋役来源,巩固统治秩序,意义重大。还有,汉武帝刘彻下令将铸币权收归中央，禁止郡国铸钱，统一货币，指定由"上林三宝"铸钱，上林三宝指的是掌管上林苑的水衡都尉所属均输、钟官、辨铜三官，由他们统一铸造钱币，称为"三官钱"或"上林钱"。同时，汉武帝刘彻规定盐铁官营。汉初，盐铁由私人经营，吴王刘濞因此富有无比，财力超过中央。刘彻废除私营，有利于中央集权，国家统一。

汉武帝刘彻心胸开阔，目光远大，不拘传统，求新求变，他在元朔元年的诏书中说："朕闻天地不变，不成施化；阴阳不变，物不畅茂。"元朔六年诏书又说："五帝不相复礼，三代不同法。"正是有了这种革旧布新，勇于开拓，与时

汉钱币

俱进的创新精神，他创立了一个大一统的封建帝国，受到百姓拥戴和后世尊崇。

汉史学大家班固的《汉书·武帝纪赞》论汉武帝曰："汉承百王之弊，高祖拨乱反正，文、景务在养民，至于稽古礼文之事，犹多阙焉。孝武初立，卓然罢黜百家，表章《六经》，遂畴咨海内，举其俊茂，与之立功。兴太学，修郊祀，改正朔，定历数，协音律，作诗乐。建封禅，礼百神，绍周后，号令文章，焕然可述，后嗣得遵洪业而有三代之风。如武帝之雄才大略，不改文、景之恭俭以济斯民，虽《诗》、《书》所称何有加焉！"而正如后人所评价的：汉武帝是一位承先启后而又开天辟地的真正伟大的君王。

汉武帝　大事年表

公元前 156 年（汉景帝前元年）　出生

生于猗兰殿，取名刘彘，排行第十。

公元前 152 年（汉景帝前四年）　5 岁

立为胶东王。

公元前 150 年（汉景帝前七年）　7 岁

立为皇太子。

公元前 141 年（汉景帝后三年）　16 岁

即皇位，是为武帝。

公元前 140 年（武帝建元元年）　17 岁

诏举贤良方正直言极谏之士，董仲舒献"天人三策"。

公元前 139 年（建元二年）　18 岁

纳卫子夫为夫人，升卫青为太中大夫。

公元前 138 年（建元三年）　19 岁

派遣张骞出使西域。

公元前 135 年（建元六年）　22 岁

窦太皇太后五月逝世，刘彻重掌大权。

公元前 134 年（元光元年）　23 岁

采纳董仲舒"罢黜百家，独尊儒术"的建议。

公元前 133 年（元光二年）　24 岁

开始大规模反击匈奴,断绝与匈奴和亲。

公元前 130 年（元光五年）　27 岁

以巫蛊罪废陈皇后。

公元前 129 年（元光六年）　28 岁

匈奴再次入侵,任命卫青为车骑将军,迎击匈奴。

公元前 128 年（元朔元年）　29 岁

卫夫人生皇子据,被立为皇后。

公元前 127 年（元朔二年）　30 岁

颁"推恩令",削藩国势力。

再击匈奴,收复河套平原。

公元前 126 年（元朔三年）　31 岁

张骞自大月氏返回,带回了有关西域的许多情报。

公元前 123 年（元朔六年）　34 岁

遣卫青两次出定襄击匈奴。封霍去病为冠军侯、张骞为博望侯。

公元前 122 年（元狩元年）　35 岁

淮南王刘安、衡山王刘赐谋反,事情败露,被逼自杀。

立刘据为皇太子。

公元前 119 年（元狩四年）　38 岁

遣卫青、霍去病击匈奴。

再派张骞出使西域。

公元前 115 年（元鼎二年）　42 岁

张骞从乌孙归国。

公元前 113 年（元鼎四年）　44 岁

第一个开始使用年号纪年。以当年为元鼎四年,并追改以前为建元、元光、元朔、元狩,每一年号六年。

公元前 110 年(元封元年)　47 岁

率群臣东巡,封禅泰山,下诏改元,以十月为元封元年。

公元前 109 年(元封二年)　48 岁

遣荀彘、杨仆水陆两路征伐朝鲜。

公元前 105 年(元封六年)　52 岁

与乌孙和亲,将细君公主远嫁乌孙。

公元前 104 年(太初元年)　53 岁

定太初历,以正月为岁首,改元太初。

遣贰师将军李广利西征大苑。

公元前 100 年(天汉元年)　57 岁

遣苏武等出使匈奴。

公元前 97 年(天汉四年)　60 岁

派大将军李广利出击匈奴,失败。

族诛李陵家。

公元前 92 年(征和元年)　65 岁

巫蛊之祸。方士神巫聚集京城,妖言惑众,刘彻大搜上林苑、长安城,诛杀嫔妃大臣数百人。

公元前 91 年(征和二年)　66 岁

因巫蛊之祸,太子刘据、皇后卫子夫自杀。

公元前 89 年(征和四年)　68 岁

纳田千秋建议,悉罢诸方士求神仙事。

下轮台罪己诏。

公元前 87 年(后元二年)　70 岁

立刘弗陵为太子。二月,崩于五柞宫,葬茂陵。